Angelika Mosch

Senza Pietà

Ein neuer Fall für
Lisa Brandkopf und Andrea Commodori
an der malerischen Amalfiküste

TWENTYSIX
Eine Marke der Books on Demand GmbH

Herstellung und Verlag:
BoD – Books on Demand, Norderstedt

Alle Rechte vorbehalten

© 2023 Angelika Mosch

Covermotiv: © Hans-Gerd Mosch

Kuppel der Kirche Santa Maria Assunta in Positano

ISBN: 978-3-740 -71132-0

Das seit Tagen angekündigte Gewitter schien sich nun endlich irgendwo im Westen aufzubauen. Nach der langen Zeit von Hitze und Trockenheit würde es wohl den langersehnten Regen mit sich bringen. Der aufkommende Wind drückte eine bewegte Dünung in die Bucht und das tiefgrüne Wasser brach sich aufgewühlt an dem morgentlich jungfräulichen Strand, der um diese Zeit eine Ruhe und friedliche Stille ausstrahlte. Lediglich der Klang der brechenden Wellen sammelte sich in der Bucht zu einem aufbrausenden ersten Ton einer maritimen Ouvertüre.

Im Sand unter seinen Füßen spürte er die feuchte Kühle der Nacht, die die Sonne, die sich hinter den dichten Wolken an diesem Morgen versteckt hielt, noch nicht vertrieben hatte. Er genoss diese Zeit. Allein hier zu sein, bevor der Trubel des Tages Besitz ergriff von diesem idyllischen Flecken Erde. Mit einem entspannten und wohlgelaunten Gefühl stieg er hinein in das klare erfrischende Wasser. Die leicht aufgetürmten Wellen, die ihm entgegen schwappten, empfand er als angenehm und sie vertrieben die letzten Spuren von Schläfrigkeit der vergangenen Nacht. Zentimeter um Zentimeter spürte er wie die wohltuende Frische seinen Körper umhüllte. Mit einem kühnen Hechtsprung tauchte er dann ganz ein in das sich aufgeregt wiegende Wasser. Mit kräftigem gleichmäßigem Kraulen schwamm er hinaus aus der Bucht, wo ihn hinter dem Felsen eine gleichmäßige See davontrug. Keine Menschenseele war zu sehen, nur in der Ferne erblickte er die Boote, die vor der Stadt ankerten und später Scharen von Touristen hin und her transportieren würden. Kraftvoll bahnte er sich seinen Weg durch den gleichmäßigen seit Urzeiten bestimmten Rhythmus des Meeres.

Von dem einen zum anderen Moment erfuhren seine gleichmäßigen kräftigen Bewegungen ein abruptes Ende. Er konnte sich nicht erklären, was da gerade geschah, spürte plötzlich nur Stillstand. Aller Widerstand und alle noch so kräftigen Bemühungen, ließen ihn sich nicht fortbewegen. Unerlässlich spürte er eine Kraft, der er nichts entgegensetzen konnte, und die ihn tiefer und tiefer sinken ließ, bis ihn schließlich nur noch Wasser umgab. So sehr er sich bemühte die Oberfläche zu erreichen, blieb diese über ihn fest verschlossen und undurchdringlich. Unaufhaltsam drang das vorher angenehm empfundene Meerwasser in seine Atemwege ein, weil ein nicht zu unterdrückender Reflex ihn zu einem sinnlosen Einatmen zwang. Seine Sinne versagten nach und nach, er spürte, dass ihn sein Bewusstsein bald verlassen würde, weil seinem Gehirn lebensnotwendiger Sauerstoff fehlte. Es war dieser eine Gedanke, der noch pochend durch sein schon dahindämmerndes Hirn raste. An die Oberfläche kommen und atmen. Atmen. Atmen. Um Gottes Willen er musste atmen! Er musste die Panik beherrschen, weil ihm die noch mehr Sauerstoff raubte. Es war ein kurzer dramatischer Augenblick, in dem er alles versuchte, doch bevor er sich ganz darüber klar werden konnte, dass es kein Entkommen gab, schloss sich die Decke aus dichtem Wasser über ihm, schäumend von den krampfenden Bewegungen seines Körpers, die er in der bevorstehenden Bewusstlosigkeit kaum mehr wahrnahm. Die zuvor noch gleißenden Sonnenstrahlen, die dem Wasser die schönsten Blautöne einhauchten, wurden blasser und verschwommener bis es schließlich dunkel um ihn herum wurde und er vielleicht noch umnebelt spürte, dass auch sein Licht für immer erlosch.

***

Lisa genoss es, träumend und noch ein wenig schläfrig auf der Terrasse zu sitzen und ihren Kaffee zu schlürfen, den Andrea ihr, bevor er in die Questura aufgebrochen war, serviert hatte. Sie schaute den Fischerbooten hinterher, die hier im Golf von Salerno wie sie es von ihren Vorfahren übernommen hatten, auf Fischfang gingen. Wie jene jagten sie Sardinen und Thunfisch hinterher, die als reichlicher Fang immer noch in ihre Netze gingen. Der ganze reizvolle Ort Cetara zeugte von dieser großen Tradition des Fischfanges. Nicht nur die kleinen Fischerboote im Hafen, sondern auch die große Fischfangflotte, die sich in die südlichen Gefilde des Mittelmeeres aufmachten, um hier den begehrten Thunfisch zu erbeuten. Dass ein Teil des Fanges vor Ort verarbeitet wurde, zeigten die Auslagen in den Geschäften, die alle möglichen Arten von Fischkonserven zum Kauf boten und natürlich die Colatura di Alici, eine bernsteinfarbene kräftige salzige Würzsauce von flüssiger, klarer Konsistenz, ein Produkt der traditionellen Konservierung und Reifung der Sardellen, das bereits die Römer als kulinarische Spezialität schätzten. In der Antike bereiteten sie eine der Colatura sehr ähnliche Würzsauce zu, die sie Garum nannten. Im Mittelalter wurde dieses Rezept von den an der Küste lebenden Mönchen wiederentdeckt, welche die Sardellen im August für den kommenden Winter einlagerten und dabei die köstliche Sauce gewannen.

Der Anblick der bunten Fischerboote rief in Lisa Erinnerungen an ihren gerade zurückliegenden Segeltörn hervor und natürlich an Andrea. Die Gedanken an ihn lösten in Lisa wohlige Gefühle aus. Als sie sich vor einigen Wochen, nachdem sie gemeinsam ihren ersten Fall gelöst hatten, in Salerno verabschiedet hatten, war ihnen klar, dass sie sich unbedingt wiedersehen wollten. Und nicht nur das, sie wollten sich auf jeden Fall auf das große Abenteuer einer nicht ganz einfachen Beziehung einlassen. Sie fühlten, dass es um etwas ganz Besonderes ging, eine Liebe vom ersten Moment ihrer Begegnung an, als sich ihre Blicke nicht voneinander lösen konnten.

Und nun hatten sie wundervolle und erlebnisreiche Tage auf Andreas Segelboot verbracht. Waren raus gesegelt zu den Inseln im Golf von Neapel bis zu den Pontinischen Inseln. In einsamen Buchten der unbewohnten Insel Palmarola hatten sie im smaragdgrünen Wasser wie ausgelassene Kinder rumgetollt und konnten nicht genug bekommen, sich leidenschaftlich zu lieben. Lisa hatte Gelegenheit unter Beweis zu stellen, dass sie tatsächlich Spaghetti zubereiten konnte, die genießbar waren. Andrea hatte frische Sardinen gegrillt, die einfach himmlisch schmeckten. Auch in der manchmal rauen See erwiesen sie sich als gutes Team.

Das Klingeln des Handys riss Lisa abrupt aus ihren Träumereien. Freudig registrierte sie, dass es Andrea war, und sie meldete sich mit einem freudigen „Ciao, Andrea!"

„Ciao, Lisa! Ich brauche Deine Hilfe!", entgegnete Andrea ohne Umschweife und fuhr sofort fort. „In Positano wird ein Deutscher vermisst. Er ist von seinem morgentlichem Schwimmen im Meer, nicht wieder nach Hause zurückgekehrt. Seine Ehefrau hat ihn als vermisst gemeldet. Die Kollegen haben angefragt, ob Du mitkommen könntest, das würde es bei der Verständigung leichter machen,"

„Ja klar, das mache ich gern! Ich müsste mich nur kurz zurechtmachen!"

„Lisa! Hallo? Ich verstehe Dich nicht mehr richtig. Wir starten gerade mit dem Hubschrauber und sind in wenigen Minuten in Cetara. Wir landen auf dem Parkdeck vom Hotel nebenan. Kommst Du bitte dort hin, wir nehmen Dich da an Bord!"

Auch Lisa hatte Schwierigkeiten, Andrea zu verstehen, seine Worte gingen fast unter im ohrenbetäubenden Lärm des Hubschraubers, den sie genau in dem Moment über Salerno als kleinen dunklen Punkt in die Luft aufsteigen sah und aus den Bruchstücken, die sie aufgeschnappt hatte, war ihr klar, dass er tatsächlich in ein paar Minuten auf dem Parkdeck des benachbarten Hotels zwischenlanden würde. Lisa warf einen Blick an sich hinunter. Was sie sah, begeisterte sie nicht für einen offiziellen Auftritt – kurze, knappe Shorts und ein schlabberiges T-Shirt, Flip-Flops und zerzauste Haare. Was blieb ihr anderes übrig! Sie schnappte sich noch schnell ihre Tasche und machte sich im Laufschritt auf den Weg und traf so einigermaßen zeitgleich mit dem Hubschrauber ein. Mit einem amüsierten Lächeln auf den Lippen, welches ihre Erscheinung darauf gezaubert hatte, streckte Andrea Lisa seine Hand entgegen, um ihr beim Besteigen des Hubschraubers zu helfen. Er freute sich nicht nur Lisa zu sehen, sondern erfreute sich auch an ihrem Aussehen. Ihre Shorts brachte ihre langen wohlgeformten Beine ganz zur Geltung, ihr T-Shirt ließ ihren Busen erahnen und rahmte ihre gleichmäßigen Schultern und Arme ein. Er liebte ihren frech wippenden wuscheligen Haarschnitt. Sie sah einfach umwerfend natürlich aus. Für ihn passte einfach alles an dieser Frau. Er dachte an die gemeinsame Zeit, als sie mit dem Segelboot unterwegs gewesen waren, wo er sich jeden Tag aufs Neue in sie verliebt hatte, je besser er sie kennenlernte. Es war ihm manchmal fast unheimlich, dass er so wenig entdeckte, was ihn hätte stören können.

Nachdem Lisa die Kopfhörer aufgesetzt hatte, begrüßte sie die restliche Crew und entschuldigte sich mehr oder weniger für ihre etwas lockere Dienstkleidung mit dem Hinweis darauf, dass für etwas Anderes keine Zeit war. Lisa entgingen dabei nicht die interessierten Blicke und entschied sich, dem am besten keine weitere Beachtung zu schenken und sich auf den Notruf zu konzentrieren. Entgangen war ihr auch nicht der vertraute Blick Andreas.

Sie erfuhr, dass ein Deutscher, der in Positano ein Haus besitzt, nach dem morgendlichen Schwimmen im Meer nicht zurückgekehrt sei. Seine Ehefrau habe die Polizei alarmiert. Diese hätten den Hubschrauber angefordert, um die Meeresoberfläche nach dem Vermissten abzusuchen.

Während der Hubschrauber an der Küste entlang flog, warf Lisa immer wieder Blicke auf diese atemberaubende Landschaft, von der viele behaupteten, es sei eine der schönsten Küstenregionen auf diesem Planeten. Die Landschaft zauberte tatsächlich ein kurzes Lächeln auf ihr Gesicht, da sie sich seit einiger Zeit zu dieser Fangemeinde dazugehörig zählte. Das Landesinnere von Kampanien lag unter einer tiefdunklen schweren Wolkenschicht, aus der sich immer wieder hellaufleuchtende Blitze entluden. Hier an der Küste über dem Meer herrschte strahlender Sonnenschein mit tiefblauem Himmel. Lisa erkannte den hoch auf einem Felsen thronenden Ort Ravello. Deutlich hob sich die „Terrazza dell'Infinito" ab. Lisa erkannte den Ort und die Balustrade, an der sie vor nicht allzu langer Zeit um ihr Leben gekämpft hatte. Sie spürte Andreas Hand auf der ihren und wandte sich ihm zu. Der Blick in seine Augen verriet, dass auch er genau jetzt an die dramatische Rettung von Lisa dachte und an seine panische Angst, sie zu verlieren. Es brauchte in diesem Moment keiner Worte, beide spürten ihre tiefe Verbundenheit und Zuneigung.

Amalfi und Furore zogen vorbei und schon nahm der Hubschrauber Kurs auf Positano. Aufeinandergestapelte pastellfarbene kubische Häuser, die sich an die Hügel der engen, ein Halbrund bildenden Schlucht schmiegten, erschienen Lisa wie ein lebhaftes malerisches Amphitheater. Der kurze flache Strandabschnitt mit der dahinter thronenden Kirche Santa Maria Assunta bildete die Bühne für ein großes buntes nicht enden wollendes Theatrum mundi. Ein Welttheater der Eitelkeiten und Nichtigkeiten, des Zurschaustellens, des Sehens und des Gesehenwerdens. Wie archaische in akkurate Falten gelegte Vorhänge hüllten die ockerfarbenen Felswände den Ort in seinem Halbrund ein. Lange blieb Lisa keine Zeit, die Schönheit und den besonderen Zauber des Ortes aus dieser Perspektive zu bestaunen. Der Hubschrauber landete auf der Plattform am Hafen und ließ Andrea und Lisa aussteigen und stieg sofort wieder in die Luft auf, um auf See die Guardia Costiera bei der Suche nach dem Vermissten zu unterstützen.

Andrea und Lisa wechselten in ein Boot der Carabinieri, die sie zur nahegelegenen Bucht brachten, von wo aus, der Vermisste zum Schwimmen aufgebrochen war.

In einem Raum des Strandcafés warteten Beamte der Polizia di Stato, die als erste benachrichtigt worden waren und eine attraktive, sportlich-elegant gekleidete Frau, die Lisa beim ersten Eindruck auf Mitte Vierzig schätzte. Bevor ein erstes Wort gesprochen war, spürte Lisa etwas in der Haltung der Frau, das sie irritierte. Lisa meinte etwas Kühles, Distanziertes darin liegend zu spüren.

Lisa streckte der Frau die Hand entgegen und stellte sich vor.

„Guten Tag! Ich bin Lisa Brandkopf, Kommissarin aus Köln und das ist mein Kollege Andrea Commodori. Er ist Kommissar in Salerno und für diese Region zuständig. Ich bin nicht dienstlich hier, sondern verbringe meinen Urlaub hier in der Gegend. Die hiesige Polizei hat mich gebeten, sie bei der Sprachverständigung zu unterstützen", stellte sich Lisa vor, um dann sofort anzufügen. „Die Küstenwache ist mit mehreren Booten unterwegs, um ihren Mann zu suchen, und sie wird unterstützt von einem Hubschrauber, der das Gebiet aus der Luft absucht. Bisher haben wir aber noch keine Nachrichten darüber, ob sie ihren Mann auffinden konnten."

Auch Andrea reichte der Frau die Hand zur Begrüßung und wandte sich dann seinen Kollegen zu, die ihm und Lisa die bisherigen Informationen weitergaben.

Schnell wandte Lisa sich wieder an die Frau und hatte aus einem Augenwinkel heraus sehr wohl deren musternden und abschätzenden Blicke aufgefangen, von denen sie sich nicht irritieren ließ, und die sie entschied, zu ignorieren.

„Wenn ich die Kollegen richtig verstanden habe, ist ihr Name Jasmin Mönkemeier?", eröffnete Lisa erneut das Gespräch.

„Ja, das ist richtig, ich bin Jasmin Mönkemeier", entgegnete diese lediglich sehr knapp

„Sie haben kurz nach zehn heute Morgen Ihren Mann als vermisst gemeldet. Können Sie mir bitte alles noch einmal schildern", fuhr Lisa fort.

„Genau gesagt, hat Luigi, der Barbesitzer, die Polizei benachrichtigt, nachdem ich meinen Mann am

Strand nicht gefunden habe", antwortete Jasmin Mönkemeier.

„Ist es möglich, dass Ihr Mann, heute andere Pläne hatte, und dass er heute gar nicht schwimmen gegangen ist oder nach dem Schwimmen sofort etwas Anderes vorhatte", versuchte Lisa für das Verschwinden weitere Möglichkeiten abzuklären.

„Nein, er hatte heute nichts Anderes vor, davon hätte er mir sicherlich etwas gesagt," erwiderte Jasmin Mönkemeier mit einem leicht brüskierten Tonfall in der Stimme.

„Wann genau hat ihr Mann das Haus verlassen und beschreiben Sie mir, bitte wie seine morgendlichen Gewohnheiten dann ablaufen", insistierte Lisa beharrlich.

„Mein Mann hat sich wie jeden Morgen so gegen acht Uhr auf den Weg gemacht. Wie jeden Morgen ist er noch mal zu mir ins Schlafzimmer gekommen und hat sich verabschiedet. Dann nimmt er den Aufzug, der runter in die Bucht führt. Meistens schwimmt er dreißig Minuten oder auch etwas länger, dann trinkt er noch einen Espresso bei Luigi, der in der Zwischenzeit sein Café öffnet und bleibt noch eine Weile dort. Spätestens nach eineinhalb Stunden ist er dann wieder zuhause. Was heute eben nicht der Fall war. Deshalb habe ich mich gewundert und bin hinunter zum Strand gefahren. Und, da Luigi ihn auch nicht gesehen hat, bin ich weiter bis zum Wasser. Dort habe ich seine Sachen liegen sehen. Ich bin zum Café zurück und Luigi hat die Polizei benachrichtigt", führte Jasmin aus, um dann noch die Frage anzuschließen, „Aber warum fragen Sie das, warum ist das alles für sie wichtig?"

„Weil wir uns ein Bild davon machen möchten, was geschehen sein könnte. Dazu gehört auch, abzuklären, ob er möglicherweise heue etwas Anderes vorhatte, irgendwo hingefahren ist, sich vielleicht mit jemanden treffen wollte. Aber die Kleidung, die Sie entdeckt haben, legt es nahe, dass ihr Mann schwimmen gegangen ist.", fügte Lisa erklärend hinzu. „Wie würden Sie den Gesundheitszustand Ihres Mannes beschreiben? Wissen Sie von irgendwelchen Erkrankungen?"

„Nein, mein Mann erfreut sich einer guten Gesundheit. Natürlich hat er einen anstrengenden aufreibenden Job hinter sich, der nicht immer spurlos an ihm vorbeigezogen ist. Aber seit er seinen Job an den Nagel gehängt hat, und wir hier in Positano leben, geht es ihm sehr gut."

Lisa, die zwischendurch immer übersetzt hatte, schaute nun die italienischen Kollegen und Andrea an und wollte wissen, ob sie noch Fragen haben und ob es schon etwas Neues von der Suchmannschaft gibt, was diese Beides verneinten.

Lisa wandte sich wieder an die Frau und gab ihr diese Informationen weiter, die nicht gerade viel zur Klärung des Verbleibs ihres Mannes aussagten.

„Die Suchmannschaft hat leider noch nichts zu berichten. Sie haben die Bucht bisher großräumig abgesucht, aber noch nichts entdecken können. Da die Suche hier bisher erfolglos war, erweitern sie nun den Radius. Noch besteht Hoffnung Ihren Mann zu finden, obwohl die Strömungsverhältnisse heute aufgrund der Wetterlage etwas stärker sind als gewöhnlich. Im Moment können wir hier nichts mehr tun. Möchten Sie, dass die Polizei Sie nach Hause begleitet? Haben Sie jemanden, den Sie benachrichtigen möchten, der bei Ihnen sein kann? "

„Nein, ich kenne hier niemanden, ich schaffe das aber auch allein!" entgegnete sie, wie Lisa empfand, sehr barsch.

Lisa kramte aus ihrer Handtasche eine Visitenkarte, die sie der Frau entgegenhielt und ihr mit aufmunternden Worten überreichte.

„Hier steht meine Handynummer drauf. Sie können mich gern jederzeit anrufen. Ich bin noch ein paar Tage hier in Italien."

„Danke!" Das war das Einzige, womit Jasmin Mönkemeier kurz und bündig Lisas Angebot quittierte.

***

Lisa und Andrea fuhren mit der Polizia zurück nach Positano, da auch für sie hier nichts mehr zu tun war.

„Wir könnten mit dem Bus nach Cetara zurückfahren oder hast Du Lust, Dir Positano anzuschauen?", eröffnete Andrea das Gespräch, um dann weiter auszuführen. "Wie Du sicherlich weißt, zählt Positano zu einem der schönsten Orte an der Amalfiküste. Die engen Gässchen und die farbig angemalten kubischen Häuser, die sich an die steil aufragenden Felswände schmiegen, sind wirklich einmalig schön."

„Zuerst könnte ich einen Kaffee gebrauchen und dann würde ich die Zeit gerne nutzen und mir Positano anschauen."

„Mit Deinem Outfit wirst Du hier im touristischen Rummel zumindest nicht auffallen", kommentierte Andrea nun doch augenzwinkernd ihre Aufmachung.

„Was ich von Dir nicht behaupten kann!", scherzte Lisa zurück und musterte Andrea von oben nach unten, wobei sie ein sehr wohliges Gefühl wahrnahm und sich ein ebenso wohliges Lächeln auf ihrem Gesicht breit machte in Anbetracht der überaus attraktiven Erscheinung ihres Gegenübers. In seinem blauen gutsitzenden Anzug mit dem einfachen weißen Hemd und der dezenten Krawatte stach Andrea tatsächlich aus der Masse der vielen eher leger gekleideten Touristen hervor, hinzu kam die frische Bräune seiner Haut, Spuren der Sonne während ihres Segeltörns. Doch das, was Lisa am meisten anzog, war diese in sich ruhende sinnliche Ausstrahlung und ein verführerisches, erotisches Lächeln, das auf seinen Lippen lag und dem sich Lisa nicht entziehen konnte. Endlich drückte sie Andrea einen langersehnten Kuss auf diesen herrlich weichen Mund.

Vom Polizeigebäude in der Nähe der Piazza di Mulina schlenderten sie hinab in das Gewusel der dicht an dicht stehenden Häuser, in denen im Parterre die unterschiedlichsten Läden ihre Ware den Strömen von Touristen feilboten. Überall hatten sich Maler ihren Platz entlang der Mauern gesichert und boten mehr oder weniger farbenprächtige Bilder mit Ansichten des Ortes an. In der Nähe des Palazzo Murat, der ehemaligen Sommerresidenz des Schwagers von Napoleon, der von 1808 bis 1815 König von Neapel war, fanden sie in einem lauschigen Café mit Blick auf die mit Majolikakacheln verzierte Kuppel der Kirche Santa Maria Assunta ein ruhiges Plätzchen und bestellten Kaffee zu den leckeren Törtchen, die sie verlockend in der Auslage angelacht hatten, und denen sie nicht widerstehen konnten.

„Mich hat das Verhalten der Frau irgendwie irritiert!", eröffnete Andrea, das Gespräch, nachdem er sich von Jackett und Krawatte erleichtert hatte. „Wenn mir im Ausland etwas zustößt, wo ich der Sprache nicht mächtig bin, dann würde ich mich freuen, dass da eine Landsmännin auftaucht, die sich mit mir in meiner Sprache unterhält. Aber diese Frau wirkte für mich Dir gegenüber eher distanziert, fast abweisend."

„Das habe ich auch so wahrgenommen. Ich erkläre es mir damit, dass sie möglicherweise verunsichert war, nicht genau einschätzen konnte, was das mit meinem Erscheinen auf sich hat, und dass sie verständlicherweise voller Sorge um ihren Mann ist. Wirklich helfen, konnten wir ihr nicht", gab Lisa zu bedenken.

„Ja, das kann sein. Du hast recht. Es ist tatsächlich eine ganz schlimme Situation für sie und ich befürchte, dass die Geschichte kein gutes Ende nimmt!"

Lisa stimmte ihm wortlos zu. Trotz dieses Unglücks, das sie hier nach Positano hergeführt hatte, versuchten sie sich, auf diese Gelegenheit, die sich für sie ergeben hatten, einzulassen. Das war auch etwas, was zu ihrer Arbeit gehörte, sich entsprechend abgrenzen zu können und eine Distanz zwischen sich und dem Fall zu wahren. Die Abgründe, die sich oft vor ihnen auftaten, würden sie sonst noch mehr aufzehren, als sie es sowieso schon so oft taten.

Andrea erzählte, dass Positano schon in den zwanziger Jahren ein Ort war, der viele Kunstschaffende angezogen hatte. Vor allen bei deutschen Kunstschaffenden sei Positano sehr beliebt gewesen. Die besondere Architektur der Häuser in Positano hätten den Stil der Kunstschaffende stark beeinflusst. Touristisch sei Positano entdeckt worden, nachdem der amerikanische Schriftsteller John Steinbeck in den 50iger Jahren die Stadt besucht und einen Reisebericht in Harper's Bazaar veröffentlicht hatte.

„Steinbeck schreibt in diesem Artikel, Positano gräbt sich tief in dich hinein. Es ist ein Ort des Traums, der nie ganz real ist, wenn du dort bist, der erst wahrhaft zum Leben erwacht, nachdem du fort gegangen bist", zitierte Andrea eine Aussage von Steinbeck.

Lisa lauschte Andreas Ausführungen und spürte trotz des touristischen Rummels um sie herum, etwas von dem Zauber, den Steinbeck meinte. Noch ganz eingefangen von der Poesie dieser Worte, wurde sie ganz hellhörig, als Andrea erzählte, dass auch viele deutsche Kunstschaffende und Schriftsteller in den dreißiger und vierziger Jahren Zuflucht vor den Nationalsozialisten in Positano gesucht hatten.

„Einer der bekanntesten der Exilanten war der deutsche Schriftsteller Stefan Andres. Die Stadt Positano hat hier in dieser Gasse, nicht weit von diesem

Café entfernt, eine Gedenktafel zu seinen Ehren aufgehängt und eine Straße ist ebenfalls nach ihm benannt."

Lisa musste eingestehen, dass ihr der Schriftsteller nicht geläufig war und sie auch wenig von den anderen Kunstlern und Künstlerinnen wusste, die es hierhergeführt hatte. Aus diesem Grund war sie beeindruckt, dass die Kommune das Andenken an die Kunstschaffenden aus Deutschland so bewahrte, und dass die Provinz Salerno diesen sogar im Museum eine eigene Abteilung widmete und an ihr Leben und Wirken erinnerte.

Selbstverständlich führte ihr Weg sie nach der kurzen Kaffeepause direkt zur Gedenktafel. Hier an einer der Haupttreppen, die an der Kirche vorbei, direkt zum Strand runter führte, hatte Andres in der Casa Carmela gelebt, als es ihn nach Positano geführt hatte.

Damit war Lisas Neugier aber noch nicht gestillt. Sie wollte auch gern die Straße sehen, die nach Andres benannt worden war und so stiegen die beiden die engen Straßen und steilen Treppen bergan, bis sie den beinahe höchsten Punkt der Stadt erklommen hatten. Auf ihrem Weg dorthin kamen sie an einem Laden vorbei, in dem Lisa ein Büchlein kaufte mit dem Artikel von John Steinbeck und das Buch von Stefan Andres „Positano – Geschichten aus einer Stadt am Meer" in einer italienischen Ausgabe, welches Lisa beim weiteren Stöbern entdeckte.

Angekommen an der Via Stefan Andres, hielten sie einen Moment inne und ließen den Blick hinunter auf den Ort wirken. Hier oberhalb der Stadt hatte Andres dann später in einem der Häuser gelebt und das Wenige, was der Familie zur Verfügung stand, mit den anderen hier im Exil lebenden Kunstschaffenden geteilt. Sie stiegen weitere Treppen bergauf und gelangten zum Friedhof. Hinter dem Tor fanden sie einen Ort, der erfüllt war von einer friedlichen Stille mit einem grandiosen Blick auf die Bucht von Positano und dem wunderbar blauen Meer. Die kleinen Grabhäuschen mit blassroten Ziegeldächern, auf denen jeweils ein schlichtes Kreuz thronte, waren auf das Meer ausgerichtet. Lisa spürte hier etwas ganz Besonderes und es war ihr sofort klar, dass dies für sie einer der schönsten Flecken in Positano war. In der unteren Reihe fanden sie die Gräber der deutschen Exilanten, die während ihres Aufenthaltes hier in Positano verstarben und hier begraben worden waren. Eines der Gräber rührte sie besonders an. In sich gekehrt stand Lisa vor dem Grab der ältesten Tochter von Andres. Auf der Grabplatte war noch gut der Name Mechthild zu erkennen, und dass sie 1942 verstorben war mit gerade mal neun Jahren. Lisa versuchte sich ein Bild darüber zu machen, wie die Menschen hier im Exil gelebt hatten. Geflohen vor einem menschenverachtenden zerstörerischen System. Abhängig vom Wohlwollen des verlängerten Arms der Nazis im besetzten Neapel und der ständigen Angst, verhaftet zu werden, aber auch geplagt von den Zweifeln über das eigene Handeln, sich der Verantwortung im eigenen Land entzogen zu haben. Und dann waren da sicher auch die finanziellen Sorgen und Nöten, überhaupt genug zu haben, um die Familie zu ernähren.

In sich gekehrt und gedankenverloren ließ Lisa ihren Blick über die Grabplatte hinaus schweifen und konnte von dieser äußersten Ecke des Friedhofs die Bucht erkennen, in der sie vor kurzer Zeit wegen des Vermissten gewesen waren. Draußen über dem tiefblauen Meer erkannte sie den Hubschrauber, der weiterhin seine Runden flog und die Suche nach dem Vermissten noch nicht aufgegeben hatte. Das Gewitter, das sich morgens bedrohlich angekündigt hatte, war noch tiefer ins Landesinnere gezogen. Hier an der Küste und über dem Meer zeigte sich ein strahlend schöner Tag.

„Ich werde mich mal erkundigen, wie die Sucharbeiten voran gehen und wie die weiteren Planungen für heute aussehen. Vielleicht gibt es etwas für uns zu tun", durchbrach Andrea das Schweigen und hatte auch schon sein Handy am Ohr.

Lisa hatte schon die bange Ahnung, dass es keine Neuigkeiten gab, sonst wären sie sicherlich längst benachrichtigt worden. Auch bis zum Einbruch der Dämmerung blieb die Suche erfolglos. So wie sie es befürchtet hatten. Nachdem Lisa die Ehefrau telefonisch über die bis dahin ergebnislose Suche und darüber, dass diese bei Sonnenaufgang weitergeführt werden würde, informiert hatte, stiegen Andrea und Lisa in den Hubschrauber, der sie mit zurücknahm nach Salerno.

***

Der nächste Tag brachte die bittere Erkenntnis, dass der Vermisste nicht mehr am Leben war. Tauchschüler hatten eine männliche Leiche vor der Inselgruppe Li Galli gefunden, die in der Rechtsmedizin in Salerno von Dr. Pigantelli untersucht wurde. Lisa und Andrea waren sofort, nachdem sie die Information bekommen hatten, zur Rechtsmedizin geeilt. Dort sahen sie auf dem Obduktionstisch den Leichnam einer männlichen Person liegen. Dieser kurze Blick reichte aus, die Gewissheit aufkommen zu lassen, dass es sich um den vermissten Walter Mönkemeier handeln könnte.

„Nach den äußeren Merkmalen zu beurteilen, war die Leiche noch nicht lange im Wasser, was hier an der Waschhautbildung zu sehen ist. An den Fingerkuppen sind erste Anzeichen dafür und hier am Handteller findet sie sich", erklärte Dr. Pigantelli. „Es sind aber noch keine Anzeichen für eine Ablösung der Hautschicht auszumachen. Auch sind noch keine weiteren gravierenden typischen postmortalen Verletzungen zu konstatieren. Das spricht dafür, dass die Leiche wie gesagt, noch nicht allzu lange im Wasser war. Um die Todesursache festzustellen, muss ich erst die Obduktion durchführen. Das Alter des Mannes schätze ich auf 50 – 60 Jahre. Auch mit dem Fotoabgleich ergibt sich eine große Übereinstimmung. Wir müssen davon ausgehen, dass es sich um die, seit gestern vermisste Person handelt", fasste Dr. Pigantelli seine bisherigen Ergebnisse zusammen.

Andrea und Lisa betrachteten ebenfalls das Bild, das sie von der Ehefrau bekommen hatten und erkannten in dem Toten ebenfalls Walter Mönkemeier.

„Wer überbringt der Ehefrau die Nachricht?", wollte Dr. Piganelli noch wissen.

„Lisa und ich werden hinfahren und die Nachricht überbringen und die Ehefrau bitten, in die Rechtsmedizin zu kommen, um den Toten zu identifizieren", erklärte Andrea und fügte an Lisa gewandt hinzu. „Ist das für Dich in Ordnung, schließlich bist Du ja immer noch in Urlaub und es ist Deine freie Zeit?"

„Danke, dass Du fragst, aber es ist völlig in Ordnung für mich. Ich denke, es ist gut, wenn ich in ihrer Sprache mit ihr reden kann", antwortete Lisa, ohne zu zögern.

***

Sie hatten den Ort Praiano hinter sich gelassen und konzentrierten sich, auf der engen kurvenreiche Straße die Einfahrt zu finden, die zu der kleinen Ansiedlung einiger herrschaftlicher Villen oberhalb der Bucht von Arienzo führte. Zur Meeresseite hin verdeckten Mauern und Hecken die Sicht, um die darunterliegenden Häuser vor neugierigen Blicken zu schützen. Schließlich entdeckten sie die Einfahrt, bogen ein in den mit dichten Bäumen und Sträuchern umsäumten Weg, der hinunter führte zu einem strahlend weißen zweistöckigen Gebäude. Auf den ersten Blick wirkte dieses schlicht, aber gerade das unterstrich die schnörkellose Eleganz.

Als sie vor dem Haus standen und klingelten, lastete auf ihnen ein schweres beklemmendes Gefühl, die Nachricht über den Tod zu überbringen, das auch den Blick auf die traumhafte Landschaft während der Autofahrt hierhin getrübt hatte. Jasmin Mönkemeier öffnete die Tür und schaute die beiden sorgenvoll ahnend, welche Nachricht sie hören würde, an. Lisa eröffnete ohne große Umschweife das Gespräch.

„Guten Tag, Frau Mönkemeier. Vor der Inselgruppe Li Galli ist heute Morgen eine männliche Leiche gefunden worden. Wir müssen davon ausgehen, dass es sich dabei um Ihren Ehemann handelt. Könnten Sie sich bitte das Bild anschauen und uns sagen, ob das Ihr Mann ist!"

Lisa reichte ihr das Bild, das Dr. Pigantelli ihnen mitgegeben hatte.

„Ja, das ist er!", sagte sie sehr leise und wiegte den Kopf hin und her, so als verstände sie die Welt nicht mehr.

„Können wir reinkommen?", fragte Lisa.

„Äh, ja natürlich. Entschuldigung! Bitte sehr!" Sie trat einen Schritt zu Seite und bat die beiden mit einer Handbewegung ins Haus.

Für einen kurzen Moment war Lisa abgelenkt, durch das, was sie da gerade zu sehen bekam. Seit sie in Andreas Haus lebte, spürte sie schon etwas sehr Privilegiertes und Besonderes. An vorderster Meeresfront zu wohnen mit einem uneingeschränkten Blick auf das Meer, Terrassen rund um das Haus, für jede Tageszeit ein eigenes lauschiges Plätzchen, Räume durchflutet mit diesem ganz eigenen mediterranen Licht. Sie hatte bisher nicht darüber nachgedacht, dass es noch Steigerungen geben könnte. Hier sah es so aus, dass sich ein Innenarchitekt grenzenlos hatte ausleben können. Jedes Möbelstück war aufeinander abgestimmt, alles war in hellen Tönen gehalten, farbige Akzente erhielten die Räume durch edle Fliesenmotive, die sicherlich aus Vietri sul Mare stammten. Jedes der doppeltürigen Fenster, die weit offenstanden, gab einen traumhaften Blick auf das Meer und die Landschaft frei. Beim Nähertreten erkannte Lisa die darunter liegende Bucht von Arienzo, die dem Bewohner dieses kleinen Paradieses zum Verhängnis geworden war, ging es Lisa durch den Kopf, sodass sie sich sofort wieder in der Realität fand.

„...und können Sie mir schon sagen, was mit meinem Mann passiert ist?", hakte die Frau, die gerade erfahren hatte, dass sie Witwe geworden war, sehr gefasst nach.

„Nein, als wir aufgebrochen sind, war die Untersuchung noch nicht abgeschlossen. Über die näheren Umstände, die zum Tode geführt haben, können wir noch nichts Genaues berichten", erläuterte Lisa, als genau in dem Moment Andreas Handy klingelte.

Während Andrea telefonierte, wandte sich Lisa wieder der Frau zu, um das weitere Vorgehen zu klären.

„Wäre es Ihnen möglich in die Rechtsmedizin nach Salerno zu kommen, um Ihren Mann zu identifizieren oder gibt es eine andere Person, die Ihren Mann kennt, die dies übernehmen könnte?"

„Nein, nein! Das geht schon. Ich kann das machen. Ich möchte meinen Mann gern sehen. Wann soll ich kommen?"

„Ich kläre das mit meinem Kollegen Commissario Commodori ab. Er spricht eh gerade mit dem Rechtsmediziner Dr. Pigantelli", erklärte Lisa.

Andrea, der etwas abseitsstand, horchte auf als er den Namen Dr. Pigantelli hörte und schaute Lisa fragend an, gab ihr andererseits zu verstehen, dass er mit ihr reden müsse. Er beendete das Gespräch und bat die erwartungsvoll auf ihn blickende Lisa zu sich.

„Entschuldigen Sie mich kurz, der Commissario möchte mit mir reden. Wenn ich es richtig verstehe, gibt es Neues aus der Rechtsmedizin."

Lisa stellte sich zu Andrea und las an seinem Gesicht ab, dass ihn irgendetwas beschäftige und gleichzeitig beunruhigte.

„Das war Dr.Pigantelli! So wie es aussieht, haben wir es mit Mord und nicht mit einem Unfall zu tun!"

Lisa verschlug es die Sprache und sie wusste einen Moment nichts zu sagen, was auch nicht nötig war, da Andrea mit seinen Ausführungen fortfuhr.

„Bei der Obduktion hat Dr. Pigantelli festgestellt, dass der Mann sofort unter Wasser getaucht sein muss. Er erklärte es mir so, dass beim typischen Ertrinken zuerst Anzeichen für mehrmaliges Luftholen zu finden sind, weil man beim Ertrinken immer wieder versucht an die Oberfläche zu kommen. So zeigt sich ein typischer Wechsel von Einatmen von Luft und Einatmen von Wasser. Bei dem Toten herrschen eindeutig die Aspiration, also nur Einatmen von Wasser vor, außerdem konnte er keine Spuren für eine Schaumbildung in der Luftröhre feststellen, was ebenfalls auf ein sofortiges Unterwasser eintauchen spricht, weil die Apnoephase fehlt und als weiteres Indiz zeigt sich ein schwächer ausgeprägtes Lungenödem. Dr. Pigantelli ist sich auch deshalb so sicher, weil er an den Fesseln des Toten eindeutige Druckstellen entdeckt hat, die sich als Abdrücke von Händen erweisen. Dies lässt nur eine Erklärung zu, dass der Mann mit kräftigen Händen unter Wasser gezogen wurde!"

Lisa schaute immer noch fassungslos auf Andrea.

„Und jetzt? Wie geht es weiter?", hakte sie nach einem kurzen Moment des Schweigens nach, den sie brauchte, um sich zu sammeln und die neuen Erkenntnisse zu realisieren.

„Zuerst einmal müssen wir es der Ehefrau beibringen und dann geht es mit den Ermittlungen los! Unser zweiter gemeinsamer Fall liegt vor uns! Packen wir es an!"

„Meinen Urlaub mit Dir hatte ich mir romantischer vorgestellt! Gut, dann machen wir das, was wir können!"

Lisa und Andrea kehrten zu der irritierten Jasmin Mönkemeier zurück, die nun sichtlich nervöser und verunsichert wirkte.

Lisa räusperte sich, da auch sie ein wenig angespannt aufgrund der neuen Situation war.

„Wie ich schon vermutete, das war der Rechtsmediziner und es gibt tatsächlich neue Erkenntnisse", eröffnete Lisa das Gespräch stockend, nach den richtigen Worten suchend. „Wir müssen aufgrund der Ergebnisse der rechtsmedizinischen Untersuchung davon ausgehen, dass Ihr Mann ermordet wurde."

„Ermordet, mein Mann ermordet!", kreischte die Frau nun fast hysterisch, was so gar nicht in das bisherige Bild von ihr passte. „Das kann doch gar nicht sein, wie kommen Sie auf Mord?! Ich denke, er ist ertrunken! Er hat bestimmt einen Herzinfarkt oder sonst was erlitten!"

„Nein, dafür gibt es keine Anzeichen. Aufgrund der Faktenlage müssen wir von einem nicht natürlichen Tod ausgehen", betonte Lisa nachdrücklich und fuhr in ruhigem Ton fort. „Wir stellen Ihnen jetzt ein paar Fragen, die wir in solch einem Fall routinemäßig stellen müssen."

„Ja, ja! Ich verstehe", sagte die Frau nun wieder gefasster und sich wieder unter Kontrolle habend.

„Wo waren Sie gestern genau zum Zeitpunkt des Verschwindens Ihres Mannes?", wandte sich Lisa wieder der Frau zu, um diese erste Frage zu stellen.

„Das habe ich Ihnen doch gestern schon alles gesagt!", empörte sie sich.

„Gestern haben wir uns mehr auf Ihren Mann konzentriert bei unseren Fragen. Heute müssen wir abklären, was sie genau in der Zeit gemacht haben. Wie gesagt, es sind Fragen, die wir routinemäßig stellen", betonte Lisa freundlich. „Deshalb schildern Sie bitte, was Sie gemacht haben, nachdem Ihr Mann das Haus verlassen hat."

Mit einem leichten Ton von Widerwillen und Empörung in der Stimme begann sie den Ablauf zu schildern.

„Nachdem mein Mann gegangen ist, bin ich aufgestanden. Ich hatte unsere Reinigungskraft gebeten gestern früher zu kommen, deshalb wollte ich auf sein. Rosalia war dann so um 8.30 Uhr hier, vielleicht auch etwas früher. Ich habe nicht genau auf die Uhr geschaut. Rosalia war auch noch hier als ich runter gegangen bin zum Strand, um nach meinem Mann zu schauen."

„Können Sie uns die Adresse und den Nachnamen von dieser Rosalia geben. Wir müssen auch mit ihr reden.

„Sie wohnt oben in Montepertuso, direkt am Ortseingang. Die Straße weiß ich nicht. Ihr Nachname ist Garibaldi, wie dieser Freiheitskämpfer. Die Telefonnummer kann ich Ihnen selbstverständlich geben."

„Das ist freundlich von Ihnen", bedankte sich Lisa, um dann die üblichen Fragen zu stellen, die ihnen helfen sollten, erste Vermutungen über mögliche Motive und Hintergründe anzustellen. „Hatte Ihr Mann Feinde? Hier in Italien oder in Deutschland? Wurde er in irgendeiner Weise bedroht?"

„Nein!", kam es wie aus der Pistole geschossen. „Wo denken Sie hin, mein Mann hatte keine Feinde und ist auch von niemanden bedroht worden", und dann ein wenig nachdenklicher und leiser, „zumindest weiß ich es nicht, kann es mir aber auch nicht vorstellen."

Lisa reagierte sofort auf das Zögern und hakte nach.

„Sie wirkten gerade so nachdenklich. Ist Ihnen gerade etwas Wichtiges eingefallen?"

„Nein, das nicht. Ich habe überlegt, wie gut wir überhaupt die Menschen kennen, mit denen wir zusammen sind."

„Was meinen Sie?", ließ Lisa nicht locker.

„Ach nichts weiter, nichts von Belang", machte Jasmin Mönkemeier klar, das da nichts mehr kommen würde.

„Können Sie uns etwas dazu sagen, zu wem Ihr Mann hier Kontakt hatte?", forschte Andrea nun weiter nach.

„Er hatte zu vielen Leuten hier Kontakt, aber eher oberflächlich. Er liebte es, mit den Menschen zu reden. Er sprach, im Gegensatz zu mir, ein wenig italienisch. Allerdings nicht so perfekt, wie Sie, Frau Kommissarin."

Lisa wurde hellhörig, begann Frau Mönkemeier ihr Komplimente zu machen und warum diese Anbiederung auf einmal, schoss es Lisa verwundert durch den Kopf, überging die letzte Bemerkung beflissentlich und konzentrierte sich darauf, Fragen über die Vergangenheit des Toten zu stellen.

„Was genau hat Ihr Mann in Deutschland gearbeitet?"

„Er hatte ein größeres Bauunternehmen, zusammen mit einem Geschäftspartner. Diesem hat mein Mann vor zwei Jahren seine Anteile verkauft, weil er sich zur Ruhe setzen und seinen Traum vom Haus hier an der Amalfiküste verwirklichen wollte. Nach einem aufreibenden Geschäftsleben wollte er hier ein ruhiges und bewussteres Leben führen. Aber fragen Sie mich nicht! Über die Geschäfte meines Mannes weiß ich nicht allzu viel. Ich bin mit meinem Mann seit fünf Jahren verheiratet. Bevor sie nach einer früheren Frau oder Familie fragen. Nein, hat er nicht. Es gab in seiner Jugend wohl eine große Liebe, die ist aber durch einen Verkehrsunfall ums Leben gekommen. Über den Verlust ist er lange Zeit nicht hinweggekommen und hat sich in die Arbeit gestürzt. Ich war nach langer Zeit die Frau, die er an sich hat herankommen lassen und auf die er sich eingelassen hat."

Lisa hatte aufmerksam zugehört und fühlte sich ein wenig berührt von der Lebensgeschichte des Mannes

33

und auch von dem Zurückkehren der Gefühle, die es ihm ermöglicht hatten, eine neue Beziehung einzugehen, spürte aber auch etwas Unstimmiges. Lag es daran, weil es ihr so vorkam, dass es sich bei Jasmin Mönkemeier so anhörte, als erzähle sie beiläufig eine Geschichte, die irgendwem passiert war. Lisa konnte nicht spüren, dass sie ihre eigenen Gefühle in der Geschichte zum Ausdruck brachte. Vielleicht will sie sich im Moment schützen, damit sie selbst nicht überwältigt wird, versuchte Lisa es sich zu erklären.

„Ist Ihr Mann in den letzten Tagen für längere Zeit allein unterwegs gewesen. Hat er sich öfters in Neapel aufgehalten. Hatten Sie hier in Positano Besuch?", wollte Andrea wissen.

„Nein, er war weder lange allein unterwegs noch haben wir hier Besuch bekommen. In Neapel waren wir mehrmals gemeinsam zum Shoppen und waren in der Oper und mal in verschiedenen Ausstellungen. Alles völlig unauffällig und unaufgeregt!", antwortete sie.

Lisa wunderte sich kurz über den letzten Satz, er klang so... Ja, wie klang er? Gelangweilt oder entspannt, überlegte Lisa einen kurzen Moment. Sie konnte es nicht wirklich einordnen.

„Was meinen Sie mit völlig unauffällig und unaufgeregt?", hakte Lisa nun doch nach.

„So wie ich es gesagt habe, eben nichts Besonderes", gab Jasmin Mönkemeier achselzuckend zur Antwort.

Lisa entschied es erst mal so stehen zu lassen und schaute auf Andrea. Ihre beiden Blicke trafen sich und gaben sich zu verstehen, dass sie hier im Moment nichts erkennen konnten, wodurch sie im Moment weiterkamen. Sie bedankten sich bei Frau Mönkemeier und verabschiedeten sich, mit dem Hinweis, dass sie möglichst gleich morgen zur Rechtsmedizin kommen sollte, um ihren Mann zu identifizieren.

„Würden Sie uns vorher kurz informieren, wann sie dort sein werden. Wir treffen Sie dann in der Rechtsmedizin."

„Ich rufe Sie an, wenn ich in Positano losfahre. Ist das in Ordnung für Sie?"

„Ja, das passt", versicherte Lisa.

***

Als sie wieder im Auto saßen, versuchten sie sich erst einmal selbst mit der neuen Situation auseinanderzusetzen, in die sie gerade ziemlich unerwartet hineingeraten waren. Waren sie doch vor wenigen Stunden aufgebrochen, um die traurige Nachricht vom tragischen Badeunfall zu überbringen, fanden sie sich jetzt mitten in einer neuen Ermittlung und stocherten wie so oft am Beginn im Trüben.

„Was sind Deine ersten Eindrücke?", wandte sich Lisa an Andrea. „Hast Du schon eine Idee von einer Spur?"

„Schön wär's! Ich fand die Ehefrau auch heute wieder sehr geschäftsmäßig und kontrolliert, lediglich zu Beginn als wir davon sprachen, dass wir von einem Mordfall ausgehen, reagierte sie beinahe hysterisch, hatte sich aber sofort wieder im Griff."

„Ja, genau so habe ich es auch empfunden. Ob sie vielleicht Angst hat, weil sie mehr weiß, als sie uns verraten hat. Angst, auch um ihre eigene Person. Vielleicht wurden sie doch bedroht. Ich denke, wir sollten uns auf jeden Fall seine früheren Geschäfte anschauen. Wenn er groß im Baugeschäft tätig war, kann es möglicherweise Verbindungen zur Mafia geben. Wir wissen nur allzu gut, dass auch die Camorra, ihr Geld im Immobilienmarkt in Deutschland reinwäscht", gab Lisa zu bedenken.

„Ja, eine Verbindung zur Mafia sollten wir auf jeden Fall in Betracht ziehen. Denkst Du, Du kannst Deine Verbindungen in Köln nutzen, damit sie uns unterstützen?"

„Na klar, Viktor wird sich freuen!", lachte Lisa voller Zuversicht.

„Ich werde Matteo bitten, alles rund um den Grundstückkauf zu recherchieren, um herauszufinden, ob dort irgendwelche illegalen Machenschaften dahinterstecken. Was hältst Du davon, wenn wir jetzt nach Montepertuso fahren, um mit dieser Rosalia Garibaldi zu sprechen. Oder möchtest Du lieber zu Fuß dort hin. Es gibt da einen sehr malerischen Weg, der allerdings über 1000 Treppenstufen hinaufführt", konnte Andrea sich nicht verkneifen mit einem Augenzwinkern anzumerken.

„Heute würde ich die Autofahrt vorziehen, aber auf das Angebot mit den Treppen komme ich gern irgendwann einmal zurück. Vielleicht kann ich die Amalfiküste ja auch irgendwann einmal ohne Mord genießen," warf Lisa ihm den Ball zurück.

Zeit für einen ausgiebigen Kuss musste noch sein, bevor Andrea den Wagen startete und sie sich auf den Weg machten. Was dem Auge auf dem Weg nach Montepertuso geboten wurde, war von unglaublicher Schönheit. Eine mehr als schmale Straße führte über langgezogene Serpentinen die 450 m bergan, jeder neue Ausblick, jede neue Perspektive, die sich eröffnete, raubte Lisa den Atem. Steilabfallende Berghänge durch schmale Täler wechselten sich ab mit panoramareichen Ausblicken auf die Küste und das azurblaue Meer. Lisa hatte mehr als einmal das Gefühl ihr Herz bliebe stehen, wenn sie dicht gedrängt am Abgrund entlangfuhren, um im nächsten Moment voller Entzücken den Ausblick in die Weite bis zur Insel Capri zu genießen. Lisa kam aus dem Staunen nicht heraus. Sie war immer wieder überwältigt von dieser schroffen Schönheit. Welch ein Glück, dass das Schicksal sie vor einigen Wochen hierhergeführt hatte und sie nicht nur diese großartige Landschaft kennenlernen durfte, sondern auch ihre große Liebe fand. Sie konnte es sich nicht verkneifen, Andrea voller Wärme und Zuneigung anzuschauen, der sie mit einem tiefgründigen Lächeln seiner Augen bedachte.

Gerade noch über dem Abgrund schwebend, öffnete sich nun eine Art Hochplateau, in dem eingebettet der Ort Montepertuso lag. Am Ortseingang empfing sie winkend eine agile bodenständig aussehende Frau um die fünfzig. Das musste Rosalia sein, die sie, bevor sie losgefahren waren, angerufen hatten.

„Buon giorno, Dottori, da sind sie ja. Sie sind die Kommissarin aus Deutschland. Wie gefällt es Ihnen hier bei uns. Ist schon schön, nicht wahr", empfing sie Rosalia mit einer großen Herzlichkeit. „Aber ich kann es gar nicht glauben, dass der Signore", hier musste sie eine kurze Pause einlegen, da ihre Stimme durch die aufsteigenden Tränen erstickt wurde, bevor sie das Unglaubliche aussprechen konnte. „ ... nicht mehr unter uns ist. Das ist so schrecklich und dann sagen sie, dass er ermordet wurde. Das kann ich gar nicht glauben! Aber kommen sie doch erst einmal herein, möchten Sie etwas trinken, vielleicht einen Espresso oder Wasser."

„Buon giorno, Signora Garibaldi", begrüßte Andrea Rosalia. „Für mich gern einen Espresso und für Dich, Lisa?"

„Gern auch einen Espresso, mille grazie, Signora Garibaldi! Es ist in der Tat wunderschön hier bei Ihnen", entgegnete Lisa und musste innerlich noch darüber schmunzeln, dass Rosalia sie mit „Dottori" begrüßt hatte. Sie war wohl davon ausgegangen, dass alle Kommissare, auch die in Deutschland, promovierte Juristen sind, so wie sie es von den meisten italienischen Kommissaren kannte.

Signora Garibaldi bedankte sich mit einem breiten Lachen, das ein wenig von ihren Zahnlücken preisgab und zwei dampfenden zuckersüßen Espressi.

„Signora Garibaldi, Frau Mönkemeier berichtete uns, dass Sie gestern Morgen dort waren, um Ihre Arbeit zu machen. Erzählen Sie uns doch bitte, wann Sie dort eingetroffen sind und wie der Morgen verlaufen ist. Ist Ihnen irgendetwas aufgefallen, war irgendetwas anders", eröffnete Andrea das Gespräch.

Signora Garibaldi überlegte einen Moment und legte dann in bedächtigem Tempo los.

„Ich gehe dreimal die Woche zu Signore Walter und Signora Jasmin. Normalerweise beginne ich immer um elf, weil die Signora Jasmin vorher nicht gestört werden möchte. Aber gestern hat sie mich schon für 8.30 Uhr bestellt. Ich war aber etwas früher dort, vielleicht so gegen 8.15 Uhr. Ein Nachbar hat mich nämlich mit in den Ort genommen, deshalb musste ich nicht mit dem Bus fahren und war schon ein wenig früher dort. Als ich ankam war die Signora bereits auf und hat mir verschiedene Anweisungen gegeben, was ich machen sollte. Ich bin dann mit meiner Arbeit angefangen."

Hier stockte sie, weil sie nicht wusste, was sie erzählen sollte oder was die beiden hören wollten, deshalb konkretisierte Andrea die nächste Frage.

„Und war die Signora die ganze Zeit anwesend?"

„Ja. Bis sie dann runter zum Strand, um nach Signore Walter zu sehen." Bei der Vorstellung, was mit ihrem sympathischen Chef passiert war, konnte sie die Tränen nur schwer zurückhalten.

„Können Sie Herrn und Frau Mönkemeier beschreiben. Wie waren sie so?", wollte Lisa nun gern wissen.

„Die Signora ist nett und höflich, aber wir sprechen kaum miteinander. Sie spricht kaum italienisch. Wenn sie mir gesagt hat, was ich tun soll, dann zieht sie sich zurück und lässt mich allein machen. Ja, was soll ich sagen, sie ist sehr attraktiv, legt großen Wert auf ihre

Kleidung und auch im Haus muss alles korrekt und ordentlich sein", Signora Garibaldi stockte und ihr Gesicht brachte zum Ausdruck, dass sie nach weiteren Antworten suchte. „Wenn etwas nicht ganz ihren Vorstellungen entspricht, kann sie auch ärgerlich und streng sein. Mehr kann ich wirklich nicht sagen", stellte sie mit Bedauern fest. „Aber der Signor, der war sehr freundlich. Herzlich würde ich sagen. Meistens haben wir in der Küche zusammen einen Espresso getrunken und ein wenig geplaudert. Er sprach gern italienisch, um seine Kenntnisse zu verbessern. Er hat mich auch hier zuhause besucht. Er hat gern mit meinem Mann geredet. Er wollte wissen, wie er einen Garten anlegen kann und er hat sich darüber informiert, was er bedenken muss bei der Haltung von Hühnern, die er sich anschaffen wollte. Alles das hatte er vor. Er wollte einen Garten anlegen und Gemüse anbauen und Hühner halten und dann haben wir ein Gläschen von unserem Wein getrunken. Er hat sich auch für unser Leben interessiert. Er war wirklich so nett!", bei den letzten Worten konnte sie die Tränen, die in ihren Augen aufstiegen, nicht länger zurückhalten.

Lisa und Andrea ließen ihr ein wenig Zeit in ihrer Trauer, fuhren dann mit ihren weiteren Fragen fort.

„Wie sind die Eheleute miteinander umgegangen?", wollte Andrea wissen.

„Das kann ich gar nicht so genau sagen, aber es kam mir nicht so herzlich vor. Wissen Sie, was ich meine. Wenn ich dort war, waren sie selten zusammen. Jeder hat so seine eigenen Sachen gemacht. Sie hatten auch getrennte Schlafzimmer, ich habe mich immer gefragt, ob sie so Sachen machen, die Paare halt machen, sie wissen sicherlich, was ich meine", fügte sie verschämt hinzu und wechselte schnell das Thema als ihr einfiel, dass sie einen Streit mitbekommen hatte.

„Einmal vor ein paar Wochen habe ich gehört, dass die beiden am Telefon gestritten haben. Ich habe nicht verstanden, worum es ging, aber es war sehr hitzig. Das war als die Signora mal eine längere Zeit allein in Deutschland war."

„Hat Signore Mönkemeier mal erwähnt mit wem er hier in Italien Kontakt hat. Gingen im Haus viele Gäste ein und aus", stellte Andrea seine weiteren Fragen.

„Nein, mit wem er hier Kontakt hat, darüber hat er mit mir nicht gesprochen und Gäste oder Partys, davon habe ich nichts mitbekommen, aber ich würde sagen, dass es die nicht gab."

***

Nachdem Andrea und Lisa sich von Rosalia verabschiedet hatten, zeigte ihnen der Blick auf die Uhr, dass es bereits auf den Abend zuging, und sie fanden es beide richtig, nicht noch einmal zum Haus der Mönkemeiers zurückzukehren, um Fragen nach dem Grund für den Streit zu stellen. Dies wollten sie am nächsten Tag klären, wenn Jasmin Mönkemeier sowieso in der Rechtsmedizin erscheinen würde. Andrea schaute Lisa voller Tatendrang an.

„Hast Du Lust auf ein kleines Abenteuer?", neckte er Lisa.

„Ich bin jederzeit bereit! Abenteuer ist schließlich eine meiner liebsten Leidenschaften", gab sie keck zur Antwort.

„Soso, eine Deiner liebsten Leidenschaften! Jetzt frage ich mich natürlich, was ist Deine Allerliebste?"

„Du! Du bist das größte Abenteuer und meine größte Leidenschaft nach sagen wir ...", Lisa ließ den Satz unvollendet ins Leere auslaufen und schaute Andrea erwartungsvoll an, welchen Vorschlag er unterbreiten würde.

„Wenn wir schon mal hier sind, schlage ich vor, wir fahren hinauf in das Dorf Santa Maria del Castello. Es liegt 700 m hoch und hat einen einmaligen Blick zu beiden Seiten des Gebirges sowohl auf den Golf von Neapel und auf die Costiera Amalfitana. Wir schaffen es bis zum Sonnenuntergang dort zu sein. Das Wetter heute verspricht einen grandiosen Ausblick und leckere Köstlichkeiten werden dort auch aufgetischt."

Nach einer tatsächlich abenteuerlichen Fahrt auf kurvigen Straßen in das Dorf, erreichten Sie ein idyllisch gelegenes Agriturismo. Nachdem Andrea einen Tisch reserviert hatte und sich eine Flasche Wein vom benachbarten Weingut und zwei Gläser hatte geben lassen, gingen die beiden ein Stückchen Richtung

Wanderweg und suchten sich ein ruhiges Plätzchen, um von hier bei einem Glas Landwein eingehüllt in das intensive warme güldene Gelb der letzten Sonnenstrahlen den Sonnenuntergang über dem Meer zu genießen. Eng aneinander geschmiegt saßen sie hier, fühlten ihre tiefe innige Verbundenheit und spürten, wie sie ihre Gefühle in diesem kostenbaren Moment teilten. Große Worte brauchten sie hier und jetzt nicht.

Vor ihnen hatte sich der Vorhang geöffnet für ein so alltägliches und doch immer von Neuem faszinierendes großes Naturschauspiel. Die Sonne stand schon tief am Horizont umgeben von einem Schleier aus hellstem Gelb. Der Streifen über dem Meer glich einem Pinselstrich mit tiefem Orange, der Himmel darüber erstrahlte klarer und intensiver in seinem Blau, als wüsste er, dass er bald dem Schwarz der Nacht weichen müsse. Schnell wanderte der rötlich gelbliche Ball an den dunklen Rand des Meeres und warf einen langes golden schillerndes Band über das Wasser, um dann in die Fluten einzutauchen und die Welt noch einmal in einen letzten roten Schleier zu hüllen.

Im letzten Licht machten Lisa und Andrea sich engumschlungen auf und freuten sich auf ihr gemeinsames Abendessen. Der Tisch war für sie schon an einem lauschigen Plätzchen unter einer weinberankten Laube bereitet. Ein gut gekühlter Weißwein der DOC Penisola Sorrentina aus den Rebsorten Falanghina und Greco Bianco mit einer delikaten Note mundete gut zu den köstlichen Antipasti, die schon für sie bereitstanden. Tagliolini alla „Scarpariello", ein obwohl einfaches, aber durch die frischen Zutaten köstliches Nudelgericht folgte schon bald darauf als Primi Piatti. Andrea erzählte Lisa, dass es sich um ein typisches neapolitanisches Gericht handele. Der Name sei abgeleitet vom Wort Scarparo, in Neapel die gängige Bezeichnung für Schuster.

„Die Kunden dieser Schuster waren häufig einfache Bauern, die nicht immer genug Geld hatten, aber dafür hatten sie reichlich Käse und so bezahlten sie mit ihrem Käse. Daraus entstand dann dieses Gericht. Wichtig sind die Piennolo-Kirschtomaten und zwei Sorten Käse. Auf jeden Fall muss der Provolone dabei sein, der aus dieser Region kommt."

Wie immer lauschte Lisa gespannt den Erzählungen und war begeistert, dass Andrea so vieles über seine Heimat zu erzählen wusste.

Kaum blieb nach diesem kräftigen Zwischengericht eine Verschnaufpause, da wurde auch schon das Hauptgericht serviert.

„Wir haben hier ein Pancia di Maialino da latte cotta a bassa temperatura con pura de mele e polenta fritta", erklärte ihnen Maria, die das Gericht servierte und fügte noch mit einem gewissen Stolz in der Stimme hinzu. „Bis auf die Polenta stammen alle Produkte hier von unserem Hof. Das Schweinefleisch stammt von unseren eigenen Tieren, die hier oben freilaufend aufwachsen und unsere prächtigen Apfelbäume haben sie sicherlich schon gesehen. Ich wünsche Ihnen einen guten Appetit."

Während des Essens zog Andrea wieder alle Register seines lukullischen Wissens und beschrieb Lisa, wie der Schweinebauch zubereitet wird.

„Zuerst einmal wird der Schweinebauch bei niedriger Temperatur gekocht, damit das Fett schmilzt und nur das magere Fleisch übrigbleibt, dann muss er über Nacht ruhen und wird am nächsten Tag noch einmal für weitere zwei Stunden bei einer niedrigen Temperatur von 70 Grad über Wasserdampf geköchelt und anschließend in kleinen Portionen gebraten meistens in Honig oder Balsamico."

„Es schmeckt wirklich köstlich. Unglaublich, dass es sich um Schweinebauch handelt", bestätigte Lisa genüsslich und war erstaunt, wie vorzüglich der Rosso aus der Region mit seinem mittleren Körper und leichtem Alkoholgehalt dazu mundete. Piedirosso und Agliancio waren ein gute Verbindung eingegangen, resümierte Lisa.

Beim Tortino al ciccolato Fondente mit einem Bouquet von roten Früchten streikte Lisa nach einem kleinen Happen. Obwohl es traumhaft fluffig und die Schokolade im Innern genau auf dem Punkt war, trat sie es an Andrea ab, der als Dankeschön einen schokoladigen Kuss einforderte. Schon während des Essens und vor allem Trinkens des belebenden lokalen Weins hatten sie entschieden, die Nacht hier oben zu verbringen und so konnten sie auch ohne ein schlechtes Gewissen zu haben, zum Abschluss noch einen typischen Nusslikör, den Nocino oder auch Nocillo, genießen.

***

Als sie die Tür zu ihrem Zimmer hinter sich schlossen, kicherten beide noch über die Worte, die der Patron ihnen augenzwinkernd mit auf den Weg gegeben hatte.

„Lieber Commissario, denken Sie daran, dies ist das ehemalige Zimmer meiner Großeltern, in dem sie acht Nachkommen gezeugt haben!", ahmte Andrea mit der ehrfurchtsvollen Betonung die Worte des Patrons nach. Auch den vielsagenden Blick ließ er dabei nicht aus.

Lisa neckte Andrea, indem sie anmerkte, dass sie angesichts dieser Leistung, schleunigst damit beginnen sollten! Es fiel Andrea in keiner Weise schwer, dieser Aufforderung umgehend Folge zu leisten.

***

Nach einer Nacht mit wenig Schlaf hatten sie es geschafft, pünktlich in Salerno zu sein, wo sie in der Rechtsmedizin auf Frau Mönkemeier trafen. Gemeinsam betraten sie den Obduktionssaal, wo von einem weißen Tuch bedeckt der Leichnam des Toten lag.

Lisa wandte sich Jasmin Mönkemeier zu und fragte sie, ob sie bereit wäre, sich den Mann anzuschauen. Diese gab mit einem leichten Kopfnicken zu verstehen, dass sie beginnen konnten.

Dr. Pigantelli hob vorsichtig das Tuch an, sodass das Gesicht zu erkennen war. Die Ehefrau blickte einen Moment starr und ausdruckslos auf dieses Gesicht, bewegte ihren Kopf langsam von oben nach unten und machte mit nickenden Bewegungen deutlich, dass es sich wie zu erwarten war, um ihren Mann handelte, der dort lag. Lisa ergriff das Wort und bat Frau Mönkemeier es noch einmal zu bestätigen.

„Frau Mönkemeier ist das Ihr Mann?"

Woraufhin ein schwaches „Ja!" zu hören war.

„Darf ich einen Moment mit meinem Mann allein bleiben?" bat sie.

„Selbstverständlich! Wir warten draußen. Nehmen sie sich alle Zeit, die Sie brauchen", erwiderte Lisa, nachdem ihr Andrea zustimmend zugenickt hatte.

Als Frau Mönkemeier nach einer Weile nach draußen kam, erklärte Lisa ihr, dass sie noch einige Fragen abzuklären hätten, und führte sie in einen kleinen Besprechungsraum.

„Was möchten Sie denn noch von mir wissen, ich kann Ihnen auch nicht mehr sagen, als ich es gestern schon getan habe", sagte sie gereizt.

„Vor ein paar Wochen waren Sie für einige Zeit in Deutschland. Bei einem Telefongespräch mit Ihrem Mann hat es einen Streit gegeben. Worum ging es da?"

„Wie kommen Sie denn darauf!" fragte sie verwundert, um dann umgehend den richtigen Schluss daraus folgerte. „Ah, ich verstehe, das hat Ihnen Rosalia erzählt. Es stimmt, ich war für ein paar Wochen in Deutschland, ich konnte dieses italienische so hoch gelobte „Dolce far niente", das süße Nichtstun nicht mehr ertragen", sagte sie mit einem angewiderten Unterton. „Ich brauchte mal ein bisschen mehr Action. Treffen mit Freundinnen, Shoppen und so, wenn sie verstehen, was ich meine."

„Und darüber sind sie mit Ihrem Mann in Streit geraten?", insistierte Lisa und blieb damit beharrlich am Thema, da ihr diese Antwort nicht wirklich schlüssig schien und so gar nicht ausreichen wollte.

„Ja!", beharrte Jasmin Mönkemeier, fast trotzig. „Er wollte, dass ich zurückkomme. Er meinte, so habe er sich ein gemeinsames Leben nicht vorgestellt. Seine Firma habe er auch deswegen an den Nagel gehängt, weil er gemeinsame Zeit mit dem Menschen, den er liebt, verbringen wollte", erklärte sie.

Lisa fand das gar nicht so abwegig. Gemeinsame Zeit mit einem geliebten Menschen zu verbringen, hörte sich für sie nachvollziehbar an. Von sich konnte sie sagen, dass sie die Zeit mit Andrea in vollen Zügen genießen konnte, und dass sie sich manchmal etwas mehr „Dolce far niente" wünschte. Aus diesem Gefühl heraus, fragte sie ganz spontan.

„Liebten Sie Ihren Mann nicht mehr?"

Völlig aufgeschreckt, regte sich etwas Widerspenstiges in Jasmin Mönkemeier.

„Natürlich liebe ich meinen Mann, wie können Sie so etwas unterstellen. Wollen Sie mir etwa ein Motiv andichten und mir die Tat anhängen. Da kann ich nur von Glück sagen, dass ich ein wasserdichtes Alibi habe!

Ich denke, wir beenden diese Befragung jetzt!", empörte sich Jasmin Mönkemeier.

„Beruhigen Sie sich bitte, so war das natürlich nicht gemeint und unterstellen wollte ich Ihnen schon gar nichts", ruderte Lisa ein Stück zurück.

Bisher hatte Sie es geschafft, immer sofort für Andrea ins Italienische zu übersetzen, was ihr bei diesem letzten Dialog nicht gelungen war. Entsprechend irritiert schaute Andrea auf die beiden aufgeregten Frauen und versuchte zu ergründen, was da gerade passierte. Lisa wandte sich nun an ihn und erklärte die Situation. Auf italienisch erklärte sie Andrea, sie verstünde auch nicht, warum sie das gefragt hätte. Es wäre auf einmal dagewesen. Andrea beruhigte Lisa und wandte sich mit einer letzten Frage direkt an Jasmin Mönkemeier, die Lisa übersetzte.

„Als sie in Deutschland waren, wo haben sie da gewohnt, wenn sie mir diese letzte Frage bitte noch beantworten würden?"

Wieder etwas ruhiger, antwortete sie, dass sie eine Eigentumswohnung in Deutschland, genauer gesagt in Köln besitzen würden, da ihr erster Wohnsitz nach wie vor in Deutschland sei. Er dankte der Frau und sagte, erst einmal gäbe es keine weiteren Fragen, sie möge sich aber bitte weiterhin in Positano aufhalten, da sie sicherlich im Zusammenhang mit der Aufklärung des Mordes an ihrem Mann noch ihre weitere Hilfe benötigten.

***

Als Lisa und Andrea wieder allein waren, kam Lisa sofort auf das Thema zurück, weil es sie nach wie vor beschäftigte, was da gerade mit ihr los gewesen war.

„Ich kann Dir nicht sagen, warum ich diese provozierende Frage gestellt habe", sinnierte Lisa, weil sie das Thema noch nicht abschließen konnte. „Ich hatte auf einmal so ein Gefühl. Es wirkt auf mich, als hätten die beiden aneinander vorbei gelebt. Er hatte konkrete Vorstellungen, wie er sein Leben hier ausrichten wollte. Sie kommt mir vor wie ein Anhängsel, aber nicht, als hätten sie beide diese Vision für ihr gemeinsames Leben. Sie scheint hier nicht glücklich zu sein, sondern ganz im Gegenteil, hört es sich so an, als sei sie sehr unzufrieden. Aber, was zerbreche ich mir den Kopf, für unseren Fall hat das wohl kaum Bedeutung. Das Thema sollten wir wohl eher den Experten für Paarprobleme überlassen. Eheberatung fällt zum Glück nicht auch noch in unseren Bereich!"

„Es ist wichtig, dass wir uns in unserer Arbeit auch von unserem Bauchgefühl leiten lassen. Da ist nichts Falsches dran", gab Andrea zu bedenken. „Übrigens habe ich mir die gleiche Frage gestellt und finde Deine Überlegungen gar nicht so weit hergeholt. Aber das ist eine Angelegenheit, die ging tatsächlich nur die beiden etwas an. Ich wüsste nicht, was es mit dem Fall zu tun haben sollte. Lass uns auf mögliche Motive für den Mord konzentrieren, für Partnerprobleme sind wir nur indirekt zuständig", resümierte Andrea. „Komm lass uns in die Questura gehen, es wartet eine Menge Arbeit auf uns!"

In der Questura kam ein freudiger Matteo auf Lisa zu und begrüßte sie stürmisch und herzlich.

„Ciao, Lisa. Schön Dich wieder zu sehen. Gut siehst Du aus! Als wir uns das letzte Mal gesehen haben, saßt

Du ein wenig angeschlagen aus", scherzte er und nahm Bezug auf den letzten Fall, den sie gemeinsam aufgeklärt hatten. „Und kaum bist Du hier, steckst Du schon wieder voll in den Ermittlungen zu einem neuen Mordfall. Willkommen im Team!"

„Ciao, Matteo! Ich freue mich, Dich zu sehen! Ich möchte Dich daran erinnern, dass ich hier lediglich Urlaub machen wollte, von Arbeit war keine Rede", ging Lisa scherzend darauf ein, wohlwissend, dass sie aus dem Fall nicht mehr rauskommen würde.

„Wenn Ihr dann fertig seid, könnten wir ja mal an die Arbeit gehen", mischte sich Andrea Geschäftigkeit andeutend ein und wandte sich auch sofort seinem Kollegen zu. „Matteo, hast Du schon was erreichen können?"

„Wie es aussieht, ist der Immobilienkauf hier ganz regulär gelaufen und abgewickelt worden. Ich habe keine Stelle entdecken können, wo illegal Geld geflossen sein könnte. Die Immobilie hat zuvor einem Industriellen aus Norditalien gehört, Verbindungen zur Mafia sind nicht bekannt. Die Immobilie wurde über einen international agierenden Makler zum Kauf angeboten. Ich habe mir Einblick in das damalige Angebot geben lassen. Die Überweisung der ausgeschriebenen Summe abzüglich eines handelsüblichen Nachlasses ist über die Bank transferiert worden. Der Rechtsanwalt in Neapel, der involviert war, scheint ganz seriös zu sein. Der Name ist noch nie in Verbindung mit der Mafia aufgetaucht", berichtete Matteo die bisherigen Ergebnisse seiner Nachforschungen.

„Dann werde ich mal meine Beziehungen nutzen, um Licht in die Vergangenheit unseres Toten zu bringen. Vielleicht bringt uns das dem Motiv näher", brachte Lisa ein und wählte auch schon die Nummer von Viktor Hugler, ihrem Chef bei der Mordkommission in

Köln. Sie berichtete ihm, was geschehen war und die vagen Vermutungen, die sie bisher hatten.

„Du liebes Lottchen", kommentierte Viktor, Lisa war Viktors mitunter merkwürdige Sprüche gewohnt und stieß sich nicht mehr daran, sondern ließ ihn weiterreden. „Da bist Du ja wieder in etwas hineingeraten. Man kann Dich aber auch nicht allein lassen! So sieht doch kein Urlaub aus! Hast Du denn überhaupt eine Befugnis zu ermitteln?", äußerte Viktor seine Sorge die Formalien betreffend.

„Viktor ich ermittle ja auch nicht, ich unterstütze die Kollegen lediglich mit meinen Sprachkenntnissen bei der Befragung. Das ist doch auch im Sinne unseres ermordeten Staatsbürgers und seiner hinterbliebenen Ehefrau. Für die Ehefrau ist es doch viel angenehmer sich verstanden zu fühlen, als an einen Übersetzer zu geraten, der die Eigenheiten vielleicht weniger erkennt," erklärte Lisa.

„Ich bin gespannt, was der Vice Questore dazu sagt! Meinen Segen hast Du, ich sehe keine Hindernisse, Dich von hier aus zu unterstützen", damit war für Viktor dieses Thema durch. „Und Du möchtest, dass ich etwas über diesen Mönkemeier herausfinde. Du sagst, er hat zusammen mit einem Geschäftspartner ein großes Bauunternehmen hier in Köln betrieben und hat seinen Anteil vor circa zwei Jahren an seinen Partner verkauft. Also was genau möchtest Du wissen. Ob das so stimmt, wird Dir wohl nicht ausreichen!"

„Genauso ist es. Ich möchte wissen, welche Aufträge sie in den letzten, sagen wir mal, zehn Jahren abgewickelt haben, vor allem mit wem sie Geschäfte gemacht haben. Wie sieht es mit ihren Finanzen aus. Vielleicht sind die Kollegen von der Wirtschaftskriminalität mal auf was gestoßen", zählte Lisa die Liste ihrer Fragen auf.

„Ich schaue, was ich in Erfahrung bringen kann. Es ist ja nicht so, alles hätten wir nichts anderes zu tun!", beschwerte sich Viktor, wobei Lisa deutlich spürte, dass Viktor schon längst angefixt war. „Sonst noch Wünsche?"

„Wenn Du mich so fragst, hätte ich noch einen Wunsch", fügte Lisa sofort hinzu, „kannst Du auch mal schauen, was Du über diese Jasmin, seine Ehefrau, herausfinden kannst!"

„Manchmal frage ich mich, wer eigentlich der Chef ist! Wird gemacht Frau Kommissarin!"

Lisa quittierte Viktors letzten Satz mit einem herzlichen Lachen.

„Kein Kommentar! Mach es gut Viktor und Danke!"

„Pass bloß auf Dich auf, Lisa! Mach mir nicht wieder so einen Stress! Und grüß die Kollegen, du weißt schon, Matteo und natürlich Deinen Andrea!"

„Mache ich! Ich hab' Dich auch gern", mit diesen Worten beendete Lisa lachend das Gespräch.

***

Andrea hatte einen Termin beim Vice Questore, der über den neuen Fall unterrichtet werden wollte und natürlich gehörte es auch zu seinen Aufgaben, Andrea hochoffiziell den Auftrag für die Ermittlungen zu erteilen. Lisa war gespannt, wie er darauf reagierte, dass Lisa ihre Unterstützung in dem Fall angeboten hatte.

Lisa hatte sich zum Lungamare aufgemacht und saß nun hier, um in der entspannten Atmosphäre des Parks unter den lauschigen Bäumen ihre Gedanken zu sortieren. Sie kramte in ihrer Tasche, weil sie ihr Notizbuch und einen Stift suchte, dabei fiel ihr das Buch von Stefan Andres in die Hand, das sie in Positano gekauft hatte, und welches eben jenen Titel trug. Positano – Geschichten aus einer Stadt am Meer. Sie musste an die vielen Kunstschaffende und Schriftsteller denken, die vor den Repressalien der Nazis in diese Stadt geflohen waren. Einige waren in der Zeit ihres Exils dort gestorben, einige waren von Italien nicht wieder losgekommen und wieder andere konnten in die Heimat zurückkehren. Migration durch Krieg und Verfolgung ein wohl niemals endendes Thema, dachte Lisa voller Betroffenheit und Trauer. Wohin entwickelte sich diese Welt? Warum kann die Menschheit nicht aus den leidvollen Erfahrungen der Vergangenheit lernen. Ein Gefühl von Wut und Verzweiflung bahnte sich in ihr einen Weg. Sie sah auch in Salerno die vielen Menschen aus Afrika und den arabischen Ländern, die hier in einer Welt, die sie für zivilisiert und human geprägt hielten, Schutz und Zuflucht suchten. Die Sprüche auf den Wahlplakaten, die noch überall an den Wänden klebten, zeugten nicht unbedingt von diesem liberalen humanistischen Geist und das nicht nur in Italien. Der Wind, der ihr entgegen blies, war ein „Wind of Change" aber hin zu mehr Nationalismus und Egoismus, zu Spaltung statt Miteinander. Den Populismus, den die Plakate viel zu vieler Parteien beinhaltete, schien ihr nicht die Antwort und schon gar nicht die Lösung auf die dringenden Probleme der Gegenwart zu sein.

Lisa schlug das Buch auf, das sie noch in ihren Händen hielt und begann die ersten Wörter zu lesen. Sofort spürte sie, wie diese Worte Andres sie in ihren Bann zogen. Sie erfreute sich an der wunderbaren Sprache und die Kraft der lebendigen Erzählung. Ruhig und poetisch zogen die Sätze an ihr vorüber. Es war eine Sprache, die ihr verloren gegangen zu sein schien.

„Ich habe Dich gefunden, wie Du es prophetisch vorausgesagt hast", mit diesen Worten holte sie Andrea wieder in die Realität zurück. Er nahm Platz neben ihr und legte den Arm um sie, zog sie sanft an sich heran und küsste sie zur Begrüßung.

„Was machst Du hier? Während ich mich mit meinem Vice Questore herumschlagen muss, gehst Du hier dem Müßiggang nach", sagte er lachend.

„Apropos Müßiggang. Hör Dir das mal an", und dann begann Lisa einige Zeilen aus dem Buch vorzulesen. „Mit dem Milderwerden der Sonne erschien allabendlich - falls es nicht regnete und das geschah selten - barfüßig und in Leinenhosen ein Dutzend sich langsam bewegender Gestalten: Handwerker, die ihre Buttiken geschlossen hatten; Fischer, die auf die Ausfahrt warteten. Diese von Jugend an erprobten Veteranen der Muße hockten auf den Mauern und lagen auf den Treppenstufen, schwiegen, gähnten und entließen mit dem Rauch ihrer Zigaretten kurze Sätze in die Dämmerung, und dies so, als wären ihre Worte selber Tabakwölkchen. Eines dieser Piazzagespräche aufzuzeichnen, wäre schwer gewesen, da die Stimmen wie die kaum hörbar schmatzenden Wellen aus dem Augenblick auftauchten und im Schweigen des nächsten vergingen. Sie verfügten alle – und selbst die Alten – über einen ungeheuren Vorrat an Zeit."

Andrea und Lisa ließen die Worte in einem Moment des gemeinsamen Schweigens noch nachklingen, bis Lisa dieses Schweigen mit den Worten unterbrach, „Ist das nicht schön. Ich bin ganz begeistert, wie großartig dieser Andres schreibt und so viel also zum Thema Müßiggang und den Umgang mit dem Faktor Zeit"

„Zum Faktor Zeit! Zeit hat uns der Vice Questore nicht viel gegeben, aber ansonsten freut er sich, dass Du uns helfen wirst. Ich soll Dich herzlich grüßen und er hofft, Dich bald zu sehen", gab Andrea das Gespräch mit dem Vice Questore in gekürzter Form weiter. „Nun ist es offiziell. Willkommen im Team!"

„Das ist so leicht gesagt, ich möchte, dass sie den Fall so schnell wie möglich aufklären. Gerade am Anfang stehen wir da und wissen nicht in welche Richtung wir gehen sollen. Wie jetzt in diesem Fall. Welche Motive gibt es dafür, den Mann umzubringen. Wir wissen viel zu wenig über ihn. Seit etwas mehr als einem Jahr lebt er in Positano. Die Leute, die mit ihm Kontakt hatten, beschreiben ihn als freundlich, offen, interessiert an ihrem Leben. Von dem, was uns Rosalia berichtet hat, schließe ich, dass er hier wirklich ankommen wollte, auf seinem Grundstück Gärten anlegen und sogar Hühner halten wollte. Das hört sich für mich an, als wollte er ein bewussteres, ja vielleicht nachhaltigeres Leben führen. Irgendwie zurück zu einem bodenständigen, geerdeten Leben", dachte Lisa laut nach, als Andrea zu bedenken gab.

„Du darfst bei Deinen Überlegungen aber nicht vergessen, dass dahinter trotz allem ein ganz schön aufwendiger Lebensstil steht. So wie es aussieht, hat er nicht allem Weltlichen abgeschworen."

„Ich wollte ja auch nicht sagen, dass er in die Fußstapfen von Franz von Assisi treten wollte, aber einfach ein bisschen naturverbundener", grenzte es Lisa ein.

„Was möglicherweise nicht den Vorstellungen seiner Frau entsprach, wenn ich bedenke, dass sie ihren Aufenthalt in Deutschland damit begründete, dass sie Abwechslung gebraucht hat", ließ Andrea seinen Gedanken seinerseits weiteren Lauf.

„Mir gehen da noch einige Fragen durch den Kopf," führte Lisa weiter aus. „Wir sollten auch klären, wann Herr Mönkemeier das letzte Mal in Deutschland war, und was er dort gemacht hat, mit wem hat er sich getroffen und mit wem steht er überhaupt noch in Kontakt. Interessant ist auch die Frage, ob er noch Kontakt mit seinem ehemaligen Geschäftspartner Scholter, hat."

Andrea registrierte Lisas Worte und gab Lisa mit einer zustimmenden Kopfbewegung recht, um dann mit seinen Überlegungen fortzufahren.

„Ich denke gerade darüber nach, ob wir nach Li Gali fahren sollten, um dort mit den Tauchern zu reden, die den Toten entdeckt haben. Möglicherweise ist ihnen noch etwas eingefallen, was sie beobachtet haben. Die kleinsten Anhaltspunkte sind für uns wichtig", zählte Andrea eine weitere Möglichkeit für ihre nächsten Schritte auf.

„Das ist eine gute Idee!", bestätigte Lisa. „Meinst Du, dass sollten wir heute noch tun?"

„Nein, heute noch dorthin zu fahren, halte ich für zu spät. Wir sollten uns das für morgen früh vornehmen. Ich spreche mit den Carabinieri, dass sie uns ein Boot zur Verfügung stellen, damit wir hinüberfahren können", erklärte Andrea. „Heute ist Feierabend angesagt! Was hältst Du von Schwimmengehen und anschließend koche ich uns etwas Leckeres!"

„Das hört sich sehr verlockend an, da sage ich bestimmt nicht nein", reagierte Lisa begeistert und voller Vorfreude.

***

Das Meer fühlte sich herrlich angenehm an. Sie schwammen ein Stück hinaus und hatten einen großartigen Blick auf die Küstenlinie. Sie erkannten in der Ferne Salerno und zur anderen Seite lag das kleine beschauliche Cetara vor ihnen mit dem markanten Wachturm und dem vorgelagerten Fischerhafen, von wo aus seit Jahrhunderten die Fischer aufs Meer hinauszogen, um den Thunfisch zu fangen, der dem Ort seinen Namen gegeben hatte. Die Sonne stand schon tief und zeichnete ihren glänzenden langgezogenen Schatten auf das Meer. Der Horizont färbte sich langsam rötlich und versprach wieder einen herrlichen Abendhimmel. Lisa legte sich auf den Rücken und schaute sich so dieses allabendliche große Theater an. Andrea gesellte sich zu ihr und beide ließen sie sich vom Wasser getragen einfach dahintreiben. Die Wellenbewegungen hatten sie langsam Richtung Ufer befördert, sodass sie mit wenigen Zügen den etwas steinigen Ausstieg erreichten. Andrea, der als erster das Ufer erreicht hatte, streckte Lisa die Hand entgegen, um sie ans Ufer zu ziehen. Lisa erinnerte sich, dass ihr Andrea nach ihrem ersten gemeinsamen Bad im Meer, genau hier an dieser Stelle einen kleinen herzförmigen Stein in die Hand gedrückt hatte, der ihr zum wertvollen Talisman geworden war und sie überall hinbegleitete. Ein tiefes Gefühl von Zuneigung stieg in Lisa auf und sie konnte nicht anders als Andreas vom Meerwasser noch ganz feuchten und salzigen Körper fest zu umarmen und ihm einen innigen Kuss auf den Mund zu drücken, den Andrea seinerseits ohne Widerstand beantwortete. Das Küssen entfachte das Feuer der Leidenschaft in ihnen und ließ sie für einen Moment den Fall vergessen. Eng umschlungen, nicht voneinander ablassend stiegen sie die Treppe hinauf zum Haus, wo sie sich voller Hingabe und entfesselter Lust liebten.

***

Am nächsten Morgen machten sie sich früh auf den Weg Richtung Positano, nahmen dort das Boot, das die Carabinieri ihnen schon bereitgestellt hatten und fuhren hinüber zur kleinen Inselgruppe Li Galli. Sie steuerten auf die größere der drei Inseln zu, der Gallo Lungo, die auch als einzige bewohnt war.

„Ein interessanter Name", merkte Lisa an. „Ich versuche einen langen Hahn zu erkennen", sagte sie in Anspielung auf den Namen der Insel.

„In der Antike nannten die Griechen die Inseln die Sirenusen, weil sie in dieser aus drei Inselchen bestehenden Gruppe, den Ort vermuteten den Homer in seiner Odyssee beschrieben hat, als den Ort wo die drei Sirenen lebten, diese Wesen, dargestellt als halb Mensch und halb Vogel."

„Und die, die vorbeifahrenden Seeleute mit ihrem betörenden Gesang anzogen, um sie dann zu verspeisen", vervollständigte Lisa die Geschichte.

„Genau, nur der weise Odysseus konnte sich Ihnen durch einen Trick entziehen und das war das Todesurteil für die drei kleinen Hexen!"

„Ich denke gerade eher an den sterbenden Schwan aus Schwanensee als an drei kleine Hexen. Wahrscheinlich bin ich ganz inspiriert davon, dass Rudolf Nurejew mal Besitzer dieser Insel war", gab Lisa zum Besten.

Unterhalb der Ruine eines mittelalterlichen Wachturmes gingen sie an Land und fanden nach ein paar Schritten die kleine Hütte, die der Tauchschule in der Saison als Stützpunkt diente. Da Andrea ihren Besuch angekündigt hatte, wartete die kleine Gruppe Taucher schon auf sie. Es war ihnen anzumerken, dass sie von ihrem seltenen Fund noch ganz geschockt waren. Andrea und Lisa ließen sich noch mal schildern, wie sie die unter Wasser treibende Leiche gefunden hatten.

„Wir sind hier zu fünft auf der Innenseite von Gallo Lungo ins Wasser und dann zur anderen Seite rüber getaucht. Ja, und was soll ich sagen, da schwebte etwas im Wasser, was unsere Aufmerksamkeit auf sich zog. Ich habe das zuerst entdeckt und den anderen ein Zeichen gegeben, dann sind wir dem entgegen getaucht und haben erkannt, dass es sich um einen Menschen handelt. Wir haben ihn gepackt und sind sofort an die Wasseroberfläche getaucht, um zu sehen, was mit ihm los ist. Es hätte sein können, dass er gerade über Bord gegangen war. Aber es war uns schnell klar, dass der schon länger im Wasser schwamm und tot war. Wir sind mit ihm zurück zur Insel geschwommen, haben ihn an Land getragen und die Carabinieri benachrichtigt", berichtete einer aus der Gruppe.

„Ist Ihnen irgendetwas an dem Mann aufgefallen. Irgendetwas Ungewöhnliches?", hakte Lisa nach.

„Nein, nicht wirklich! Allerdings, was wir komisch fanden, als wir ihn an der Oberfläche hatten, war da so gut wie kein Schaum, der aus seinem Mund floss, deshalb dachten wir ja erst, er wäre noch am Leben, vielleicht nur bewusstlos", ergänzte ein anderer.

‚Das deckt sich mit den Ergebnissen von Dr. Pigantelli', dachte Lisa. Das war ein wichtiger Hinweis darauf, dass sofort nur Wasser eingeatmet wurde und kein Gemisch aus Sauerstoff und Wasser, was dann zu einer Schaumbildung geführt hätte.

„Waren Sie auch vor drei Tagen hier zum Tauchen?", wollte Andrea wissen.

„Nein, wir sind erst vorgestern hier auf der Insel angefangen, also an dem Tag, an dem wir den Mann gefunden haben. Das war schon ein Schock so am ersten Tag."

„Ja, das kann ich mir vorstellen", drückte Andreas sein Verständnis aus.

„Tja, wäre an dem Tag nicht der Wind abweichend von der vorwiegenden Windfront aus östlichen Richtungen gekommen, wäre er vielleicht direkt raus aufs Meer und wir hätten ihn hier nicht gefunden. Ist schon gut so, dann haben die Hinterbliebenen wenigstens die Gewissheit, auch wenn es eine traurige ist!", merkte einer der Taucher an.

Andrea und Lisa wurden bei der letzten Anmerkung des Tauchers hellhörig, denn er sprach einen wichtigen Aspekt an, den sie so noch nicht bedacht hatten. Er hatte recht, bei der sonst vorherrschenden Wetterlage, hätte die Strömung den Toten direkt hinaus aufs Meer getragen, und er wäre mit großer Wahrscheinlichkeit für immer verschwunden.

Die Möglichkeit, dass der Mörder dies im Kalkül gehabt haben könnte, besprachen Andrea und Lisa, nachdem sie sich auf den Rückweg gemacht hatten. An der Stelle, wo die Taucher die Leiche entdeckt hatten, und deren Position sie sich von diesen in der Seekarte hatten markieren lassen, legten sie einen Stopp ein und ließen ihre Blicke über das Meer kreisen. Es war heute kaum Seegang. Das Meer bewegte sich mit kleinen flachen Wellen fort, das Wasser war klar und trug die Farbe eines tiefen Blaus, das in Küstennähe überging in ein immer heller werdendes Türkis. Hier und da brach es sich an den steilabfallenden Felswänden mit einem zarten unaufgeregtem Weiß. Es wirkte alles sehr friedlich. Mal abgesehen von leichten Winden aus dem östlichen Quadranten, musste es an dem Tag, als Walter Mönkemeier zu Tode kam, genau so ausgesehen haben. Das Boot tänzelte jetzt ohne eigene Motorkraft auf dem Wasser und wurde in langsamen Bewegungen von der Dünung in südliche Richtung seewärts getragen. Sie schauten auf Positano und auf die Bucht, wo der Tote aufgebrochen war zu seinem letzten

Schwimmgang. Was war wohl in im vorgegangen, welche Geheimnisse und welche Gewissheit hatte er mit in den Tod genommen, fragte sich Lisa.

„Was mich schon die ganze Zeit beschäftigt, ist die Frage, was oder besser wer hat ihn in die Tiefe gezogen. Am wahrscheinlichsten ist, dass es ein Taucher war, und der muss ja ziemlich genaue Kenntnisse von Mönkemeiers Gewohnheiten gehabt haben. Er muss ihm irgendwo da draußen aufgelauert haben. Und wenn es sich so zugetragen hat, muss er auch irgendwo hergekommen sein", überlegte Andrea.

„Vielleicht ist er von einem anderen Strand aus ins Wasser gegangen und dann unauffällig dort hinten um die Felsen gekommen", überlegte Lisa.

Andrea startete den Motor und sie fuhren näher in Richtung Festland. Vor der Bucht drosselte Andrea die Geschwindigkeit. Sie erkannten den Strand und die dahinterliegende Strandbar, auch den Fahrstuhl, der hinunter zum Strand führte. Sie fuhren langsam um die sich ins Meer hineinziehende Felsnase, auf der oben die Villa der Mönkemeiers thronte. Ihre Augen verfolgten aufmerksam die Küstenlinie, während ihr Weg sie langsam an der Küste entlangführte. Hier und da lagen Motorboote vor Anker, die wegen ihres geringeren Tiefgangs im niedrigeren Wasser in Küstennähe liegen konnten.

„Vielleicht hat unser unbekannter Täter so ein Boot benutzt und ist von hieraus ins Wasser gestiegen. Ein Taucher schafft es leicht bis in die andere Bucht", teilte Lisa ihre Überlegungen mit Andrea.

„Du hast Recht, so könnte es gewesen sein. Es gibt vielleicht sogar Zeugen. Aber hier ist ein Kommen und Gehen, sodass es schwierig sein wird, Menschen, die etwas beobachtet haben, ausfindig zu machen."

„Schau, dort ist ein Tennisplatz und da unten ist am Wasser eine große Plattform mit Liegestühlen. Und dort im Hotel, sind viele Zimmer mit Balkonen mit Blick auf das Meer", beschrieb Lisa, was sie an Land sah.

„Das gehört alles zu einem der teuersten Hotels in Positano. Dort Menschen zu befragen, wird nicht gerade einfach sein, wer sich dort einbucht, will den Luxus genießen und ungestört sein. Aber wir müssen alles versuchen", gab Andrea zu bedenken, um dann noch auszuführen, „Ich werde die hiesigen Kollegen bitten, entsprechende Recherchen zu tätigen."

Lisa zweifelte nicht an Andreas Worten. Vor Ihren Augen erblickte sie ein kleines exklusives Paradies. Ein wunderbarer Ort, für die, die dafür das nötige Kleingeld haben, dachte Lisa.

***

Zurück in Positano waren Andrea und Lisa sich einig, dass es ein sehr schöner Ausflug war, sie aber keine wesentlichen neuen Erkenntnisse dadurch gewonnen hatten, außer vielleicht der Gewissheit, dass es sich um ein gut geplantes Verbrechen handeln könnte. So erklärte sich auch, dass Andrea nochmals in das Thema einstieg.

„Der Hinweis des Tauchers, dass an dem Tag der Wind aus östlicher Richtung kam, ist wirklich interessant. Es ist tatsächlich so, dass die Winde in dieser Region vorwiegend aus Nord, bis Nordwest kommen, es sei denn wir haben es mit Schirokko zu tun, der bläst natürlich kräftig aus Süd und dann gibt es zwischendurch eben mal Winde aus östlicher Richtung, mal ganz abgesehen von den verschiedenen lokalen Ablenkungen."

„Du meinst, der Mörder ist davon ausgegangen, dass die Leiche nicht wiederauftaucht, denn das wäre sehr wahrscheinlich, wenn die Leiche weiter ins Meer hinausgetrieben worden wäre. Dann wäre sie wohl nie gefunden worden", resümierte Lisa.

„Ja, davon können wir mit Sicherheit ausgehen! Was hältst Du von einer kleinen Stärkung, bevor wir uns Frau Mönkemeier noch mal vornehmen?"

„Hört sich gut an, da werde ich nicht widersprechen. Mein Magen knurrt schon eine ganze Weile!", ging Lisa gern auf den Vorschlag ein.

Das Angebot unten am Strand war zwar sehr touristisch, aber um ihren Hunger zu stillen, nahmen sie dies in Kauf. Sie hatten ihr Essen noch nicht ganz beendet, da meldete sich Lisas Handy und es war der bereits sehnlichst erwartete Anruf von Viktor.

„Die Informationen, die Du bis jetzt zusammengetragen hast, kann ich in der Form bestätigen. Der Tote, Walter Mönkemeier hat 1989 zusammen mit einem

Freund Peter Scholter ein Bauunternehmen in Köln gegründet, die Mönkemeier und Scholter GmbH. Mönkemeier hatte Bauwesen studiert, das Studium aber nach dem tragischen tödlichen Verkehrsunfall seiner Freundin Annette von Holthausen abgebrochen. Er ist wohl eine Weile durch die Welt gezogen, und wenn er Geld brauchte, hat er auf den diversesten Baustellen gearbeitet. Irgendwo in Australien haben sich er und Scholter getroffen und dort ist die Idee gereift, gemeinsam eine Baufirma zu gründen, was sie dann 1989 taten. Und, wenn Du Dir mal die Bilanzen anschaust, spricht alles dafür, dass sie sehr erfolgreich waren. 2015 hat Mönkemeier seine Anteile an Peter Scholter verkauft, der jetzt alleiniger Inhaber ist", berichtete Viktor.

„So weit so gut, Viktor. Was Du bis hierher erzählt hast, hört sich unauffällig an. Ich denke aber, dass da was sein muss und Du bestimmt auch schon eine Idee hast", gab Lisa sich mit dem Gehörten noch nicht zufrieden.

„Nun gewundert habe ich mich, als ich mit diesem Scholter gesprochen habe, dass dieser ziemlich aufgeschreckt wirkte. Das ist aber erst mal nur so ein Gefühl von mir. Ich habe die Kollegen vom Wirtschaftsdezernat mal darauf angesetzt. Dann hattest Du gefragt wegen dieser Jasmin Mönkemeier. Sie hat in der Firma als Architektin gearbeitet. Mönkemeier hat sie dort kennengelernt. Scholter beschrieb sie als intelligent und vielversprechend. Auf meine Nachfrage, was er damit meine, erklärte er mir, dass sie als Architektin sehr einfallsreich war, sehr innovative Ideen hatte und gutes Geschick bei der Durchführung der Projekte bewies. Sie wäre aber auch sehr ehrgeizig und erfolgsverliebt gewesen. So hat er es genannt", fügte er hinzu.

„Hat Scholter etwas dazu gesagt, wie sie reagiert hat, als Mönkemeier das Geschäft aufgegeben und sich hier nach Italien zurückgezogen hat," wollte Lisa wissen.

„Ja, das hat er tatsächlich! Er meinte, sie wäre darüber nicht gerade begeistert gewesen. Er betonte, dass er nichts Schlechtes über sie sagen wolle, aber seiner Meinung nach, habe ihr Interesse an Mönkemeier, der sich wirklich in sie verliebt habe, auch mit seinem Erfolg und seinen vielfältigen gesellschaftlichen Kontakten zu tun gehabt. Und diese Präsenz in der Öffentlichkeit habe Mönkemeier von jetzt auf gleich aufgegeben. Er meinte, Mönkemeier hätte bestimmt so eine verspätete Midlife-Crisis gehabt und kurz vor einem Burnout gestanden", berichtete Viktor weiter.

„Konntest Du herausfinden, ob die Firma in irgendeiner Weise, mit italienischen Geschäftspartnern zu tun hat?"

„Ja, haben Sie tatsächlich. Vor einigen Jahren bauten sie ein großes Autohaus für die allernobelsten italienischen Marken und in den 90iger Jahren waren sie auch in Ostdeutschland tätig und haben dort im Auftrag italienischer Kunden etliche Altbauten saniert. Da sind die Kollegen von der Wirtschaft jetzt dran!"

Vieles hatte sich bestätigt, Wichtiges lag weiterhin hinter einem Dunstschleier von wagen Spekulationen und ein echtes Motiv war noch nicht wirklich näher gerückt, trotzdem bedankte sich Lisa herzlich bei Viktor. Sie wusste seine Arbeit sehr zu schätzen, und dass er reichlich Zeit in das investiert hatte, was bisher zusammengekommen war.

„Und was machst Du gerade?", wollte Viktor wissen.

„Andrea und ich sind gerade in Positano. Wir haben uns die Stelle angeschaut, wo der Mönkemeier von den Tauchern gefunden wurde und haben mit den Tauchern gesprochen", erwiderte Lisa.

„Wusstest Du, dass in Positano in den dreißiger Jahren ein sehr bekannter deutscher Schriftsteller gelebt hat. Stefan Andres", fügte Viktor noch hinzu.

„Du kennst diesen Stefan Andres!", stellte eine erstaunte Lisa fest, um gleich fortzufahren. „Andrea hat mich darauf aufmerksam gemacht, und wir haben uns schon seine Spuren hier in Positano angeschaut. Aber ich bin ganz platt, woher kennst Du Stefan Andres?", konnte Lisa sich nicht verkneifen, nachzuhaken.

„Das hört sich so an, als würdest Du mich als bildungsfernen Banausen sehen!", scherzte Viktor, wurde aber sofort wieder ernster. „Vielleicht erinnerst Du Dich, dass ich aus Unkel komme, dem Heimatort von Andres und dort bin ich, stell Dir vor auf die Stefan-Andres-Realschule gegangen, bevor ich nach der mittleren Reife zum Gymnasium gewechselt bin. Ein großer, aber etwas in Vergessenheit geratener deutscher Schriftsteller. Ich habe sein Buch „Wir sind Utopia" als Thema meiner schriftlichen Abiturprüfung gehabt. Dieses Buch ist in der Zeit entstanden, als Andres in Positano lebte. Es geht um den Konflikt zwischen religiöser Utopie und totalitärer Herrschaft. Ich habe aus diesem Buch gelernt, dass die Menschen selbst ihres Glückes und ebenso Unglückes Schmied sind, und dass Helden und Märtyrer höchst selten vorkommen. Es geht um die Rechtfertigung des Verzichts auf aktiven Widerstand, damit aber auch um die tiefe Problematik der individuellen Schuld, geschrieben vor dem Hintergrund der eigenen Erfahrungen von Andres mit dem totalitären Naziregimes und seinen Schuldgefühlen, die Heimat verlassen zu haben und so die Flucht dem Kampf vorgezogen zu haben. Wirklich höchst interessant. Aber ich befürchte, dass weiterausführen, ist jetzt nicht der passende Zeitpunkt. Wenn Du die Gelegenheit hast, kann ich Dir nur empfehlen, etwas von ihm zu lesen."

Als Lisa sich wieder Andrea zuwendete, sah sie, dass auch er telefonierte. Sie hörte heraus, dass es Matteo war, mit dem er sprach.

„Danke, Matteo, gute Arbeit", hörte sie Andrea anerkennend sagen und schaute ihn erwartungsvoll an.

„Matteo hat das Passwort für Mönkemeiers Handy geknackt. Die auf dem Handy befindlichen Nachrichten sind alle in deutscher Sprache, die müsstest Du Dir bitte vornehmen. Er hat sich das Bewegungsprofil von Mönkemeier angeschaut und dabei hat er festgestellt, dass er sich vor einer Woche für drei Tage in Deutschland aufgehalten hat. Ansonsten hat er sich die meiste Zeit in Positano und hier an der Amalfiküste bewegt. Damit werden wir doch gleich mal die Ehefrau konfrontieren, was sie über den Aufenthalt in Deutschland weiß, und warum sie uns nichts davon erzählt hat."

Damit hatten sie eine Antwort auf eine Frage, die sie sich tags zuvor auch schon gestellt hatten, und weshalb sie nochmals mit der Ehefrau sprechen wollten.

***

Jasmin Mönkemeier wirkte nicht besonders einladend, als sie die beiden vor ihrer Haustür stehen sah und bekundete ihr Erstaunen über den neuerlichen Besuch der beiden Kommissare, bat sie aber trotzdem einzutreten und führte sie in einen Raum, von wo aus zu allen Seiten der Blick auf das Meer möglich war. Wieder war Lisa einen Moment von der Schönheit und dem Zauber des Anblickes abgelenkt. Von hier aus bot sich ein Blick auf die Bucht und den einem Amphitheater gleichen Ort Positano. Wie beim ersten Mal war im Haus alles perfekt und durchgestylt, keine Zeichen dafür, dass hier jemand wohnte. Lisa stellte sich ernsthaft die Frage, wo Jasmin Mönkemeier sich aufhielt, und das häusliche Leben stattfand. Sie konnte sich Walter Mönkemeier hier in dieser Hochglanzidylle gar nicht vorstellen.

„Gibt es schon etwas Neues, was Sie mir mitteilen wollen?", wandte sich Jasmin Mönkemeier an die beiden.

„Nein, das leider nicht. Wir haben nur einige weitere Fragen. Da wäre als erstes die Frage. Können Sie uns den Grund dafür nennen, warum ihr Mann letzte Woche für drei Tage in Deutschland war?", legte Lisa sofort ohne Umschweife los.

„Er hatte einige Arzttermine. Das war alles!"

„Keine weiteren Kontakte. Vielleicht zu seinem ehemaligen Kompagnon Herrn Scholter. Kann es sein, dass er sich mit ihm getroffen hat?"

„Nicht, dass ich wüsste. Warum fragen Sie nach Peter Scholter. Denken sie er hat etwas mit dem Tod meines Mannes zu tun?"

„Sie waren in der Firma Ihres Mannes als Architektin tätig", wandte sich Andrea direkt an Frau Mönkemeier, ohne auf ihre Frage einzugehen und Lisa übersetzte es. „Sie haben bestimmt auch einen Einblick, für wen die Firma gearbeitet hat. Gab es darunter auch italienische Geschäftspartner?"

„Die gab es in der Tat. Vor allem als wir in den Innenstädten von Leipzig und Dresden einige Altbauten renoviert haben. Da hatten wir einige italienische Investoren", erzählte sie bereitwillig und wirkte auf einmal sehr kooperativ.

„Und wie sind diese Geschäfte abgelaufen, also ich meine, wie sahen die Geschäftsmodelle aus?", wollten Lisa und Andrea wissen.

„Ich verstehe nicht ganz, was Sie meinen. Also wenn sie die finanzielle Abwicklung meinen, muss ich passen, dafür war ich nicht zuständig", erwiderte Jasmin Mönkemeier, überraschte im gleichen Moment mit dem, was sie dann sagte. „Sie wollen von mir tatsächlich wissen, ob diese Geschäfte legal gelaufen sind, oder ob Geldwäsche im Spiel war?", sagte sie direkt heraus.

„Und war alles legal", nahm Lisa den ihr zugeworfenen Ball auf.

„Ich kann nur so viel sagen, es gab noch während meiner Zeit in der Firma Betriebsprüfungen und das Finanzamt hatte keine besonderen Beanstandungen. Ich kenne mich mit der Materie aber nicht so gut aus, aber man hört ja immer wieder, dass es da ziemlich sichere Modelle gibt."

„Welche meinen Sie?"

„Nun ich habe mal darüber reden hören, dass es Rechtsanwaltskanzleien gibt, die darauf spezialisiert sind mit italienischen Investoren zusammenzuarbeiten. Sie agieren als Vermittler zwischen italienischen und deutschen Geschäfts-partnern. Das Geld wird bei Geschäftsabschluss zur Sicherheit für den Auftragsnehmer auf einem Anderkonto deponiert und dann von dort aus überwiesen", führte Jasmin Mönkemeier aus.

„Wollen Sie damit andeuten, dass auch im ehemaligen Unternehmen Ihres Mannes so vorgegangen wurde?"

„Das will ich so nicht behaupten. Wie gesagt, damit hatte ich nichts zu tun. Ich war in der Planung und Entwicklung tätig", redete Jasmin Mönkemeier sich heraus. „Haben Sie noch weitere Fragen an mich oder...", und machte eine Pause, ohne den Satz zu beenden.

„Wir müssen versuchen, die letzten Tage Ihres Mannes zu rekonstruieren, auch die drei Tage in Köln. Würden Sie uns erlauben, dass sich unsere Kölner Kollegen, ihre Wohnung dort anschauen, um nach möglichen Hinweisen zu suchen?"

„Angenehm ist mir diese Vorstellung nicht, dass Ihre Leute dort eindringen und alles durchwühlen. Habe ich denn überhaupt eine Möglichkeit nein zu sagen?"

„Einfacher wäre es, wenn sie zustimmen. Wir könnten aber auch einen Durchsuchungsbeschluss verfügen, was zur Aufklärung eines laufenden Verfahrens möglich ist."

„Tun Sie, was sie tun müssen, ich will Ihre Untersuchungen nicht behindern", betonte sie, um ihre Kooperation zu zeigen.

***

„Was war das denn da eben", überlegte Lisa. „Wollte sie uns tatsächlich einen Hinweis auf illegale Geschäfte in dem Unternehmen geben?"

„Auf jeden Fall läuft das tatsächlich so wie sie gesagt hat", bestätigte Andrea. „Geld illegal erworben durch Prostitution, Drogenhandel, Erpressungen, Menschenhandel muss gewaschen werden, um es in den legalen Wirtschaftskreislauf einbringen zu können. Eine Möglichkeit ist über verschiedene später fast nicht mehr nachvollziehbare Kanäle Geld fließen zu lassen. Über diesen Weg landet es auf so einem Anderkonto bei bestimmten dafür bekannten Rechtsanwälten und Notaren. Die überweisen es an eine Firma weiter. Also nehmen wir mal an, Du hättest ein Bordell in Neapel und verkauftest dabei auch noch ein paar Drogen. Schon schnell hättest Du ein paar Millionen Schwarzgeld in Deinem Safe liegen. Da nutzen sie Dir nicht viel, also möchtest Du sie in den legalen Geldverkehr transferieren. Über Vermittler, die sich gut in der Szene auskennen, erfährst Du von interessanten Immobilienprojekten vorzugsweise in Deutschland, weil die deutschen Behörden dafür bekannt sind, dass sie auf diesen Augen blind sind. Dieser Vermittler kennt selbstverständlich auch einen entsprechenden Rechtsanwalt. Du entscheidest Dich für eine Altbauimmobilie für, sagen wir, zwei Millionen Euro. Nun hilft Dir der Vermittler dabei, dass das Geld auf das Anderkonto gelangt, und dann an den Immobilienmakler überwiesen wird. Du behältst die Immobilie eine gewisse Zeit, steckst noch mal Geld in die Renovierungsarbeiten und verkaufst es anschließend, nehmen wir noch mal an, für drei Millionen, weil Du vorher einen guten Preis ausgehandelt hast. So hast Du plötzlich drei Millionen saubere Euros in der Tasche. Oder Du kaufst eine Immobilie, die angenommen 2 Millionen wert ist, im Kaufvertrag steht aber 1 Million, die überweist Du und die andere Million übergibst Du bar in einem unauffälligen Köfferchen. Du renovierst das Haus und verkaufst es für 2,5 Millionen, dann hast Du mit einem Schlag 1,5 Millionen sauberes Geld!"

Lisa hatte aufmerksam zugehört, sich vorgestellt, wie sie in Neapel ein Bordell betreibt, und was sie jetzt mit ihrem sauberen Geld alles machen könnte. Zum Beispiel eine ehrenwerte Tätigkeit. Mit legalem Geld könnte sie dann ein großes Aktienpaket an einem Dax-Unternehmen erwerben und hätte hier Einfluss auf die Geschäftsentwicklung. Sie unterbrach ihre gedanklichen Modelle und knüpfte wieder an dem an, was Jasmin Mönkemeier ihnen preisgegeben hatte.

„Und wenn es ein Hinweis war, wie können wir dem jetzt nachgehen?", fragte sich Lisa.

„Wie gesagt, bei diesen beschriebenen Modellen ist es schwierig den Geldfluss nachzuweisen. Viele haben daran mitgearbeitet, den Weg des Geldes zu verschleiern und tun dies gern, weil daran ebenfalls gut zu verdienen ist. Hinzu kommt, dass Eure Behörden sich schwertun, die Geschäfte konsequent zu kontrollieren. Es gibt zu wenig Ermittler. In einer Dreieinhalbmillionen Stadt wie Berlin gibt es gerade mal zwei Personen, die dazu abgestellt sind, den Immobilienmarkt zu kontrollieren. Manche Fahnder mutmaßen, dass der Zustrom von Geld wirtschaftlich und somit von der Politik unterstützt, sogar erwünscht ist, weil damit die Wirtschaft angekurbelt wird. Auf eine Frage, warum Bargeld beim Immobilienkauf nicht verboten wird, antwortete Euer Finanzminister ausweichend und lapidar, weil Bargeld nun mal so beliebt sei. Und damit war er fertig damit!" Eine gewisse Empörung und Ärger waren aus Andreas Antwort herauszuhören.

Lisa konnte dem nicht viel entgegensetzen, außer auch ihrem Frust darüber Ausdruck zu verleihen, um sich dann wieder auf ihren Fall zu konzentrieren.

„Es ist so ernüchternd, dass wir immer noch so wenig Packende haben. Eins kann ich wenigstens tun. Ich informiere Viktor, damit die Leute vom Wirtschaftsdezernat einen Ansatzpunkt haben, um den Scholter noch mal genauer unter die Lupe zu nehmen. Ich bitte ihn auch, sich die Wohnung der Mönkemeiers in Köln anzuschauen", während sie sprach, wählte sie schon die Nummer von Viktor, der auch sofort das Gespräch entgegennahm und zusagte, sich umgehend in der Wohnung umzuschauen.

***

Wie nicht anders erwartet, lag die Wohnung in einem der exklusivsten Wohnviertel der Stadt in einem prächtig sanierten Gebäudekomplex. Hier fehlte es an nichts. Ein Fahrstuhl beförderte Viktor in das obere Stockwerk, in der die Penthaus-Wohnung der Mönkemeier lag. Jasmin Mönkemeier hatte nicht nur ihre Kooperation gezeigt, sondern auch den Wohnungsverwalter benachrichtigt, damit er Viktor ganz offiziell die Wohnung öffnete.

Große ebenerdige Fenster gaben den Blick ins Grüne und auf den Rhein frei. Viktor durchschritt langsam und mit geübt kreisendem Blick jeden Raum. Alles war ausgestattet mit eleganten Designermöbel, schätzte er es ein, obwohl er sich nicht als den Fachmann für innenarchitektonische Belange betrachten würde. Was hatte Lisa sich dabei gedacht, ihn hierhin zu schicken. Wonach sollte er suchen. Alles war ordentlich als befände er sich in einer Ausstellung und nicht in einer Wohnung, in der Menschen leben. Nun ja, dachte Viktor, von hier leben, kann nicht die Rede sein. Bedenke, dass sie sich nur gelegentlich hier aufhalten. Wenn es irgendwelche Dokumente geben sollte, die auf mögliche Verbindungen zur Baumafia schließen ließen, dann wohl im Schlafzimmer dachte er, und so nahm er dieses genauer unter die Lupe. Aber auch hier fand er ordentlich angeordnete Kleidung und Schuhe in den Schränken. Zwischen Handtüchern zu suchen, hielt er für wenig erfolgversprechend. Als letztes gelangte er in ein Arbeitszimmer, auf den ersten Blick wirkte auch hier alles aufgeräumt. Bis sein Blick auf eine Stelle an der Wand fiel, wo ein Bild in einem ungewöhnlichen Winkel hing. Die eine Seite lag auf der Wand flach an wohingegen die andere ein wenig Abstand von der Wand zeigte. Viktor trat näher heran und entdeckte, dass dieses Bild einen in die

Wand eingelassenen Tresor abdeckte und wie es aussah, stand die Tresortür offen. Viktor zog sein Handy aus der Tasche und machte sofort ein Bild, das er Lisa weiterleitete, die es sofort nach dem Eintreffen öffnete und Viktor anrief.

„Was meinst Du, Viktor. Sieht es nach einem Einbruch aus, könnte ein Einbrecher den Tresor geöffnet haben?"

„Ausschließen kann ich das nicht. In der letzten Zeit gab es einige Einbrüche, wo gezielt in solchen teuren Wohnungen nach Beute gesucht wurde", erwiderte Viktor.

„Meinst Du der Verdacht einer Straftat ist groß genug, dass Du die Spurensicherung anfordern kannst", erkundigte sich Lisa.

„Die Spuren sind schon ein bisschen mager. Frag doch mal die Gattin, was sie in diesem Tresor aufbewahren", schlug Viktor vor.

„Ich mache einen anderen Vorschlag, ich gebe Dir die Nummer und Du rufst sie an, und überzeugst sie von der Notwendigkeit einer solchen Maßnahme, wenn sie nicht sofort eine wasserfeste Erklärung auftischt", versuchte Lisa Viktor zu überzeugen.

Viktor schätzte Lisas kriminalistischen Sinn und ihre Intuition, selten lag sie falsch damit, und er spürte, dass sie sich davon irgendetwas versprach, was sie aber noch nicht benennen konnte, weil es nicht oder besser gesagt noch nicht offensichtlich auf der Hand lag. Das war der Grund oder einer der vielen anderen Gründe, dass er auf Lisas Vorschlag einging.

„Guten Tag Frau Mönkemeier, hier ist Viktor Hugler von der Polizei in Köln. Zuerst einmal, mein Beileid zum tragischen Tod Ihres Mannes. Ich bin gerade, wie Sie wissen, hier in Ihrer Kölner Wohnung. Können Sie mir bitte eine Frage beantworten. Gibt es einen Tresor in Ihrer Wohnung und wenn ja, worauf muss ich dabei achten, falls irgendetwas nicht in Ordnung ist", Viktor hätte seinen eigenen Worten nicht geglaubt, aber er hatte schon manches Mal mit solch einer schwammigen Anmerkung Erfolg gehabt.

Nach einem kurzen irritierten Schweigen zeigte seine Strategie auch diesmal Erfolg.

„Natürlich gibt es einen Tresor. Es ist ein Wandtresor, abgedeckt mit einem Aquarell von Positano. Es müsste noch Schmuck von mir darin liegen und Papiere von meinem Mann. Sie müssen ihn aber doch wohl nicht öffnen", sagte sie erschrocken.

„Nein, das muss ich nicht. Er ist bereits offen", gab Viktor trocken zurück. „Ich muss davon ausgehen, dass in Ihre Wohnung eingebrochen wurde. Wir hatten in der letzten Zeit hier mehrere solcher Einbrüche."

Viktor blieb nichts anderes als zu warten, bis die Spurensicherung eintraf. Die Zeit verbrachte er auf der Terrasse hoch über Köln mit Blick auf den Rhein und den, den Gebäudekomplex umgebenen Park, der nur für die Bewohner zugänglich war. Auszurechnen, wie lange er wohl arbeiten müsse, um sich so etwas leisten zu können, hatte er schon lange aufgegeben, deshalb genoss er einfach den Moment hier, dachte an Lisa und versuchte sich vorzustellen, wie sie da unten im Süden arbeiten konnte. Erst durch das Telefongespräch war er darauf aufmerksam geworden, dass das Bild über dem Tresor, die Stadt Positano zeigte. Er konnte Lisa verstehen, dass sie sich in diese Landschaft und die Orte verliebt hatte und diesen Andrea schien sie auch zu lieben, fügte seine innere Stimme lächelnd hinzu.

***

Tief im Osten war es schon hell und es würde nicht mehr lange dauern, dann würde sich die Sonne über den Bergen hinter Salerno zeigen. Lisa hatte unruhig geschlafen und war entsprechend früh aufgestanden. Zu viele ungeklärte Fragen kreisten in ihrem Kopf. Sie fieberte dem Tag entgegen, weil sie hoffte, dass heute etwas passierte, das dem Fall eine entscheidende Wendung geben konnte. Nachdem sie aus Positano zurückgekehrt waren, hatte sie sich in der Questura in Salerno das Handy von Walter Mönkemeier vorgenommen. Sein Handy sah aus, als hätte er sich eine Askese in Sachen moderner Medien auferlegt. Keine Nachrichten-Apps oder sonstige Anwendungs-Apps, keine Emails auf dem Handy und sein Adressbuch beinhaltete kaum Kontakte. Die Liste der ein- und ausgehenden Anrufe zeigte nichts Auffälliges. Alles das sprach für Downshifting und Entschleunigung. Beruflich kürzer treten einer besseren Lebensqualität zuliebe, sich wieder auf die eigenen Werte konzentrieren und auf die persönlichen Bedürfnisse. Dies würde in das Bild passen, das sich bisher von Walter Mönkemeier abgezeichnet hatte. Lisa fiel ein, dass Positano sich der Bewegung Cittaslow angeschlossen hatte. Vielleicht war es kein Zufall, dass er sich gerade diese Stadt für seinen neuen Wohnsitz ausgesucht hatte. Die Cittaslow Bewegung war 1999 gegründet worden, inspiriert durch die in Italien entstandene Slow-Food Bewegung. Das Konzept, das hinter Cittaslow steht, gefiel Lisa. Für alle Menschen in der Stadt die höchstmögliche Lebensqualität zu erreichen durch kulturelle und soziale Möglichkeiten der Begegnung aber auch die Gewährleistung von gesunder Nahrung und Ernährung.

In der Küche hörte Lisa Geräusche, die ihr ankündigten, dass auch Andrea nicht länger hatte schlafen können. Bevor er die Caffettiera auf den Herd stellte, kam er auf die Terrasse, umarmte Lisa, sodass sie noch die ihn umhüllende Wärme der Nacht spürte und sich wohlig an ihn schmiegte und seine körperliche Nähe genoss und den Duft seines Körpers einsog.

„Konntest Du nicht mehr schlafen? Was ist los?", fragte Andrea besorgt, aber auch wissend, dass ihr der Fall durch den Kopf ging, genau wie ihm, und es schwer war, in diesem Zustand an einen tiefen erholsamen Schlaf zu denken.

„Ich zermartere mir tatsächlich den Kopf. Wer hat etwas davon, diesen Walter Mönkemeier zu töten? Natürlich ist der erste Gedanke, die Ehefrau. Sie erbt eine Menge Geld. Mag sein, dass sie in einer Krise steckten, weil sie unterschiedliche Auffassungen darüber hatten, wie sie sich ihr Leben vorstellen, aber gleich Mord? Auch bei einer Scheidung hätte sie eine Menge Schotter bekommen. Und sie hat ein Alibi."

„Möglichkeit Nummer zwei, der Tote hatte Informationen, die für jemanden anderen gefährlich werden konnten. Da wären wir bei einem Geschäftspartner, also direkt sein ehemaliger Partner oder jemand anderes aus der Branche, ein Vermittler, ein Notar..." ließ Andrea die Worte in der Luft schweben.

„Variante Nummer drei, keine der beiden Möglichkeiten treffen zu", es sollte heiter klingen, der Ernst der Lage unterdrückte allerdings die Leichtigkeit. „Ich versuche fest daran zu glauben, dass wir heute bestimmt auf etwas stoßen, dass uns weiterbringt."

„Ich schlage vor, zuerst einmal Kaffee, dann ein herrliches Bad im Meer und dann...", hier legte Andrea eine Pause ein. „... und dann sehen wir weiter!"

***

Später in der Questura stattete Lisa dem Vice Questore Trovesi einen Besuch ab. Lisa hatte ihn schon vorher kennengelernt, als sie offiziell als Ermittlerin in einem Mordfall an einem deutschen Paar mit der hiesigen Polizei zusammengearbeitet hatte. Der Vice Questore hatte sich sehr erfreut gezeigt über die gute Zusammenarbeit und die schnelle Aufklärung, die nur durch die deutsch-italienische Kooperation möglich gewesen war. Er hatte es zu schätzen gewusst, dass die deutsche Polizei im Hintergrund in Köln ebenfalls sehr stark involviert gewesen war.

„Ah, Frau Commissaria Brandkopf! Ich freue mich, Sie zu sehen. Gestatten Sie mir zu sagen, dass Sie großartig aussehen. Wie ich hörte, haben Sie mit unserem Commissario Commodori einen Segeltörn durch unsere wunderschönen Gewässer gemacht. Ich bin überzeugt, dass es Ihnen gut gefallen hat", Lisa fand es amüsant, wie der Vice Questure ihren Beziehungsstatus zu Andrea umschrieb.

„Ja, es war ganz wundervoll und wir hatten ideale Segelbedingungen. Es ist in der Tat ein sehr schönes Revier, die unterschiedlichen Inseln, von belebt bis ganz einsam, wie auf Palmerola."

„Da haben Sie Recht, die wenigstens fahren raus zu den Pontinischen Inseln, obwohl sie einiges zu bieten haben. Zumindest heutzutage. In früheren Zeiten war das nicht so der Fall, da waren es Gefängnisinseln. Schon die Römer haben sie als Verbannungsort für unliebsame Töchter und Ehefrauen genutzt, wenn diese zu ausschweifend lebten. Manchmal würde ich mich freuen, meine Töchter auch mal dorthin zu schicken, wenn mal wieder all ihre Wünsche kein Ende nehmen", scherzte er und entrang Lisa so ein erfrischendes Lachen, die dem Vice Questore gar nicht so viel Humor zugetraut hätte. „Ein noch viel dunkleres Kapitel haben die Faschisten auf den Inseln geschrieben, als sie ihre Gegner auf den Inseln internierten", sagte er nun wieder ernster werdend, sodass Lisa eine echte Betroffenheit spürte. Doch bevor er dort weiter ausholte, konzentrierte er sich schleunigst, auf das Hier und Jetzt, indem er fortfuhr.

„Wie ich Commissario Commodori bereits gestern sagte, freue ich mich, dass Sie uns Ihre kostbare Zeit opfern werden, um uns bei dem Fall zu unterstützen. Wenn es Ihnen recht ist, werde ich mich mit den entsprechenden Stellen in Verbindung setzen, damit wir auf der sicheren Seite sind. Es wäre doch zu dumm, wenn uns Verfahrensfehler nachgesagt werden könnten", was der Vice Questore da sagte, hörte sich für Lisa gar nicht so dumm an. Er hatte Recht, sie konnte natürlich viel besser agieren und auch die Recherchen von Viktor hätten mehr offiziellen Charakter, wenn es einen offiziellen Auftrag gäbe, deshalb stimmte sie dem Vorschlag, ohne zu zögern zu.

Würde Lisa in irgendeiner Weise an magische Fähigkeiten glauben, so hätte sie es in diesem Moment getan, weil genau jetzt, ihr Handy signalisierte, dass Viktor sie anrief. Lisa nahm dies zum Anlass, sich beim Vice Questore zu verabschieden und kaum, dass Lisa über die Türschwelle war, legte Viktor auch schon los.

„Die Spurensicherung war sehr fleißig. Sie haben eine Menge Fingerabdrücke sicherstellen können, wobei es von drei Personen gehäufte Abdrücke gibt. Wir gehen erst einmal davon aus, dass es sich bei zwei Personen um Walter und Jasmin Mönkemeier handelt. Vielleicht kannst Du mir die Fingerabdrücke zum Abgleichen zukommen lassen. Und dann haben wir noch eine dritte Person, wo es in unserem Computer eine Übereinstimmung gab. Es handelt sich um einen Kristian Bertling, 45 Jahre alt. Sein letzter gemeldeter

Wohnsitz war Eckernförde", an dieser Stelle legte Viktor eine Pause ein, was Lisa nervös machte und sie ihrerseits den Gesprächsfaden aufgriff.

„... und weiter! So wie Du Dich anhörst, hast Du doch noch was in petto!"

„Wir haben ihn im System, weil es mal eine Anzeige wegen Körperverletzung gab. Er hat dafür eine Geldstrafe und drei Monate auf Bewährung bekommen. Wurde daraufhin aber aus der Bundeswehr entlassen, wo er bei den Kampfschwimmern war", fuhr Viktor mit seinen Ausführungen fort.

Lisa wurde bei dem Thema Kampfschwimmer hellhörig.

„Kampfschwimmer – lernen die nicht auch tauchen?"

„Lisa, die lernen alles. Das ist die Eliteeinheit des Heeres. Tauchen gehört dazu, genau, wie auch Unterwassernavigation, Bootsfahren. Die Abschlussprüfung besteht in 30 km schwimmen, mit Ausrüstung!"

„Ja, Du hast recht, die lernen alles, was der Mörder in unserem Fall braucht!" So verlockend es sich auch anhörte, Lisa war sich im Klaren darüber, keine voreiligen Schlüsse zu ziehen.

„Hast Du eine Anschrift, lebt er jetzt in Köln?"

„Da gibt es ein Problem. Er hat keinen Wohnsitz in Deutschland gemeldet. Ich habe mit seinem ehemaligen Vorgesetzten telefoniert. Er hat ihn noch in guter Erinnerung. Er wäre ein guter Mann gewesen und hätte das Zeug gehabt, Ausbilder zu werden. Doch dann wäre vor ungefähr drei Jahren diese blöde Geschichte mit der Anzeige wegen Körperverletzung dazwischengekommen. Es ging um einen Streit zwischen einem Mann und einer Frau. Dieser Bertling hatte gesehen, dass die beiden in einen Streit verwickelt waren, und der Mann ziemlich auf die Frau einprügelte. Da ist er dazwischen gegangen und hat den Mann an die Seite gezogen. Als dieser keine Vernunft annahm und immer weiterprügelte, hat der Bertling ihm einen Kinnhaken verpasst und ihn außer Gefecht gesetzt. Der Mann hat dann Anzeige wegen Körperverletzung gestellt und die Frau hat den Bertling belastet und die Situation so dargestellt, dass der Bertling angefangen wäre", bis hierhin hatte Lisa zugehört, es machte diesen Bertling nicht unbedingt unsympathischer, sie wurde nun jedoch unruhig, weil sie wollte, dass Viktor zur Gegenwart zurückkommt.

„Was ist denn mit dem Wohnsitz, wo lebt er nun?", drängte sie Viktor.

„Sein ehemaliger Vorgesetzte meint, er sei ins Ausland gegangen, weil er als Tauchlehrer arbeiten wollte. Wohin genau, das konnte er auch nicht sagen. Ich versuche, Verwandte oder Freunde ausfindig zu machen."

Er muss aber in der letzten Zeit in Köln gewesen sein, wenn Ihr die Fingerabdrücke sichergestellt habt. Wie lange haben die Mönkemeiers die Wohnung?"

„Seit etwa zwei Jahren, laut Aussage des Hausverwalters. Aber es gibt noch eine Ungereimtheit", wieder erweckte er bei Lisa eine gewisse Anspannung. „Die meisten Fingerabdrücke fanden sich im Schlafzimmer, genauer gesagt im Bereich des Bettes, aber die Spurensicherung hat keinen einzigen seiner Fingerabdrücke am Wandsafe entdeckt!"

Für einen Moment trat ein quälendes Schweigen ein. Lisa hatte das Gefühl, ihr Kopf sei leer, für einen Moment fiel ihr dazu nichts ein. Sie musste das eben Gehörte erst einmal wirken lassen.

„Jetzt verstehe ich gar nichts mehr!", brachte sie resigniert hervor. Sollte das, die von ihr ersehnte Wende sein, die Licht in den Fall bringt. Noch fiel es Lisa schwer daran zu glauben. Ein Kampfschwimmer, der gut ins Profil des Täters passen würde, der massig Fingerabdrücke im Schlafzimmer des Toten hinterlassen hat, aber unauffindbar ist. Toller Durchbruch, dachte Lisa.

***

Später im Büro im Gespräch mit Andrea und Matteo war sie nicht wirklich viel positiver gestimmt, als Matteo sich auf einmal langstreckte und betont theatralisch, eine neue Theorie entwickelte.

„Vielleicht haben der Mönkemeier und dieser Kampfschwimmer etwas miteinander gehabt, also...", Matteo stockte einen Moment, bevor er weitersprach. „Ich meine es könnte ja sein, dass der Mönkemeier schwul war und die Beiden Sex hatten", führte er mit einer leisen, fast flüsternden Stimme aus, so als könne er selbst nicht glauben, welche Hypothese er da gerade aufstellte, dabei zog er sein linkes Auge nach oben zum Haaransatz und seine ansonsten jugendlich glatte Stirn wies auf einmal tiefe Falten auf.

„...und der Bertling hat den Mönkemeier erpresst. Der ist an seinen Safe und hat ihm den Schmuck und was sonst noch darin war, in die Hand gedrückt!", spann Lisa die Idee weiter, eher ironisch als ernst gemeint.

„Warum nicht? Ich denke, dass das gar nicht so weit hergeholt ist", mischte sich Andrea ein.

„Aber warum sollte dieser Bertling die Kuh, die er melken kann, töten?", gab Lisa zu bedenken.

„Vielleicht hat Mönkemeier ihm gedroht, ihn anzuzeigen, weil er sich eh outen wollte, um ein unbefangenes Leben führen zu können", überlegte Andrea weiter.

„Klingt interessant..."

„Du willst mir sagen, dass es das aber nicht ist", erwiderte Andrea zerknirscht.

„Nein, nein! Gar nicht! Es sind nicht Wenige, gerade auch Männer, die sich erst so spät ihre homosexuelle Neigung eingestehen und sich dazu bekennen. Ich halte Matteos Theorie gar nicht so abwegig, aber es fühlt sich für mich in diesem Fall nicht stimmig an. Andererseits könnte es erklären, warum es zwischen Mönkemeier und seiner Frau Spannungen gab, und sie sich von ihm zurückgezogen hat", reagierte Lisa durchaus offen für weitere konstruktive Vorschläge.

„Wir müssen unbedingt mehr wissen über diesen Bertling, vor allem, wo er sich aufhält. Viktor hat ihn zur Fahndung über Interpol ausgeschrieben. Vielleicht bekommen wir darüber Hinweise, irgendwelche Spuren muss er doch hinterlassen haben. Womöglich hält er sich hier in der Gegend auf!"

Sie hatte die letzten Worte noch nicht ausgesprochen, als sie bemerkte, dass Matteo eifrig in seinem Computer suchte und ganz vertieft war. Es schien Lisa und Andrea besser, ihn jetzt nicht zu unterbrechen. Mit gedämpfter Stimme wendete Lisa sich an Andrea, weil sie im Hintergrund Matteos Stimme hörte, der mit jemanden telefonierte.

„Meinst Du, wir sollten Jasmin Mönkemeier mit diesem Kristian Bertling konfrontieren und schauen, wie sie reagiert und was sie dazu zu sagen hat?"

„Das ist im Moment vielleicht noch zu früh. Wir sollten uns erst mal sicherer sein, ob etwas daran sein könnte und weitere Motive abklären", gab Andrea zu bedenken, Lisa stimmte zu, da sie es auch so einschätzte, dass sie sich gerade auf sehr dünnem Eis bewegten.

„Volltreffer!", hörten sie Matteo im Hintergrund auftrumpfen, einen gewissen Stolz in der Stimme nicht verbergen könnend.

„Er", und damit meinte er wohl Kristian Bertling, „hat am Sonntag letzter Woche in Castellammare di Stabia ein Motorboot gemietet. Ein Tornado Marine Spa 38 Sport, 520 PS!", pfiff er anerkennend, „schlappe 1550,-- € am Tag! Da muss aber jemandem der Tod von diesem Mönkemeier ganz schön was wert gewesen sein."

Andrea hatte interessiert zugehört und überlegte laut, dass es einen Besuch in Castellamare di Stabia wert wäre, um weitere Einzelheiten in Erfahrung zu bringen. Außerdem sollten sie nochmals gezielt nach Zeugen suchen, um ihre Theorie zu untermauern. Irgendjemanden musste doch ein Boot mit einem Taucher aufgefallen sein.

***

Andrea nahm die Autobahn nach Castellammare die Stabia und zu Lisas Erstaunen brauchten sie für die 36 Kilometer gerade mal eine halbe Stunde. Die gleiche Strecke die Amalfitana entlang hätte eine Ewigkeit gedauert, aber eine wundervolle Ewigkeit, die belohnt wird mit immer wieder tief beeindruckenden Ausblicken, beinahe Herzstillständen über tiefen Abgründen mit türkisfarbenem Wasser. Während der Fahrt wirkte Andrea auf Lisa sehr nachdenklich, als sie ihn darauf ansprach, barsten aus ihm schmerzliche Überlegungen heraus.

„Ich denke an die Aussage von Matteo, als er meinte, dass sich da jemand den Tod von Mönkemöller viel kosten ließe. Das stimmt, wer nimmt das auf sich, dahinter steckt doch ein durchdachter Plan."

Lisa pflichtete ihm bei, kommentierte es aber nicht ihrerseits, weil sie spürte, dass Andrea noch viel mehr bewegte, deshalb staunte sie auch nicht, als er fortfuhr.

„Wenn die Mafia dahintersteckt, spricht das Vorgehen gegen jede Erfahrung. Die würden ihn auf offener Straße einfach niederschießen. Auf einem Motorrad, vermummt und dann im Vorbeifahren auf ihn schießen. Wer würde zugeben, etwas gesehen zu haben. So etwas kann ungestraft geschehen, das ...", Andrea hielt kurz inne und wiegte verständnislos seinen Kopf, „das ist Omertà, das Gebot des Schweigens und wer dieses Gebot bricht, hat sein eigenes Todesurteil unterzeichnet. Da gibt es keine Gnade."

Lisa fiel die Geschichte einer jungen Frau ein, die solch einen Mord beobachtet hatte und die so mutig war, als Zeugin auszusagen, sodass der Todesschütze zu lebenslanger Haft verurteilt werden konnte.

„In seinem Buch „Gomorrha" erzählt Saviano von einer jungen Frau, ich glaube sie war Kindergärtnerin, die sich in so einem Fall als Zeugin gemeldet hat. Sie hatte miterlebt, wie ein Mitglied, das seine eigenen Geschäfte ankurbeln wollte und so irgendwann vielleicht zu viel Macht bekommen hätte, in einer Bar mit einem ganzen Magazin niedergestreckt wurde. Also es gibt Menschen, denen an der Wahrheit liegt und die mutig sind, sie zu vertreten", ging Lisa auf Andreas Überlegungen ein.

„Und erinnerst Du Dich auch, welchen Preis sie dafür gezahlt hat?", beharrte Andrea desillusioniert. „Es stimmt, sie ist nicht getötet worden, aber ihr Verlobter hat sie verlassen, sie hat ihren Job verloren, ihre Familie hat sich von ihr abgewendet und sie lebt an einem geschützten Ort und bekommt eine geringe staatliche Zuwendung."

‚Senza Pietà!', hallten die Worte Andreas nach. Keine Gnade, wie recht Andrea hatte

Lisa schwieg, sie spürte, dass hier unterschiedliche Weltanschauungen und Wertesysteme aufeinanderprallten. Was hier ablief, war mit einer demokratisch orientierten Denkweise nicht zu verstehen. Schon öfters hatte Andrea versucht, Lisa die Logik des Systems Mafia zu erklären.

„Du siehst das völlig richtig, diese Frau hat an die Wahrheit geglaubt, sie hat einen Sinn dafür, was falsch und richtig ist. Und erinnerst Du Dich, wie Saviano es erklärt. In großen Teilen der Gesellschaft hier, zählt als wahr, was Geld einbringt und was einem zum Verlierer macht, ist eine Lüge. Und deshalb ist die Entscheidung dieser Frau für viele eben nicht nachvollziehbar. Aufgrund von Angst, von sozialen Missständen, von mangelnden Möglichkeiten oder einfach, weil sie nichts anderes kennen, haben viele Menschen hier die Regeln widerspruchslos akzeptiert und dann kommt jemand, der aufzeigt, es kann auch anders gehen. Das macht eine völlig neue Angst und verunsichert die Menschen und bringt ihr System ins Wanken. Ein Leben selbstverantwortlich und selbstbestimmt, nein dann doch lieber in den alten Bahnen weiter verharren und die, die etwas verändern wollen, zum Außenseiter abstempeln."

Lisa fühlte, dass Andrea noch nicht fertig war. Es schien ihr, als würde sich gerade eine Schleuse öffnen und die ganze Trostlosigkeit des Themas ihn überwältigen.

„Selbst nahezu alle Teile der Kirche haben viel zu lange weggeschaut. Erst jetzt nach Jahrzehnten erheben sie ihre Stimme. Und weißt Du, warum sie weggeschaut haben, weil sie Angst hatten", hier legte er wieder eine kurze Pause ein, wieder mit diesem Wiegen seines Kopfes, das zum Ausdruck brachte, dass er das, was er sagte selbst kaum glauben könne, „Angst, nicht etwa vor der Mafia. Nein, Angst vor der Ausbreitung des Kommunismus. Die Kirche ließ sich beeindrucken und gern blenden von der angeblichen Frömmigkeit der obersten Mafiabosse. Beim Aufnahmeritual von neuen Mitgliedern müssen diese auf ein Madonnenbild schwören, sie organisieren Wallfahrten, stellen sich Christusfiguren in ihre Villen und sind tief überzeugt, dass ihr Handeln ganz im Zeichen der Nächstenliebe steht und dass Töten legitimiert ist und nicht gegen das Verbot „Du sollst nicht töten" verstößt, weil es angeblich diesem höheren Ziel der Nächstenliebe dient. Wie Du siehst eine völlig verkehrte Welt!"

Andrea atmete tief ein und Lisa, die ihn von der Seite anschaute, nahm Wut und Traurigkeit gleichzeitig in seinem Gesichtsausdruck wahr.

„Natürlich gab es auch schon immer mutige Kirchenvertreter, die diese Doppelmoral entlarvten und es in aller Öffentlichkeit anprangerten. Einige von ihnen haben es mit ihrem Leben bezahlt, wie Don Peppino Diana vor über zwanzig Jahren. Ein junger engagierter Geistlicher und seit seiner Jugend ein überzeugter Pfadfinder beim katholischen Pfadfinderbund. In der Frühmesse an seinem Namenstag wurde er gezielt mit fünf Schüssen hingerichtet. Sein Heimatort, in den er als Priester zurückgekehrt war, war eingetaucht in ein Meer von weißen Betttüchern, auch die Pfadfinder reihten sich ein in den Marsch durch die Stadt zum Ausdruck der unendlichen Wut der Leute. Zwanzig Jahre später hat Papst Franziskus die Mafia aufgerufen, sich zu bekehren und aufzuhören mit ihren kriminellen Machenschaften, die gegen die Werte des Christentums verstoßen. Er hat ihnen die Exkommunion angedroht und am Ende der Messe hat er sich demonstrativ ein Priestergewand angelegt, das Don Peppino Diana getragen hatte. Er hört nicht auf immer wieder das Wort gegen die mafiösen Strukturen zu ergreifen!"

Mittlerweile hatten sie Castellammare di Stabia erreicht. Sie fuhren die Küstenstraße entlang, die an der einen Seite bis dicht ans Meer reichte. Auf der anderen Seite türmte sich massiv das Lattari-Gebirge auf mit dem über eintausend Meter hohen Monte Faito. Lisa war beindruckt von der Seilbahn, die schnurstracks bis zu diesem führt. Über die Stadt verstreut, erkannten sie die Villen, die immer noch ein beeindruckendes Zeugnis von der pompösen römischen Vergangenheit abgaben. Sie erreichten den Yachthafen und fanden auch sofort das Charterunternehmen, bei dem Kristian Bertling das Motorboot angemietet hatte. Mittlerweile hatte Viktor ein Bild von Bertling an Lisas Handy geschickt, sodass sie dies der Mitarbeiterin, die sie in

Empfang nahm und die sich mit Maria vorgestellt hatte, zeigen konnten.

„Können Sie sich erinnern, ob es sich um diesen Mann handelt, der am Sonntag dieses Boot gemietet hat?", fragte Andrea.

Maria, die auch am Sonntag Dienst hatte, schaute sich sehr genau das Bild an, zögerte jedoch mit ihrer Antwort, bis sie sich wohl überlegt äußerte.

„Ich denke, dass könnte der Mann sein. Obwohl er jetzt anders aussah, also ein bisschen älter, die Haare waren etwas länger. Aber ein sehr attraktiver Mann. Gut gebaut, sportlich, sehr dynamisch und sehr höflich." Sie schaute Andrea und Lisa an, so als ob sie eine Bestätigung erwartete, dass die beiden mit ihr zufrieden waren.

„Ist Ihnen noch etwas aufgefallen. Haben Sie gesehen, ob er mit einem Auto da war und wenn ja, können Sie es beschreiben, vielleicht sogar das Autokennzeichen?"

„Nein, das habe ich nicht gesehen. Nachdem wir die Formalien geregelt haben, also Chartervertrag und Bezahlung, musste ich mich schon um andere Kunden kümmern. Das Boot hat ihm dann einer unserer Techniker übergeben. Warten Sie einen Moment, ich glaube es war Sandro. Der kommt da gerade, fragen Sie doch bitte ihn."

„Ciao, Sandro. Die Herrschaften sind von der Polizei in Salerno. Es geht um die „Amalia", also das Tornado Marine, das am Sonntag rausgegangen ist. Kannst Du Dich daran erinnern? Hast Du die Übergabe gemacht?"

„Ja, habe ich. Ist was nicht in Ordnung damit. Es ist am Montagnachmittag ordnungsgemäß zurückgekommen."

Andrea schaltete sich jetzt ein und sprach diesen Sandro direkt an und bat ihn, ebenfalls einen Blick auf Lisas Handy zu werfen und ihnen zu beantworten, ob es sich um diesen Mann gehandelt hatte.

„Ich würde sagen, das ist er! Ja, ich bin mir ziemlich sicher. Der hatte echt Ahnung von Booten. Ich brauchte ihm nicht viel zu erklären. Der Bursche war echt gut!"

„Haben Sie gesehen, ob er eine Taucherausrüstung an Bord gebracht hat?", wollte Lisa von ihm wissen.

„Nein, das habe ich nicht gesehen. Ich habe mich gewundert, weil der sofort losgefahren ist, weil er ja gar kein Gepäck mitgenommen hat. Aber vielleicht wissen die drüben im Tauchclub was. Vielleicht hat er dort noch mal angehalten."

Lisa schaute Andrea fragend an, der eine ebenso nachdenkliche Mine machte. Andrea wendete sich noch einmal an Maria und wollte wissen, wie die Chartergebühr bezahlt worden war.

„In bar. Keine Kreditkarte. Er brauchte auch keine Kaution hinterlegen, da er eine Kautionsversicherung abgeschlossen hat. Die hat er auch bar bezahlt", ergänzte Maria.

„Wir würden uns das Boot gern ansehen und ein paar Bilder machen. Ist das in Ordnung?"

„Selbstverständlich! Sandro kann Sie mitnehmen und Ihnen den Liegeplatz zeigen. Gehen Sie ruhig an Bord und schauen Sie sich um. Kann ich Ihnen noch irgendwie helfen? Aber Sie haben noch gar nicht gesagt, warum Sie dieser Mann und das Boot interessieren."

„Darüber dürfen wir Ihnen aus ermittlungstechnischen Gründen nichts sagen. Aber ich kann sie beruhigen, Sie bekommen keine Schwierigkeiten. Es geht uns nur darum, dass Sie bestätigen können, dass es der Mann auf dem Bild war, der das Boot gechartert hat."

Lisa und Andrea folgten diesem Sandro zum Boot. Erst jetzt hatten sie ein Auge dafür, was da alles für Yachten in der Marina lagen. Lisa staunte nicht schlecht über die Riesenyachten mit all den vermeintlich Schönen und Reichen, die ihren an Dekadenz reichenden Luxus zur Schau trugen.

Nachdem sie sich das Boot angeschaut hatten, und sie sich sicher waren, dass dies Boot für Tauchgänge von Bord aus gut geeignet war, schlenderten sie zum Tauchclub am anderen Ende der Marina. Bewusst langsam, die Motoryachten staunend betrachtend. Aber am meisten interessierten sie sich verständlicherweise für die Segelyachten, von denen hier auch ein paar beachtliche Modelle lagen.

Der Weg in den Tauchclub hatte sich gelohnt. Hier konnten sich die Leute erinnern, dass der Mann vom Foto, am Samstag an ihrem Steg mit dem Motorboot angelegt hatte. Einer der Leute aus dem Tauchclub konnte sich erinnern, dass der Mann gefragt hatte, ob er seine Druckluftflaschen füllen lassen könnte. Er war dann zum Parkplatz gegangen und hatte seine Ausrüstung geholt.

„Eine Super-Ausrüstung, ganz professionell", meinte einer der Taucher anerkennend „Wir haben die zwei 12 l-Flaschen sogar mit 300 bar befüllt."

„Wie lange könnte ein Taucher damit unter Wasser bleiben?" wollte Lisa wissen.

„Also der Typ sah schon danach aus, dass er ein erfahrener Taucher ist, mit einer Flasche bei ruhiger, gleichmäßiger Atmung – bestimmt über eine Stunde, in flacherem Wasser sogar noch länger."

***

Im Yachtclub ergatterten Andrea und Lisa einen freien und vor allen Dingen ein wenig abgelegenen Tisch, an dem sie sich ungestört unterhalten konnten. Von ihrem Platz aus konnten sie über die Bucht von Neapel blicken bis zum Vesuv, über dem die ersten Abendwolken in hellem Rosa schwebten. Ein zarter Schleier aus eben diesem Rosa hüllte den im tiefen Innern immer noch aktiven Vulkan und die Stadt ein nach und nach ein. Alles wirkte so lieblich wie ein Bild aus einem Märchenbuch. Die Ergebnisse ihrer Befragungen sahen sie schon als erfolgreiche Puzzleteile, obwohl noch viele Lücken offen waren und ein Bild noch nicht einmal ansatzweise zu erkennen war. Die Zeit des Wartens auf ihr Essen nutzte Lisa, um mit Viktor Kontakt aufzunehmen und ihn über die neueren Erkenntnisse zu unterrichten.

„So wie es aussieht, müssen wir davon ausgehen, dass dieser Kristian Bertling der Mann ist, den wir suchen. Er hat ein Motorboot gechartert und hatte eine Tauchausrüstung dabei und hat die entsprechenden Fähigkeiten, den Mord auszuführen", resümierte Lisa, „aber wir haben keinen Anhaltspunkt, wo er sich aufhält und mit welchem Fahrzeug er sich fortbewegt."

„Zugelassen ist in Deutschland kein Fahrzeug auf ihn, das habe ich überprüft", warf Viktor ein.

„Hast Du etwas rausbekommen können, mit wem er Kontakt hat. Es ist doch möglich, dass er sich bei Freunden oder Verwandten ein Fahrzeug ausgeliehen hat. Es muss doch irgendeine Verbindung geben", meinte Lisa zähneknirschend.

„Ich bleibe da am Ball", vertröstete sie Viktor. „Ich habe aber noch was für Dich. Es ist nicht so, als säße ich hier tatenlos rum. Unsere Leute vom Wirtschaftsdezernat haben diesen Peter Scholter mal genauer unter die Lupe genommen und sie sind tatsächlich darauf gestoßen, dass Immobilienkäufe, der italienischen Investoren tatsächlich über eine Anwaltskanzlei gelaufen sind, die nachweislich Geld der Mafia über ihre Anderkonten transferiert haben. Der Anwalt hat sich aber nach Florida abgesetzt, Unterlagen sind nicht mehr auffindbar und selbst wenn, unsere Behörden beißen sich daran die Zähne aus, die verzweigten Wege zu entwirren, um sie bis zur Mafia zurückzuverfolgen. Wir sind uns aber mittlerweile sicher, dass der Scholter sozusagen als Dankeschön, Provision oder wie auch immer, sicherlich Bargeld zugesteckt bekommen hat, anders ist sein Lebenswandel schwer zu erklären. Eine prächtige Villa hier, eine Finca auf Mallorca, dort hat er eine Segelyacht liegen. In der Garage auf Malle hat er zwei teure SUV stehen. Mal abgesehen von den Autos, die hier in Köln auf seinen Namen zugelassen sind. Die Kollegen meinen, dass kann er nicht nur von dem finanzieren, was die Firma abwirft. Aber es ist verdammt schwer, nachzuweisen, dass er dies mit illegalem Geld finanziert hat."

Lisa konnte sich Viktors zerknirschten Gesichtsausdruck so richtig gut vorstellen. Sie spürte, wie sehr Viktor mit der Situation unzufrieden war, ihr selbst ging es nicht anders. Natürlich hätte sie sich gern etwas Konkretes für ihren Fall gewünscht, aber auch diese ganze Betrügerei und diese ganzen kriminellen Machenschaften riefen eine unheimliche Wut in ihr hervor.

„Hast Du herausfinden können, wieviel der Mönkemeier bekommen hat, als er seinen Anteil an der Firma an Scholter überschrieben hat?", konzentrierte Lisa sich auf die Fakten und lenkte so von ihren Emotionen ab.

„Ja, das habe ich und ich kann Dir auch was über die aktuelle Finanzlage sagen", holte Viktor aus und spann Lisa damit auf die Folter. „Also bekommen hat er fünfzehn Millionen! Hört sich erst mal viel an, ist aber nichts gegen einzuwenden. Das entspricht dem tatsächlichen Wert. Angelegt hat er Geld in verschiedenen Fonds und Aktien und er bezieht monatlich eine Summe von zehntausend Euro von der Firma. Dies ist befristet bis zu seinem sechzigsten Lebensjahr. Um diese Summe einzusparen, ist sicherlich von seiten Scholter kein Grund, ihn umzubringen. Die Summe finanziert sich, wie heißt noch mal, sozusagen aus der Portokasse."

„Ganz ordentlich, damit lebt es sich nicht schlecht, auch nicht hier in Italien", entgegnete Lisa. „Aber Du hast recht, es ist unwahrscheinlich, ihn dafür umzubringen. Hast Du irgendeine Idee, ob es eine Verbindung von Kristian Bertling zu diesem Scholter gibt?"

„Ich bin bis jetzt nicht auf diesen Namen gestoßen. Woran denkst Du?", wollte Viktor erstaunt wissen.

„Ich überlege, ob der Scholter einen ganz anderen Grund haben könnte den Mönkemeier lieber tot als lebendig zu sehen."

„Du meinst, er könnte den Mord in Auftrag gegebenen haben wegen der vermuteten Geldwäsche-Geschichten?"

Viktor gab einen nicht näher zu definierenden, schnaubenden Ton von sich, holte erst einmal tief Luft, bevor er Lisa zusicherte, soweit es ihm möglich wäre, weiter in diese Richtung zu untersuchen.

Lisa hatte schon ein paarmal zu Andrea rüber geschaut, hatte gesehen, dass auch er telefonierte. Jetzt sah sie, dass das Essen serviert wurde, verabschiedete sich von Viktor und ging zurück zu ihrem Tisch.

Andrea hörte Lisas Ausführungen interessiert und nachdenklich zu und dachte auch über eine Verbindung zwischen Bertling und Scholter nach.

„Die fünfzehn Millionen waren so gut wie weg mit dem Hauskauf in Positano. Die teure Eigentumswohnung in Köln musste auch finanziert werden. Wenn ich mich richtig erinnere, hat er die Villa verkauft, in der er vorher gewohnt hatte. Das Geld kann er in die Wohnung investiert haben. Trotz Deiner Überlegungen, dass der Mönkemeier hier ein bewussteres und bescheideneres Leben führen wollte, braucht er Geld und nicht wenig, um das alles am Laufen zu halten. Vielleicht wollte er mehr Geld haben und hat den Scholter unter Druck gesetzt. Ihm gedroht, die Geschäfte mit der Mafia auffliegen zu lassen", breitete Andrea seine Gedanken aus.

„Und wie erklären sich die Fingerabdrücke von Bertling in der Wohnung?", warf Lisa nachdenklich, jedoch auch weiterhin offen für Andreas Überlegungen, ein.

„Vielleicht hat der bereits in Köln versucht, den Mönkemeier zu erwischen, um ihn dort umzubringen und ihn nicht angetroffen, weil sie sich verpasst haben."

„Klingt nicht ganz unlogisch. Wenn Jasmin Mönkemeier von den Absichten ihres Mannes wusste, den Scholter, nennen wir es mal so, unter Druck setzen zu wollen, könnte das der Grund sein, dass sie uns das mit dem Finanzmodell und den illegalen Geldern der Mafia gesteckt hat, um eine Spur in Richtung Scholter zu legen."

Andrea schaute auf die Uhr und machte den Vorschlag, Jasmin Mönkemeier einen weiteren Besuch abzustatten.

„Was meinst Du, Lisa, ist jetzt der richtige Zeitpunkt Jasmin Mönkemeier mit unseren Vermutungen zu konfrontieren? Wir könnten in ungefähr fünfzig Minuten in Positano sein. Matteo hat leider auch keine neuen Ergebnisse. Er ist fieberhaft daran, irgendeine Spur von Bertling zu entdecken."

„Ich habe auch keine bessere Idee. Ich sehe es auch so, dass wir jeden Strohhalm ergreifen müssen.

***

Die Fahrt nach Positano gestaltete sich eher unspektakulär. Aufgrund der hereingebrochenen Dämmerung war die Landschaft in einen dunklen Umhang gehüllt. Die ersten Kilometer verlief die Straße einigermaßen gerade, ein paarmal durch längere Tunnel, um sich dann, immer wieder sehr kurvenreich durch die Hügellandschaft der sorrentinischen Halbinsel zu schlängeln. Es gab wenig bis nichts, was Lisas Augen ablenkte. Dies war auch gut so, weil sie sich auf die Fragen konzentrierte, die sie Jasmin Mönkemeier stellen wollten. Von unterwegs hatte Lisa sich bei Jasmin Mönkemeier telefonisch angekündigt und hatte sich über Sinn und Zweck eines erneuten Besuches auf keine Diskussion eingelassen, sodass diese als die beiden vor der Tür standen, gefasst die späten Gäste hereinließ.

„Entschuldigen Sie, dass wir sie um diese Zeit stören. Aber wir sind bei unseren Ermittlungen auf einige Frage gestoßen, bei deren Beantwortung sie uns möglicherweise helfen können", eröffnete Lisa das Gespräch, bemüht um einen freundlichen Ton.

„Wenn ich Ihnen helfen kann, tue ich das, aber ich habe Ihnen ja schon gesagt, dass ich über die Geschäfte meines Mannes nicht besonders gut im Bilde bin."

Das griff Lisa sofort auf, als sie ihre erste Frage formulierte.

„Frau Mönkemeier, Sie haben bei unserem letzten Gespräch gewisse Andeutungen gemacht. Inzwischen wissen wir, dass in der Firma Ihres Mannes tatsächlich solche Modelle praktiziert wurden. Haben Sie diese Informationen von Ihrem Mann erhalten?"

„Ich habe Ihnen ja bereits gesagt, dass ich nichts mit finanziellen Vereinbarungen zu tun hatte, meine Aufgaben lagen auf anderen Gebieten. Es ist in der Branche allgemein bekannt, dass solche Geschäfte zur

Geldwäsche laufen, und dass mein Mann im Allgemeinen über solche Praktiken gesprochen hat. Ich bin mir aber ziemlich sicher, dass er nichts damit zu tun haben wollte."

Lisa hielt einen Moment Rücksprache mit Andrea und fuhr dann energischer fort.

„Ich verstehe, dass Sie befürchten in etwas hineingezogen zu werden. Es geht hier aber um die Aufklärung des Mordes an Ihrem Mann. Wir wollen seinen Mörder finden und wir bitten Sie, uns dabei zu unterstützen. Ich frage Sie, ist es möglich, dass Ihr Mann seinen ehemaligen Geschäftspartner unter Druck gesetzt hat, weil dieser in diese Geschäfte verwickelt war. Was wir im Übrigen mittlerweile auch konkret wissen. Hat Ihr Mann versucht, mehr Geld von Scholter zu bekommen."

„Sie meinen, ob mein Mann Peter erpresst hat?", äußerte sie entsetzt. „Darüber weiß ich wirklich nichts. Das kann ich mir aber nicht vorstellen. So war mein Mann nicht. Ich glaube schon, dass ich meinen Mann so gut kenne, dass so etwas für ihn nicht in Frage kommt. Erpressung – nein!"

„Wenn nicht erpresst, um für sich selbst einen Vorteil daraus zu ziehen, dann vielleicht unter Druck gesetzt, dass er die Machenschaften öffentlich machen wollte, wenn der Scholter diese Art von Geschäften nicht unterlässt?", hakte Andrea nach.

„Ich habe wirklich keine Ahnung. Darüber geredet hat mein Mann nicht mit mir."

„Sagt Ihnen der Name Kristian Bertling etwas?", sagte Lisa ganz unvermittelt und meinte, ein leichtes Zucken in den Augen von Jasmin Mönkemeier wahrzunehmen.

„Wie ist der Name? Kristian...", hier legte Jasmin Mönkmeier eine kleine Pause ein und fuhr fragend fort, „...Bertling? Nein, der Name sagt mir nichts. Wie kommen Sie darauf. Hat er etwas mit dem Tod meines Mannes zu tun?", fragte sie sehr gefasst, aber mit einem leichten Zittern in der Stimme.

„Wir verfolgen da nur so eine Spur, wir können noch gar nichts Genaues sagen", entgegnete Lisa mehr ehrlich als ausweichend. „Sie bleiben dabei, dass Ihr Mann Ihnen nichts darüber gesagt hat, dass er sich bedroht fühlte und er hat Ihnen auch nicht erzählt, was genau er letzte Woche in Köln gemacht hat?"

„Ja, da bleibe ich bei, weil es so ist! Ich weiß von einigen Arztterminen. Dies waren aber reine Vorsorgetermine, nichts Akutes. Ich kann Ihnen gern die Namen der Ärzte geben."

Jetzt wendete sich Andrea noch mal an Jasmin und stellte ganz unverblümt die Frage nach sexuellen Orientierungen ihres Mannes. Lisa stockte einen Moment der Atem, und sie schaute Andrea fragend an. Andrea wiegte ein Ja betonend seinen Kopf, bevor sie es übersetzte.

„Commissario Commodori fragt, ob es möglich ist, dass Ihr Mann homosexuelle Beziehungen hatte?"

Mit einem lauten, beinahe hysterischen Lachen platzte es aus Jasmin Mönkemeier heraus.

„Sie fragen mich allen Ernstes, ob mein Mann schwul war! Nein, war er nicht, kann ich Ihnen da nur sagen. Wie um alles in der Welt kommen Sie denn auf eine so absurde Idee? Und was hat das mit dem Mord an meinem Mann zu tun?"

Lisa entschied sich, nichts von den Fingerabdrücken in der Wohnung zu sagen. Sie spürte, dass sie das für sich erst mal besser einordnen musste, gleichzeitig spürte sie auch ein Unbehagen, das immer dann auftauchte, wenn sie aus ermittlungstechnischen Erwägungen in das intimste Leben der Menschen eintauchen musste und sich dann manchmal Geheimnisse und auch Abgründe auftaten.

„Es gibt ermittlungsbedingte Informationen, die diese Frage zumindest aufkommen lassen und denen nachzugehen, ganz einfach unsere Aufgabe ist."

„Ich denke Sie werden meine heftige Reaktion auf Ihre Frage verstehen! Aber die Vorstellung, dass mein Mann schwul war, ist wirklich absurd", bekräftigte Jasmin Mönkemeier nochmals das zuvor gesagte. „Ich möchte nicht unhöflich sein, aber für mich hört es sich so an, als würden Sie noch sehr im Trüben fischen."

Lisa spürte Ärger in sich hochsteigen und versuche gleichmäßig zu atmen, um jetzt bloß nichts Unbedachtes zu sagen. Andrea, der sie genau beobachtet hatte, blieb dies nicht unbemerkt, konnte sich aber keinen Reim daraus machen, gab Lisa zu verstehen, dass sie mit ihrer Befragung nicht weiterkommen würden und dass es wohl besser sei für heute abzubrechen.

***

„Was hat Dich gerade so ärgerlich werden lassen?", hakte Andrea nach, kaum dass sie im Wagen saßen.
„Weil Jasmin Mönkemeier genau den Punkt getroffen hat, wir fischen nach wie vor im Trüben. Das hat mich geärgert! Zum einen, weil ich ihr hätte, recht geben müssen und zum anderen, dass wir noch nicht weiter sind", gab Lisa mit einem gewissen resignierten Ton aber auch mit Trotz in der Stimme zu.

„Jetzt sei mal nicht so streng, Lisa! In der kurzen Zeit haben wir schon Einiges erreicht. Mit großer Wahrscheinlichkeit wissen wir, wer der Mörder von Walter Mönkemeier ist. Die Fahndung nach ihm ist raus. Vermutlich hält er sich noch hier in Italien auf. Es ist nur noch eine Frage der Zeit bis wir ihn auffinden. Viktor bleibt in Köln an dem Scholter dran. Zumindest gibt es schon erste Hinweise auf Geldwäsche. Dafür kann er erst mal einkassiert werden, dann können ihn Deine Kollegen in die Mangel nehmen."

„Du und Dein Optimismus, ihm eine Beteiligung oder gar Anstiftung zum Mord beweisen zu können, sehe ich noch nicht!"

Andrea schaute Lisa von der Seite an und sah ihr sorgenvolles Gesicht. Lisa schien zu spüren, dass Andreas Blick auf sie gerichtet war und drehte sich zu ihm um. Beim Anblick von Andrea zogen alle dunklen Gedanken fort und ein wunderbares Lächeln breitete sich auf Lisas Antlitz aus. Andrea hatte recht, sie hatten bis jetzt zumindest schon eine Spur zum Täter, das Motiv würde sich ihnen auch noch offenbaren.

„Was denkst Du? Hat dieser Bertling aus seinem eigenen Interesse heraus getötet, oder hat er im Auftrag von jemanden gehandelt?", wollte Lisa wissen.

„Schwer zu sagen. Für mich hört es sich nicht so an, dass dieser Bertling ein Auftragsmörder ist. Ich denke eher, dass er persönlich in der Sache involviert ist, dass er ein ganz persönliches Motiv hat", ließ Andrea Lisa an seinen Überlegungen teilhaben.

„Ja, genau das denke ich auch", bekräftigte Lisa, um dann anzufügen. „Hast Du den Eindruck, Jasmin Mönkemeier hat in Bezug auf den Bertling die Wahrheit gesagt. Ich bin mir nicht sicher. Ich habe ein eigenartiges Gefühl. Da war so eine Reaktion in ihrem Gesicht, als ich den Namen erwähnt habe."

„Ich verstehe, was Du meinst. Ich kann sie auch sehr schwer einschätzen. Sie hat so eine distanzierte, fast misstrauische Art und ihre Antworten wirken sehr überlegt und kontrolliert. Ich bin mir nicht sicher, ob es ein Teil ihres Charakters ist oder ob sie uns etwas vorspielt."

Hier legte Andrea ein kleine Pause ein und auf seinem Gesicht machte sich ein schelmisches Lächeln breit bevor er weitersprach.

„ Es wird den Frauen aus dem Norden so nachgesagt, dass sie, wie soll ich sagen, eher etwas kühl und zugeknüpft sind", wohlwissend was er da sagte, schaute er interessiert auf Lisa und war auf ihre Reaktion gespannt.

„So ist also Dein Bild von Frauen, die nicht aus dem feurigen Süden kommen!", kommentierte Lisa mit bewusst unterkühlter Stimme.

„Naja, ich kenne natürlich eine wunderbare Frau aus dem Norden, die warmherzig und voller Leidenschaft ist. Mit Augen, in denen du ihre Gefühle offen lesen kannst, die dich anstrahlen und dich voller Begeisterung mitreißen können, die weder Freude noch Schalk verheimlichen können, in denen ihre Seele Trauer und Angst spiegeln!"

„Was war das denn gerade, hörte sich das eben wie eine Liebeserklärung an?"

Und als wolle Andrea dies unterstreichen, hielt er den Wagen an, beugte sich zu Lisa, zog sie an sich und gab ihr einen langen inniglichen Kuss. Ihn mit der zuvor beschriebenen Leidenschaft zu erwidern, fiel Lisa in keiner Weise schwer.

***

Ein strahlend blauer Himmel begrüßte Lisa am nächsten Morgen und weckte in ihr die Zuversicht, in ihrem Fall weitere Erkenntnisse zu bekommen. Ihr Gespräch mit ihrem Kölner Vorgesetzten Viktor Hugler ließ die Zuversicht weiterwachsen.

„Guten Morgen, Lisa. Es gibt gute Nachrichten", begann Viktor das Gespräch. „Der Oberstaatsanwalt sieht einen hinreichenden Anfangsverdacht für Geldwäsche im Unternehmen von Scholter und hat einer Durchsuchung zugestimmt. Gleich geht es los. Sobald wir Gewissheit haben, schalte ich mich ein und werde den Scholter zu unserem Fall vernehmen. Das Thema Geldwäsche als Motiv für den Mord und die bisherigen Ermittlungen sind ein hinreichender Tatverdacht, um Scholter zu vernehmen."

„Das klingt gut. Ich hoffe, dass wir auf der richtigen Fährte sind. Dann bleibt uns im Moment wohl nur abzuwarten, was mir ehrlich gesagt, schwerfällt", beklagte sich Lisa.

Und es wäre tatsächlich ein langes Warten in der Questura geworden, wäre nicht auf einmal Matteo in Andreas Büro hereingeplatzt.

„Die Kollegen aus Positano haben sich gerade gemeldet. Es gibt zwei neue Nachrichten. Im Hotel hat sich tatsächlich jemand gemeldet, der unsere Motoryacht gesehen hat. Ein Vater mit seinem Sohn, die beide begeisterte Motorbootfreaks sind, haben die Yacht am Sonntag in der Bucht unterhalb des Hotels liegen sehen. Sie konnten sich an den Namen „Amalia" erinnern", hier legte Matteo eine kleine Pause ein, „und sie haben einen Taucher darauf gesehen."

„Das ist doch schon mal was", hob Andrea gerade an als ihn Matteo unterbrach und mit seinem Bericht fortfuhr.

„Was aber noch viel interessanter sein könnte, die Kollegen haben einen Wagen mit deutschem Kennzeichen und einer Tauchausrüstung drin auf einem Parkplatz in der Nähe von Praiano entdeckt. Einen Hinweis auf den Fahrer gibt es noch nicht. Die Kollegen behalten den Wagen im Auge. Wenn sich die Zielperson nähert, werden sie sofort zugreifen."

„Kannst Du mir das Kennzeichen geben, dann kann ich den Halter feststellen lassen", bat Lisa Matteo.

Lisa notierte sich das Kennzeichen und wählte die Nummer im Kölner Kommissariat und bat einen Kollegen den Fahrzeughalter festzustellen. Lisa blieb in der Leitung, da eine solche Abfrage schnell erledigt ist und wunderte sich, da die Antwort nicht so prompt wie erwartet kam.

„Hallo Lisa, bist Du noch dran?", hörte sie.

„Ja, klar. Was gibt es. Warum dauert es so lange, den Halter festzustellen?"

„Ja, da gibt es tatsächlich ein Problem. Das Kennzeichen taucht in unserem System nicht auf. Kann es sein, dass es gefälscht ist?"

„Das kann ich nicht sagen, ich habe das Kennzeichen nicht selbst gesehen. Es ist durchaus möglich. Wir vermuten einen Zusammenhang mit unserem Mordfall hier an der Amalfiküste. Ich danke Dir erst mal und melde mich gegebenenfalls wieder bei Dir", verabschiedete Lisa sich und wendete sich dann Andrea und Matteo zu. „Das Kennzeichen scheint gefälscht zu sein, es taucht nicht auf in unserem System."

„Das spricht dafür, dass es sich in der Tat um das Auto unseres Verdächtigen handelt. Die Kollegen dort sollten sich aber vorerst im Hintergrund halten, damit unser Verdächtigter nicht gewarnt wird und uns durch die Lappen geht", gab Matteo zu bedenken.

Den Dreien war heute nicht danach, ihr Mittagessen in einem kleinen netten Restaurant einzunehmen. Um sich nützlich zu machen, zog Lisa los, um wenigstens ein paar Paninis zu besorgen. In der Nähe der Questura wurde sie schon bald fündig und ließ sich einige dieser köstlichen Brote zubereiten.

Als Lisa zurückkam, gab es In der Questura immer noch nichts Neues, weder aus Praiano noch aus Köln. Während sie die Panini verspeisten, nutzte Matteo die Zeit nicht ohne einen gewissen Stolz von seiner Frau Viola zu erzählen, die im vierten Monat schwanger war.

„Wenn wir den Fall gelöst haben, hat Viola vorgeschlagen, dass Ihr uns mal besuchen kommt. Wir sind auch so gut wie fertig mit der Renovierung der Wohnung."

Lisa war Viola schon mal in der Questura begegnet und hatte die junge Frau, die als Architektin arbeitete, sehr sympathisch gefunden. Von Matteo wusste sie, dass die beiden in einem alten Stadtpalais, das der Familie von Viola gehörte, eine Wohnung umgebaut hatten, in der Viola und Matteo lebten.

„Das ist eine gute Idee", reagierte Lisa spontan, „ich würde mich freuen, Viola näher kennenzulernen."

„Und von der Wohnung der beiden wirst Du bestimmt auch begeistert sein", ergänzte Andrea. „Viola hat das großartig hinbekommen, den mittelalterlichen Stil des Gebäudes zu erhalten und mit allen modernen Elementen zu vereinen."

„Das stimmt", bekräftigte Matteo und ergänzte voller Respekt, „Viola ist eine außerordentlich begabte Architektin, nicht umsonst hat sie den Auftrag für die Renovierung des Palazzo Duti bekommen."

Lisas Handy klingelte und es war der ersehnte Anruf von Viktor, der ohne große Umschweife sofort loslegte.

„Bei der Untersuchung der Firma von Scholter ist tatsächlich Einiges ans Tageslicht gekommen. Unsere Vermutungen, dass Verstöße gegen das Geldwäschegesetz vorliegen, haben sich bestätigt. Die Kollegen sind schnell auf Kontakte zu Scheinfirmen gestoßen. Diese Firmen hatten unsere entsprechenden Behörden schon länger im Visier. Es handelt sich um Baufirmen, die wiederum mit Subunternehmen arbeiten, die Scheinrechnungen ausstellen über Leistungen, die aber nie erbracht wurden. Das auftraggebende Unternehmen zahlt die Rechnungen, setzt sie als Betriebsausgaben ab und kann es so auch noch vom Gewinn abziehen. Den Rechnungsbetrag bekommt der Auftraggeber dann in bar aus Schwarzgeld zurück. Dieses Schwarzgeld stammt aus Geschäften der Mafia, die somit indirekt beteiligt ist. Die Scheinfirmen erhalten in der Regel zehn Prozent für ihre, nennen wir es mal, Dienstleistungen. Das Problem ist aber, zumindest für uns, so schnell wie die Unternehmen gegründet werden, so schnell lösen sie sich wieder auf und die Hintermänner verschwinden auf nimmer wiedersehen. Die Staatsanwaltschaft ist dabei alles akribisch durchzuarbeiten. Aber langer Rede kurzer Sinn, das, was bisher aufgedeckt wurde, reichte, um den Scholter wegen Geldwäsche und Steuerhinterziehung festzunehmen und er sitzt in Untersuchungshaft. Ich kann ihn in den nächsten Stunden wegen unserer Sache vernehmen."

Bevor Lisa darauf eingehen konnte, wurde sie von Andrea unterbrochen, der eine neue wichtige Information zu haben schien.

„Einen Moment bitte, Viktor, bleib mal dran. Hier kommt gerade eine wichtige Information."

„Gerade kam eine Meldung aus Positano. Wanderer haben eine männliche Leiche auf dem Sentiero degli Dei gefunden", erklärte Andrea die Situation. „Die Carabinieri sind bereits auf dem Weg zum Fundort, uns bringt der Hubschrauber hin."

Lisa erklärte Viktor die Situation.

„Denkst Du, dass das was mit dem Fall zu tun hat", wollte Viktor wissen.

„Ich bin mir nicht sicher. Vielleicht ist es auch ein ganz normaler Unfall. Der Sentiero degli Dei ist ein beliebter Wanderweg, der aber nicht ganz ungefährlich ist. Es ist auf jeden Fall eine Sache der Mordkommission. Wir werden es uns auf jeden Fall anschauen. Bis später dann", und damit war für Lisa das Gespräch erst einmal beendet.

Andrea war schon zum Aufbruch bereit, als er noch einmal innehielt und Lisa stirnrunzelnd mustere. Lisa ahnte, was in Andreas Kopf vor sich ging, auch sie schaute mit einem skeptischen Ausdruck auf dem Gesicht an sich herunter und blickte sorgenvoll auf ihre Füße, die in leichten Sandalen steckten.

„Komm mal mit", meinte Andrea, „da müssen wir etwas dran ändern."

Eine Beamtin von der Polizia nationale zauberte ein paar halbwegs brauchbare Wanderschuhe herbei, die wie für Lisas Füße gemacht, passten. Die Sandalen verschwanden in Lisas Tasche und schon spurteten sie los, um den Hubschrauber nicht länger warten zu lassen. Kaum waren sie an Bord hob dieser auch schon ab und schlug den Weg Richtung Positano ein. Auch heute zog die amalfitanische Küstenlandschaft Lisa völlig in den Bann. Sie konnte sich nicht satt sehen, und reden konnte sie schon gar nicht, weil diese Landschaft ihr jedes Mal den Atem raubte. Sie empfand ein tiefes Glücksgefühl, das sie aber auch gleichzeitig erschreckte, da sie gerade auf dem Weg zu einem tragischen Einsatzort waren, wo ein Mensch sein Leben durch einen Unfall oder vielleicht sogar durch ein Verbrechen verloren hatte. Vertieft in ihre Gedanken und die ambivalenten Gefühle, hörte sie über die Kopfhörer die Stimme des Piloten.

„Wir sind gleich da. Vor uns sehen wir schon den Weg. Seht ihr wie er sich dort am Berghang entlang schlängelt."

Lisa erkannte ganz deutlich den sich hell abhebenden Weg, den Sentiero degli Dei. Lisa schmunzelte in sich hinein und dachte, dass es hier wirklich schien, als sei man den Göttern ganz nahe. Der einstige Eselspfad, gut zu erkennen an dem hell ausgetretenen Band, dass viele Füße glattgetreten hatten, schlängelte sich durch das zerklüftete Kalksteinmassiv der Monte Lattari und verband den Ort Bomerano mit Positano. An den Hängen erkannte Lisa terrassierte Zitronenhaine, Gemüsegärten und Weinstöcke, in denen um diese Zeit schon ein reges Treiben herrschte.

Andrea hatte Lisa beobachtet und ihre Begeisterung wahrgenommen und gönnte ihr noch einen Moment, den Anblick zu genießen.

„Der Streckenabschnitt hier zählt zu den schönsten", wandte Andrea sich Lisa zu." Siehst Du dort das Gebäude, es ist das Kloster San Domenico und dort oberhalb schlängelt sich der Götterpfad. Der italienische Schriftsteller Fortunato verglich das Wandern auf diesem Weg mit einem Dahingleiten zwischen Himmel und Erde, den Göttern näher als den Lebenden."

Zeit für weitere Schilderungen blieb nicht, da sich der Pilot wieder einschaltete und sie mit weiteren Informationen versorgte

„Dort drüben ist eine etwas breitere Ebene, da kann ich ganz gut landen. Ihr müsst dann noch ca. 500 m Richtung Nocelle laufen. Da findet ihr die Stelle, wo der Tote entdeckt wurde. Die Carabinieri sind dort. Ich halte mich bereit, um auf weitere Anweisungen zu warten."

„Ja, alles klar!", antwortete Andrea knapp, weil nicht mehr gesagt werden musste.

Auch aus dieser Perspektive war das Panorama einfach spektakulär. Lisa konnte nicht anders als einen Moment innezuhalten und staunend die Landschaft zu betrachten. Steil abfallende abwechselnd mit Wäldern und niedriger Macchia bedeckte Hänge an der einen Seite, und der schroffe zerklüftete Bergkamm sich wie ein urzeitliches Seeungeheuer bis zur Insel Capri hinziehend an der anderen Seite. Tief zu Füßen des Bergmassivs das Meer strahlend in allen Farben, die die Farbpalette hergibt. In Lisas Nase drang der angenehme Duft nach allerlei Kräutern und Blüten. Auch Andrea, der voraus gegangen war, hielt an. Lisa trat zu ihm und lehnte sich an ihn, was Andrea damit beantwortete, dass er seine Arme um sie schlang.

„Es ist so wunderschön, dass ich manchmal vergesse, dass wir auf dem Weg zu einem tragischen Unglücksfall sind, und dass wir einen Job zu machen haben", sagte Lisa mit leiser Stimme, in der ein Anflug von schlechtem Gewissen lag.

„Es ist gut, dass Dein Blick für das Schöne offenbleibt. Ist es nicht so, dass wir bei unserem Beruf eine Menge Schlechtes zu sehen bekommen und deshalb Balsam für unsere Seele brauchen. Tank so viel auf, dass all die grauenhaften Bilder erblassen", reagierte Andrea auf besonders einfühlsame Art und küsste Lisa zärtlich auf das Haar. „Aber nun lass uns weitergehen!"

Andrea hatte recht, bei aller Schönheit, sollten sie zügig zum Ort des Geschehens vorankommen. Lisa spürte an sich selbst die Seite, die neugierig darauf war, was sie hinter der nächsten Biegung zu sehen bekommen würden und die spannende Frage, ob es eine Verbindung zu ihrem Mordanfall gab. Schon in einiger Entfernung sahen sie einen größeren Auflauf an Menschen, die in bunter alpiner Sportkleidung steckten und zwischen diesem bunten Haufen, traten deutlich die in einem schwarzblau gekleideten Carabinieri mit den rote Streifen an den Hosen, die die anderen in Gruppen unterteilten, hervor.

„Ah, buongiorno, Commissario!", ertönte eine Stimme aus der Gruppe. „Da sind Sie ja!"

„Capitano Rossini, buongiorno", erwiderte Andrea mit erfreuter Stimme. „Ich freue mich, Sie hier zu sehen. Wie geht es Ihnen."

„Ich freue mich auch, Sie zu sehen. Mir geht es gut!", kam es erfreut von dem Capitano der Carabinieri zurück, der auf Andrea zugetreten war und ihm kräftig die Hand schüttelte. „Was man von diesem armen Menschen dort nicht mehr behaupten kann", fuhr er fort und schaute in die Richtung, in der der Tote lag. Bevor er jedoch mit seinen Ausführungen fortfuhr, wandte er sich interessiert Lisa zu.

„Darf ich vorstellen, Commissaria Lisa Brandkopf von der deutschen Polizei", machte Andrea die beiden miteinander bekannt.

„Angenehm! Schön Sie endlich kennenzulernen", wandte sich der Capitano Lisa zu und reichte ihr ebenfalls seine Hand zum Gruß. „Ich habe schon von Ihnen und Ihrer Zusammenarbeit mit der Polizei in Salerno gehört."

Lisa ergriff die Hand und begrüßte den Capitano ebenfalls und überlegte amüsiert, was er wohl schon alles gehört haben mochte und dass der Flurfunk demnach auch hier gut funktionierte.

„Dann kommen wir mal zur Sache", konzentrierte sich der Capitano nun ganz auf die aktuelle Situation. „Also diese Gruppe Wanderer hat den Mann entdeckt. Genauer gesagt, eine der Wanderinnen. Sie musste mal austreten und wollte dort drüben etwas abseits hinter das Gebüsch verschwinden und da sah sie den Mann dort liegen. Ganz aufgeschreckt, rief sie dann die anderen hinzu. Der Wanderführer hat sofort die Notrufnummer angerufen und wir sind daraufhin direkt ausgerückt," fasste Capitano Rossini das Wichtigste zusammen, während er sie zum Fundort des Toten führte.

Unterhalb des Wanderweges herrschte ein dichter undurchdringlicher Buschwald vor, aus dem einzelne immergrüne Erdbeerbäume und knorrige Eichen herausragten. Die Macchia hatte sich hier und da entlang des Weges ausgebreitet und ragte an einigen Stellen wie ein kleines Wäldchen empor. In diesem dichten ineinander verwobenen Buschwerk lag ausgestreckt, halb auf dem Rücken liegend, sodass ein blutverschmiertes Gesicht freigegeben wurde, der Körper eines sportlich gebauten und durchaus attraktiven Mannes.

Der Capitano fuhr mit seinem Bericht fort, ruhig und sachdienlich, in jeder Hinsicht aufgeschlossen, nichts war hier zu spüren von den sonst schon mal üblichen Kompetenzrangeleien zwischen Carabinieri, den militärisch aufgestellten Polizeikräften, die direkt dem Innenministerium unterstehen und der Polizia di Stato wozu Andrea gehörte und damit den jeweiligen Bürgermeistern der Kommunen unterstellt war.

„Die Wanderer haben nichts verändert. Sie haben von hier oben versucht den Mann anzusprechen, haben gerufen, ob er sie hören könne und darauf geachtet, ob sie irgendein Lebenszeichen wahrnehmen. Als sie feststellen mussten, dass keine Lebenszeichen zu beobachten waren, sind sie davon ausgegangen, dass sie nichts mehr für die Person tun können und haben sich dafür entschieden, nicht hinunterzusteigen, um nicht eine weitere Person in Gefahr zu bringen."

Lisa und Andrea standen wie erstarrt da, was den Capitano scheinbar verunsicherte, weil er die Beiden abwechselnd irritiert anschaute.

„Es könnte sich um Kristian Bertling handeln!", sagte Lisa fassungslos.

„Ich bin mir ziemlich sicher, dass er es ist", erhärtete Andrea Lisas Verdacht. „So wie es aussieht, haben wir gerade den vermutlichen Mörder von Walter Mönkemeier gefunden!", erklärte er dem verdutzten Capitano.

„Und was macht der hier oben? Wenn der vor ein paar Tagen unten in Positano einen Menschen umgebracht hat, geht der doch nicht einfach hier oben wandern, um die Natur und die Aussicht zu genießen!", stellte der Capitano zurecht fest.

„Ja, das sehe ich auch so. Genau das frage ich mich auch. Was macht der hier oben?", stellte ein ebenso fassungslos wirkender Andrea fest.

„...und wie ist er zu Tode gekommen?", fügte Lisa hinzu.

„Denken Sie, dass es kein Unfall war?", wandte sich Capitano Rossini an Lisa.

„Möglicherweise wollte jemand einen Mitwisser beseitigen", dachte Lisa laut nach. „Wir sollten auf jeden Fall die Spurensicherung rufen, damit das Gebiet hier weitläufig untersucht wird. Hoffen wir, dass bis dahin nicht noch viele Wanderer vorbeikommen und die Spuren noch mehr verwischen."

„Das wird nicht geschehen. In Agerola und Nocelle stehen Posten, die die Wanderer wieder zurückschicken und ebenfalls an der Abzweigung nach Praiano. Dort werden die Leute gebeten, den Weg nach unten zu nehmen."

„Das ist sehr umsichtig gewesen, Capitano", sagte Andrea anerkennend.

„Brauchen Sie die Wanderer noch, die den Mann gefunden haben?"

„Ich würde sie noch befragen wollen, ob ihnen etwas aufgefallen ist, also ob sie vielleicht andere Personen gesehen haben", schaltete sich Lisa ein.

„Das passt gut, es handelt sich nämlich um eine deutsche Wandergruppe. Nur der Wanderführer Vincenzo ist Italiener."

Lisa ging zu der Gruppe und stellte sich als Kommissarin Lisa Brandkopf von der Mordkommission Köln vor, was die Gruppe mit Erschrecken und Erstaunen vernahm, und sie Lisa sofort mit ihren ebenso aufgeregten wie interessierten Fragen überschütteten. Was sie denn hier mache, wollten sie wissen und was denn hier los sei. Lisa versuchte ganz entspannt zu wirken. Sie erklärte freundlich zugewandt, dass sie an einer Mordermittlung an einem deutschen Staatsbürger involviert sei, und dass sie darüber natürlich nicht mehr sagen dürfe.

„Also versuchen Sie sich bitte zu erinnern, ob Sie irgendetwas beobachtet haben auf Ihrem Weg hierhin", bat Lisa die Wanderer. „Sind Ihnen Personen entgegengekommen, vorausgeeilt, hat sie jemand überholt?"

Keinem der Wanderer fiel etwas Außergewöhnliches ein. Übereinstimmend berichteten sie, dass ihnen eine Gruppe Wanderer entgegengekommen war. Diese hatten auch einen Wanderführer dabei, den Vincenzo aber nicht kannte.

Die anderen Carabinieri hatten bereits die Personalien aufgenommen, sodass die Wanderer ihren Weg nun fortsetzen konnten. Andrea und Lisa verabschiedeten sich und machten sich auf den Weg zurück zum Hubschrauber, der die bereits in den Startlöchern stehende Spurensicherung und den Rechtsmediziner Dr. Pigantelli übernehmen sollte, um dann den Toten zu bergen und in die Rechtsmedizin zu bringen.

Da es keinen Sinn mehr machte den Wagen, mit dem Kristian Bertling vermutlich unterwegs war, noch länger zu überwachen, veranlasste Andrea, diesen nach Salerno zu überführen, wo er auf Spuren untersucht werden sollte.

***

Kaum in Salerno angekommen, überraschte Lisa Andrea mit einem Entschluss, den sie gefasst hatte.

„Ich habe mir überlegt, dass ich hier im Moment nicht unbedingt benötigt werde. Ich würde gern die nächste Maschine nach Köln nehmen, um dort an den Vernehmungen von diesem Scholter teilzunehmen. Ich habe das Gefühl, dass wir hier sonst auf der Stelle treten."

„Das macht Sinn!", erwiderte Andrea. „Was aber auf keinen Fall bedeutet, dass ich Dich gern gehen lasse", fügte er mit einem Lächeln hinzu, „aber es ist die richtige Entscheidung. Dort kannst Du im Moment am meisten zur Klärung beitragen. Weißt Du, wann ein Flieger geht?"

Lisa rief in ihrem Smartphone die Flugpläne auf und runzelte die Stirn.

„In zwei Stunden geht eine Maschine ab Neapel!"

„Wenn wir sofort losfahren, sollte das gelingen!"

***

Am Flughafen in Köln erwartete sie ein freudiger Viktor, der sie erstaunt musterte und sie mal wieder mit einem flotten Spruch in Empfang nahm.

„Ich bin wirklich nicht erstaunt, dass Dir die italienischen Polizeiherzen nur so zufliegen, so gut wie Du aussiehst. Ich dachte, die italienische Polizei legte größeren Wert auf die Etikette! Aber mal im Ernst, Du siehst großartig aus! Willkommen daheim."

‚Daheim!', dachte Lisa und wusste gar nicht so genau, wo sie sich daheim fühlte. ‚Daheim' fühlte sie sich auch bei Andrea. Irgendwie war sie ganz froh darüber, dass Viktor ihr keine Zeit ließ, diesen Gedanken länger nachzuhängen, weil er sie mit Fragen und den Ereignissen der letzten Stunden überschüttete. Sie fuhren direkt ins Präsidium, um keine Zeit zu verlieren, Scholter zu vernehmen.

„Herr Scholter, wusste Walter Mönkemeier von Ihren illegalen Geschäften mit dem verlängerten Arm der Mafia?", stellte Lisa ohne große Umschweife ihre erste brennende Frage.

„Herrgott, was soll ich Ihnen dazu sagen! Wenn ich auf Ihre Frage antworte, bedeutet das, dass ich mich selbst belasten würde, weil ich diese Geschäfte zugebe! Ich werde dazu nichts sagen und ich weiß es auch nicht. Ich habe schon lange keinen Kontakt mehr mit Walter. Um es genau zu sagen, seit wir uns geschäftlich getrennt haben."

„Herr Mönkemeier führt einen nicht gerade bescheidenen Lebensstil in Positano. Wir fragen uns, ob die monatliche Summe, die er aus dem Unternehmen bekommt, ausreicht, um das alles zu finanzieren. Auch hier besitzt er noch eine luxuriöse Eigentumswohnung, die zu unterhalten auch Geld kostet. Wollte er von Ihnen mehr Geld?"

„Nein! Verdammt, was wollen Sie von mir? Ich habe nichts mit dem Mord an Walter zu tun. Wir sind nicht als allerbeste Freunde auseinander gegangen, aber wir waren auf keinen Fall Feinde!"

In diesem Moment klingelte Lisas Handy und sie sah sofort, dass es Andrea war. Sie ging davon aus, dass es etwas Wichtiges war und unterbrach die Vernehmung kurz, um das Gespräch anzunehmen.

„Ciao, Andrea! Wenn Du anrufst, gibt es sicherlich etwas Wichtiges."

„Ciao, Lisa! Ja, da liegst Du vollkommen richtig. Ich komme gerade aus der Rechtsmedizin. Dr. Pigantelli ist sich sicher, dass es kein Unfall war. Der Mann hat mit einem schweren Gegenstand einen Stoß auf den Hinterkopf bekommen. Die Verletzung kann nicht durch einen Sturz entstanden sein, meint er. Die Spurensicherung hat etwas oberhalb des Weges Blutspuren entdeckt und möglicherweise Hinweise auf eine Schleifspur. Dr. Pigantelli hat aufgrund seiner Recherche vor Ort, folgende Theorie. Der Bertling saß auf einem dieser stufigen Felsvorsprünge, jemand hat etwas erhöht hinter ihm gestanden und ihm von steil oben auf den Hinterkopf einen schweren Gegenstand, wahrscheinlich mit einem großen Stein, geschlagen und ihm so eine tödliche Verletzung beigebracht. Ich schicke Dir die Bilder, die Dr. Pigantelli gemacht hat."

Lisa kehrte in den Verhörraum zurück und konfrontierte Peter Scholter mit dem Bild des toten Kristian Bertling.

„Kennen Sie diesen Mann?"

Peter Scholter betrachtete widerwillig das Bild und schüttelte den Kopf.

„Nein, den kenne ich nicht! Wer soll das sein?"

„Sie behaupten also, dass Sie diesen Mann nicht kennen und auch noch nicht gesehen haben", insistierte Lisa.
„Verdammt noch mal, nein. Ich habe es doch klar und deutlich gesagt, ich kenne ihn nicht und habe ihn auch noch nie in meinem Leben gesehen! Sagen Sie doch, wer das ist. Ist das der Mörder von Walter?"
„Möglicherweise ist er der Mörder. Aber er hat kein eigenes Motiv, ihn umzubringen."
„Und Sie wollen mir das jetzt anhängen, nur weil Sie kein anderes Motiv finden. Sie behaupten jetzt allen Ernstes, ich hätte diesen Mann beauftragt."
„Um das klarzustellen, wir haben noch gar nichts behauptet. Ich habe lediglich angedeutet, dass wir davon ausgehen müssen, dass dieser Kristian Bertling nicht aus eigenem Interesse gehandelt hat."
„Frau Kommissarin ich glaube, sie waren zu lange in Italien und haben zu viele Mafia-Geschichten gehört. Damit das klar ist. Ab jetzt sage ich ohne meinen Anwalt gar nichts mehr", gab ein ziemlich gereizter Scholter zu verstehen. „Lassen Sie mich in Ruhe und in meine Zelle zurückbringen."

***

„Was hältst Du von ihm?", wandte sich Lisa an Viktor, der das Gespräch verfolgt hatte.

„Ich bin mir nicht sicher. Wenn er was damit zu tun hat, ist er ganz schön abgebrüht. Ich befürchte, wir bekommen aus ihm im Moment nicht mehr raus. Wahrscheinlich merkt er, dass wir in Bezug auf den Mord nichts Konkretes gegen ihn in der Hand haben", räumte Viktor seine Bedenken ein. „Die Kollegen sind noch dabei seine Telefongespräche zu überprüfen und ein Profil darüber zu erstellen, wo er sich in der letzten Zeit überall aufgehalten hat. Wir müssen ihm irgendeine Verbindung zu diesem Bertling nachweisen können. Lass uns für heute Schluss machen!"

„Du hast recht, für heute reicht es", gab Lisa zu, die auf einmal eine tiefe Müdigkeit spürte. Aber nicht nur das, sondern auch eine große verwirrende Leere. Sie konnte mit einem Mal keine Zusammenhänge in diesem Fall mehr sehen. Sie erkannte keine Logik, noch ein Motiv in dem Ganzen, was da passierte.

Noch lange nachdem Viktor schon das Präsidium verlassen hatte, saß Lisa an ihrem Schreibtisch und zermarterte sich den Kopf, um die Fäden miteinander zu verknüpfen. Aufgrund der Beweislage konnten sie davon ausgehen, dass Kristian Bertling den Mord an Walter Mönkemeier begangen hatte. Die vage Vermutung, dass es eine direkte Beziehung zwischen Bertling und Mönkemeier gab in Form einer homosexuellen Beziehung, war so schwach, weil es kaum Hinweise darauf gab. Bertling hatte sich aber in der Wohnung der Mönkemeiers aufgehalten. Die Möglichkeit, das er dort schon versucht hatte, Mönkemeier zu töten, sollten sie auch in Betracht ziehen. Um den Mörder von Bertling zu finden, mussten sie das Motiv für den Mord an Mönkemeier herausfinden. Welche Verbindung gab es zwischen den beiden. Lisa rief sich wieder und wieder die Situation vor Augen, als sie Scholter mit dem Bild von Bertling konfrontiert hatte. So genau sie versuchte, sich die Reaktion von Scholter auch vorzustellen, sie erkannte keine Regung, die ihn in irgendeiner Weise verraten hätte.

Lisa gestand sich ein, dass es sie nicht weiterbrachte, hier zu sitzen. Sie sortierte ihre Gedanken und konzentrierte sich auf die Schritte, die sie am nächsten Tag einschlagen wollte.

Sie bestellte sich ein Taxi und machte sich auf den Weg in ihre Wohnung.

***

Schon früh hatte Lisa mit Dr. Wemer telefoniert. Nun saß sie dem Hausarzt von Walter Mönkemeier gegenüber. Er hatte sich bereit erklärt, mit Lisa zu reden.

„Danke, dass Sie sich Zeit nehmen, um mir im Fall des ermordeten Walter Mönkemeier einige vielleicht hilfreiche Informationen zu geben", eröffnete Lisa das Gespräch.

„Wie ich Ihnen schon am Telefon sagte, bin ich auch über den Tod hinaus an die Schweigepflicht gebunden. Walter und ich pflegten über die Jahre hinweg beinahe so etwas wie ein freundschaftliches Verhältnis und so waren die Inhalte unserer Gespräche oftmals auch sehr privater Natur. Insofern kann ich Ihnen über medizinische Resultate hinaus, wo es sowieso nichts Auffälliges zu berichten gibt, versuchen, weiterzuhelfen."

„Walter Mönkemeier war wenige Tage bevor er ermordet wurde, bei Ihnen hier in der Praxis. Hat er mit Ihnen irgendwelche Themen angeschnitten, die nicht mittelbar mit seinem Gesundheitszustand zusammenhingen. Eine Frage brennt mir besonders unter den Nägeln. Hat Herr Mönkemeier auch mal über seine sexuellen Neigungen oder Orientierungen mit Ihnen gesprochen?"

„Was meinen Sie da konkret?", hakte Dr. Wemer irritiert nach.

„Wir fragen uns, ob Herr Mönkemeier homosexuelle Beziehungen hatte."

Dr. Wemer schaute jetzt noch erstaunter und brauchte einen Moment, um zu antworten.

„Also, das war niemals ein Thema, aber ich bin mir ziemlich sicher, dass das nicht der Fall war. Es gab immer mal wieder Phasen, wo er stressbedingt von sexueller Lustlosigkeit berichtete und dass ihn dies auch wegen seiner Beziehung belastete. Aber seit er den Entschluss gefasst hatte, das Unternehmen zu verlassen und sich zur Ruhe zu setzen, war er sehr ausgeglichen und gesundheitlich ohne Beschwerden."

Lisa war nicht überrascht, sie hatte schon mit solch einer Antwort gerechnet, war Dr. Wemer auch dankbar, dass er nicht weiter nachhakte, wie sie auf diese Frage kam.

„Hat er Ihnen gegenüber mal den Namen Kristian Bertling erwähnt?"

„Nein, der Name sagt mir gar nichts. Wer soll das sein?"

„Das ist der zweite Tote, der gestern gefunden wurde und der in den Mordfall verwickelt ist."

„Wie gesagt, ich kann mich nicht erinnern, dass dieser Name jemals gefallen ist", bedauerte Dr. Wemer.

„Sagt Ihnen der Name Peter Scholter etwas?"

„Selbstverständlich, das ist der frühere Geschäftspartner von Walter. Die beiden haben viele Jahre sehr erfolgreich zusammengearbeitet. Aber vor einigen Jahren traten dann immer wieder Schwierigkeiten zwischen den beiden auf, weil sie unterschiedliche Ansichten über gewisse unternehmerische Praktiken hatten."

„Gestern wurde Peter Scholter verhaftet, weil sich dringende Verdachtsmomente ergeben haben, dass Herr Scholter in Geldwäsche-Aktivitäten verstrickt ist und wir vermuten, dass dies auch ein Grund dafür war, dass Herr Mönkemeier sich aus dem Unternehmen zurückgezogen hat."

„Da könnten sie mit Ihrer Vermutung richtig liegen, sage ich mal mit einer gewissen Vorsicht", wandte Dr. Wemer sich, um nicht irgendwelche Beschuldigungen aufzustellen.

„Würden Sie Herrn Mönkemeier zutrauen, dass er Peter Scholter aufgrund seines Wissens über diese Praktiken erpresst haben könnte."

Dr. Wemer zögerte keinen Moment darauf ganz klar und deutlich zu antworten.

Auf keinen Fall würde er so etwas tun. Das passt so gar nicht zu ihm! Nein, niemals!"

Lisa musste wohl miserabel und vollkommen hoffnungslos auf Dr. Wemer wirken.

„Sie stochern wohl ziemlich im Dunkeln, warum Walter umgebracht wurde", brachte er seine Betroffenheit zum Ausdruck.

„Das trifft die Situation wohl ziemlich genau! Wir haben einen Mörder, aber kein Motiv!"

„...und es reicht Ihnen nicht, den Mörder zu haben?", fragte Dr. Wemer nachdenklich.

„Nein, in diesem Fall können wir uns damit nicht zufriedengeben. Der Mörder wurde ebenfalls Opfer eines Tötungsdelikts. Deshalb gehen wir davon aus, dass es auf jeden Fall Hintermänner, Auftraggeber oder wie auch immer gibt."

„All das, worüber sie mich befragt haben, kam nicht in unserem letzten Gespräch vor.", setzte Dr. Wemer erneut an, wohl in dem Bemühen Lisa nicht ganz leer ausgehen zu lassen. „Walter hat sehr lange über die Situation zwischen ihm und seiner Frau Jasmin gesprochen. Es kriselte zwischen den beiden und das bedrückte ihn sehr. Jasmin war tatsächlich so etwas wie seine zweite große Liebe. Er hatte gar nicht mehr damit gerechnet, dass er so etwas noch mal empfinden würde. Aus diesem Grund hatte er nur einen Wunsch, das Leben mit ihr so intensiv wie möglich, zu genießen. So viel Zeit wie möglich miteinander zu verbringen. Das hat ihn ebenfalls dazu bewogen, beruflich auszusteigen. Mit der Zeit musste er aber feststellen, dass Jasmin sich etwas Anderes durch die Ehe mit Walter vorgestellt hatte. Sie wollte Macht und Ruhm oder zumindest ein Leben in Glamour. Sie hat Walter vorgeworfen, das Haus in Positano hätte er aus rein egoistischen Gründen angeschafft. Es wäre sein Traum, aber nicht ihrer. Sie sei schwer enttäuscht über ihn, er sei auf einmal ein ganz anderer als der, den sie kennengelernt hatte. Wörtlich hat sie wohl gesagt, ein Haus auf Malle mit Luxus und interessanten Leuten, hätte sie ja vielleicht ertragen, aber ein langweiliges Leben in diesem Kaff, so hätte sie sich das nicht vorgestellt. Sie wolle dort nicht versauern. Später hat sie sich wohl entschuldigt. Sie hatte gemeint, es wäre so aus ihr rausgeplatzt, weil sie sich dort in Italien so unglücklich fühle. Natürlich wolle sie mit ihm leben und sie liebe ihn, aber vielleicht könnten sie doch an einen anderen Ort ziehen."

Lisa hatte aufmerksam und interessiert zugehört. So machte das Verhalten von Jasmin Mönkemeier auch plötzlich Sinn für sie. Sie und Andrea hatten so eine kühle, distanzierte Haltung bei Jasmin Mönkemeier wahrgenommen und sich schon darüber Gedanken gemacht, dass es ihnen so erschien, dass es in der Ehe nicht ganz rund lief. Und ihr gingen die Worte von Peter Scholter durch den Kopf, der Jasmin ebenfalls als macht- und karrierebesessen beschrieben hatte.

„Wie hat Herr Mönkemeier das alles aufgenommen?", fragte Lisa interessiert nach.

„Er war seinerseits sehr enttäuscht und konnte es kaum glauben, sich in Jasmin so getäuscht zu haben. Er wollte der Beziehung auf jeden Fall eine Chance geben und räumte auch ein, dass Jasmin in dem Punkt recht hatte, dass er seinen Traum und seine Vorstellung über ein gutes Leben vor Augen hatte. Er sah ein, dass er Jasmin damit überrollt und tatsächlich überfordert hatte."

„Ich danke Ihnen vielmals, Dr. Wemer, dass Sie sich die Zeit genommen haben. Ich will Sie nicht länger aufhalten. Ich lass Ihnen mal meine Karte hier, falls Ihnen noch etwas einfällt, melden Sie sich bitte. Wie Sie schon richtig bemerkt haben, stochern wir in der Tat ziemlich im Dunkeln", fügte Lisa, eine gewisse Enttäuschung in ihrer Stimme nicht unterdrücken könnend, hinzu.

***

Bevor Lisa ins Präsidium zurückfuhr, wollte sie sich selbst einen Eindruck von der Wohnung der Mönkemeiers verschaffen. Viktor hatte ihr zwar eine äußerst gute Beschreibung vermittelt, doch sie verließ sich gern auf ihre eigene Wahrnehmung. Da sie nun mal vor Ort war, konnte sie dies auch nutzen. So stand sie nun in dieser tatsächlich sehr imposanten luxuriösen Wohnung. Keine Frage, es war alles sehr geschmackvoll eingerichtet, aber ohne eine persönliche Note. Das einzig Persönliche, das auf die Bewohner schließen ließ, war ein Bild auf dem Schreibtisch im Arbeitszimmer. Auf diesem Bild waren Jasmin und Walter Mönkemeier vor einem kristallblauen klaren Wasser irgendwo in einem Urlaubsparadies zu sehen. Auf diesem Bild wirkten beide glücklich und waren in einer vertrauten Umarmung einander zugewandt. Sie betrat das Schlafzimmer und versuchte sich auszumalen, wie die Fingerabdrücke von Bertling hierhergekommen waren. Was hatte er hier gemacht, wenn es tatsächlich keine Affäre mit Mönkemeier gab. Eine Affäre mit Jasmin Mönkemeier schoss es Lisa durch den Kopf. Kopfschüttelnd schob sie diesen Gedanken beiseite, um nicht noch mehr Verwirrung zu stiften. Sie brauchten Fakten, Beweise und keine weiteren Phantastereien. Ihr Blick fiel auf das Bild von Positano hinter dem der Wandtresor versteckt war. Die Spurensicherung hatte keine Anhaltspunkte für ein gewaltsames Öffnen gefunden. Lisa schreckte auf, da in die Stille hinein ihr Handy klingelte. Die Nummer auf dem Display sagte ihr nichts.

„Lisa Brandkopf, Kripo Köln", meldete sie sich.

„Guten Tag Frau Brandkopf! Hier ist Jasmin Mönkemeier", bevor Lisa sich wundern konnte über diesen Zufall, kam ungefragt die Antwort. „Der Hausmeister hat mich informiert, dass Sie noch mal in der

Wohnung sind. Ich wollte Ihnen die ganze Zeit schon mitteilen, dass mir eingefallen ist, dass mein Mann mir davon berichtet hat, dass er bei seinem letzten Aufenthalt in Köln die Wertgegenstände aus dem Safe im Bankschließfach deponiert hat, weil es doch diese Serie von Einbrüchen in der Gegend gab. Entschuldigen Sie bitte, dass ich erst jetzt wieder daran gedacht habe. Es war doch alles ein bisschen viel in der letzten Zeit."

Lisa war noch etwas verstört und hatte Probleme, den Anruf und vor allem die freundliche, fast anbiedernde Art von Jasmin einzuordnen.

„Äh..", brachte Lisa nur heraus. Musste sich erst einmal sammeln und fuhr dann fort. „Ja danke, dass Sie sich gemeldet haben, dann müssen wir uns darüber keinen Kopf mehr zerbrechen und können ein zusätzliches Verbrechen ausschließen."

„Gibt es denn irgendwelche neuen Erkenntnisse in der Zwischenzeit?", wollte Jasmin Mönkemeier wissen und fügte dann noch hinzu. „Sie hatten mich doch nach einer bestimmten Person gefragt, wie war denn noch mal der Name, ich habe ihn mir leider nicht merken können. Gibt es in Bezug darauf etwas Neues?"

„Wir verfolgen einige Spuren, ich kann Ihnen aus ermittlungstechnischen Gründen aber keine Auskünfte geben", entgegnete Lisa mit diesem Standardsatz, weil sie Jasmin gegenüber noch nichts über den toten Kristian Bertling preisgeben wollte.

„Bleiben Sie noch länger in Köln. Ermitteln Sie nicht mehr mit Ihren italienischen Kollegen?"

Lisa wunderte sich über diese Fragen, sah aber keinen Grund nicht darauf einzugehen.

„Unser Kommissariat arbeitet weiterhin mit den italienischen Behörden zusammen, weil wir immer noch davon ausgehen, dass es eine Verbindung nach Deutschland gibt."

„Frau Brandkopf, dann ist da noch eine andere Sache. Ich habe den deutschen Medien entnommen, dass in Köln ein prominenter Bauunternehmer wegen des Verdachts der Geldwäsche und Steuerhinterziehung festgenommen wurde. Dürfen Sie mir sagen, ob es sich um Peter Scholter handelt?", bohrte Jasmin Mönkemeier weiter nach. „...und wenn er es ist, ist er aufgrund meiner Andeutungen in diese Situation gekommen?"

Lisa atmete durch, daher wehte also der Wind, deshalb war diese Jasmin auf einmal so lammfromm. Sie wollte Lisa Informationen entlocken. Hatte sie Angst, in die Sache mit hineingezogen zu werden.

„Frau Mönkemeier, auch hierzu kann ich Ihnen leider nichts sagen. Der Fall liegt in den Händen der Oberstaatsanwaltschaft der zentralen Organisationsstelle für Vermögensabschöpfung. Sie können aber ganz beruhigt sein, soviel ich weiß, stehen sie nicht im Visier der Ermittlungen", gab Lisa milde gestimmt zurück.

Nun schien Jasmin Mönkemeier auch ihrerseits verdutzt zu sein und bedankte sich bei Lisa.

„...und wenn ich Ihnen noch weiterhelfen kann, dann melden Sie sich!", gab sie Lisa noch mit auf den Weg und damit war das Gespräch beendet.

***

Andrea hatte den Morgen in der Rechtsmedizin verbracht. Dr. Pigantelli hatte ihm auf anschauliche Art das Szenarium dargelegt, wie er sich vorstellte, wie Kristian Bertling zu Tode gekommen war. Er hatte Andrea auf einem niedrigen Hocker Platz nehmen lassen, hatte sich hinter ihn gestellt, ihn gebeten, zu beschreiben, was er an der Wand vor sich sieht. Plötzlich hatte Andrea etwas auf seinem Kopf gespürt. Etwas ganz leichtes wie Schaumstoff, aber es war zu spüren. Irritiert hatte er sich zu Dr. Pigantelli umgedreht und dann hatte es auf seinem vorderen Frontalbereich nochmals einen leichten Druck gegeben.

„Ich gehe davon aus, dass es so abgelaufen sein könnte", kommentierte Dr. Pigantelli das Geschehen kurz und knapp, aber mit einer gewissen Genugtuung, die seiner Körpersprache deutlich zu entnehmen war.

Andrea inspizierte interessiert das Teil, mit dem Dr. Pigantelli soeben seinen Kopf malträtiert hatte. Es handelte sich um ein circa zwanzig Zentimeter dickes rechteckiges Stück Schaumstoff etwa in der Größe eines Schuhkartons für Damenschuhe.

„Der dürfte ausreichend sein, um jemanden damit zu töten, selbstverständlich nicht der Schaumstoff, sondern das Ganze als Stein."

Diese Ausführung wäre nicht unbedingt notwendig gewesen, Andrea hatte sich das schon selbst gedacht.

Beide gingen dann zur Leiche, wo Dr. Pigantelli Andrea die entsprechenden Stellen am Kopf zeigte, und ihm erklärte, dass diese Verletzungen nicht durch einen Sturz zustande gekommen sein konnten.

„Sie sind sich ganz sicher, dass ihm die tödlichen Verletzungen durch einen schweren Gegenstand zugefügt wurden, und dass wir davon ausgehen müssen, dass die Tatwaffe sozusagen einer der vielen herumliegenden Felsbrocken war", fasste Andrea zusammen.

„Ja, ich bin mir da ganz sicher. Wenn Sie wollen, dann können wir das Ganze auch als einen Sturz nachstellen", erwiderte Dr. Pigantelli und der Schalk war ihm deutlich anzusehen.

„Nein, nein, danke", wiegelte Andrea ab, „ich glaube Ihnen! Vielleicht hat das dichte Wurzel- und Astwerk den fraglichen Felsbrocken aufgefangen und es gibt eine Chance ihn zu finden. Vielleicht gibt es sogar Spuren vom Täter", funkelte ein wenig Hoffnung in Andrea auf.

„Können Sie was zum Todeszeitpunkt sagen", wollte Andrea noch wissen.

„Als ich den Toten am Fundort untersucht habe, lag die Körpertemperatur noch bei 35 Grad. Wenn ich die Außentemperatur an diesem Tag berücksichtige, gehe ich davon aus, dass er nicht länger als vier Stunden dort lag. Ich würde sagen, der Todeszeitpunkt liegt so gegen sieben Uhr am Morgen. "

„Da haben sich die zwei Menschen früh auf den Weg gemacht, was bedeuten könnte, dass sie nicht vielen anderen Wandernden begegnen wollten," überlegte Andrea laut.

„Das könnte der Grund für den frühen Zeitpunkt der Wanderung sein", war auch Dr. Pigantellis Resümee.

***

In der Questura wurde Andrea schon sehnlichst von Matteo erwartet, der den Bericht der Spurensicherung in den Händen hielt und umgehend loslegte.

„Auch im Rucksack des Toten wurde kein Handy gefunden!", begann Matteo mit dem Thema, das für alle von allergrößtem Interesse war. „Ansonsten war lediglich eine Wasserflasche darin, was nahelegt, dass er keine größere Wanderung vorhatte. Merkwürdig ist, dass wir keine Geldbörse oder Brieftasche gefunden haben."

„Und was schließt Du daraus?", fragte Andrea nach.

„Woraus ich schließe, dass der Täter dies an sich genommen hat, um eine Identifizierung zu erschweren", war Matteos prompte Antwort.

„Gut möglich, dass das die Absicht des Täters war", räumte Andrea ein und fuhr nach einer kurzen Pause fort. „Seit der Demonstration in der Rechtsmedizin muss ich die ganze Zeit darüber nachdenken, dass es sich für mich nicht nach einem geplanten Mord darstellt."

„Wie meinst Du das?" wollte Matteo aufgeregt wissen, angefixt von einer neuen Spur.

„Als ich da so saß, war ich ganz unbedarft. Ich habe mich tatsächlich auf das konzentriert, was vor mir zu sehen war. Ich habe hinter mir keine Bedrohung vermutet. Der Schlag auf meinen Kopf kam völlig unerwartet. Aufgeschreckt habe ich mich noch versucht, umzudrehen und da traf mich hier vorne schon der nächste Schlag. Dr. Pigantelli meint, der erste hätte auch schon unweigerlich zum Tode geführt. Der zweite Schlag war die Garantie, dass ich tatsächlich zu Boden ging. Alles blitzschnell und es war noch Zeit, den Körper vom Weg zu rollen. An anderen Stellen auf dem Weg, wäre er mehrere Hundert Meter in die Tiefe gestürzt. Ihn dort zu finden, wäre so gut wie unmöglich.

Wenn ich den Vorsatz habe jemanden zu töten und ihn verschwinden zu lassen, dann würde ich mich doch an einer dieser Stellen auf dem Weg treffen", führte Andrea seine Überlegungen aus und schaute einem nachdenklich zustimmenden Matteo dabei an. „Wenn es ein geplanter Mord gewesen wäre, hätte ich doch auch eine Waffe mitgebracht und mir nicht zufällig einen darum liegenden Felsbrocken gegriffen."

„Du hast recht, Andrea!", sagte Matteo voller Anerkennung. „Das sieht nicht eingeplant aus. Vielleicht hat es einen Streit gegeben. Irgendwas hat die Person, die zum Mörder wurde, wütend gemacht. So wütend, dass er den Felsbrocken genommen und zugeschlagen hat."

„Oder der Person wurde auf einmal klar, dass es eine gute Gelegenheit war, einen gefährlichen Mitwisser loswerden zu können", räumte Andrea eine weitere Möglichkeit ein.

„Auch das könnte eine Möglichkeit sein!", bestätigte Matteo. „Was bedeutet das nun für unsere Suche, bringt uns das näher an unseren Mörder und ...", hier legte Matteo theatralisch eine kurze Pause ein, „...Mittäter beim Mord an diesem Mönkemeier!"

„Genau, so könnte es sein!"

Matteo wandte sich wieder den Ergebnissen der Spuren-sicherung zu.

„Der Wagen wurde anhand der Fingerabdrücke, als der Wagen von Bertling identifiziert", berichtete er. „In einem Seesack befanden sich Kleidungsstücke. Aber weder dort noch an anderen Stellen im Wagen wurden irgendwelche Unterlagen, Notizen oder sonst was gefunden, die auf eine Verbindung zu anderen Personen hinweisen. Nur dieser Schlüssel war unter dem Fahrersitz befestigt. So, als hätte er ihn dort versteckt."

Beim letzten Satz zog Matteo aus den Unterlagen der Spurensicherung ein Tütchen heraus, in dem ein

Schlüssel steckte und hielt es hoch, sodass Andrea auch einen Blick darauf werfen konnte. Andrea betrachtete den Schlüssel von allen Seiten, drehte ihn hin und her, als hoffte er auf diese Weise, ihm sein Geheimnis zu entlocken, wo er hingehörte.

„Der könnte zu einem Schließfach passen", überlegte Andrea laut vor sich hin, „so wie sie in Bahnhöfen stehen."

„Möglich", bestätigte Matteo, „aber wenn dem so ist, kann das überall sein."

„Lass uns ein Bild an die Bahnhöfe schicken, zuerst einmal an die Bahnhöfe in der näheren Umgebung, auf jeden Fall nach Neapel. Wenn persönliche Dinge dabei sind, wollte er doch sicherlich hin und wieder darauf zurückgreifen."

„Wenn es sich um einen Auftragsmord handelt, könnte ich mir vorstellen, dass dort auch Geld liegt, das er dafür erhalten hat", erwog Matteo weitere Möglichkeiten.

„Gut möglich", antwortete Andrea nachdenklich.

Matteo blätterte weiter im Bericht der Spurensicherung und entnahm der Mappe einige Aufnahmen, die er vor Andrea ausbreitete und mit einem seiner Finger auf eines der Bilder zeigte.

„An dieser Stelle hat die Spurensicherung blutdurchtränkte Erde sichergestellt. Das Blut stammt von dem toten Kristian Bertling. Wenn wir diese Stelle betrachten, spricht das dafür, dass er hier auf diesem Felsvorsprung gesessen hat, genau wie Dr. Pigantelli es rekonstruiert hat. Dann wurde er überwältigt und anschließend zur Kante gerollt. Der Schwung reichte aber wohl nicht aus, ihn richtig hinunterzuwerfen, deshalb blieb er dort hängen."

„Interessant, was Du da gerade sagst", schob Andrea ein, „der Grund dafür könnte sein, dass die Person nicht allzu stark ist, und wir können die Möglichkeit in Betracht ziehen, dass es sich auch um eine weibliche Person handeln könnte, die sich mit Bertling getroffen hat."

***

Andrea schaute auf die Uhr und fand, dass es ein guter Zeitpunkt war, mit Lisa zu telefonieren. Ihre Stimme zu hören, die in der Lage war ihm so viele herrliche Worte zu sagen. Diese Worte und auch alles andere vermisste er schon jetzt, obwohl sie erst so kurz fort war. Die Fernbeziehung würde eine ziemliche Herausforderung sein. Eins war ihm aber ganz klar, es würde sich mehr als nur lohnen.

„Ciao, Andrea!", hörte er auch schon die vertraute Stimme.

„Ciao...", hier stockte seine Stimme einen Moment, um dann doch etwas über seine Lippen zu bringen, was sich zu romantisch und auch kitschig anhören könnte, „mi amore."

„Hast Du etwa Sehnsucht nach mir?", heiterte Lisa das Gespräch auf.

„Ehrlich? Ja ich vermisse Dich!", gab er unumwunden an der anderen Seite zu, wechselte dann doch schnell das Thema. „Gibt es bei Dir etwas Neues?"

„Neues schon, aber nichts, von dem ich denke, dass es uns weiterbringt", und dann erzählte sie von ihrem Besuch bei Dr. Wemer und dem, was er über die eheliche Krise von Walter und Jasmin Mönkemeier berichtet hatte, von den Enttäuschungen und den Vorhaltungen, die Jasmin ihrem Mann gemacht hatte. Auch Andrea wunderte sich nicht darüber, was er zu hören bekam und sah es ebenfalls als Bestätigung für das, was er und Lisa gespürt hatten. Irritiert war er ebenfalls über den Anruf von Jasmin. Andrea und Lisa tauschten sich darüber aus, wie sie die beiden unterschiedlichen Seiten von dieser Frau wahrnahmen. Auf der einen Seite diese kühle, distanzierte, arrogante Person und dann, wenn es um ihre Interessen ging, wenn sie etwas für sich erreichen wollte, war sie freundlich und einschmeichelnd.

Auch Andrea sprach ausführlich über die Ergebnisse der Spurensicherung und den Überlegungen, denen er und Matteo nachgegangen waren.

„Ich kann die Beteiligung von diesem Scholter noch nicht sehen", waren Andreas weitergehende Überlegungen. „Er kann auf keinen Fall die Person sein, die sich dort oben auf dem Sentiero degli Dei mit diesem Bertling getroffen hat."

„Da hast Du vollkommen recht", bestätigte Lisa mit einer gewissen Ironie, „da hat er ein wasserdichtes Alibi, das ein Oberstaatsanwalt und etliche hochrangige Polizeibeamte bestätigen können. Die Auswertung der Telefongespräche hat auch noch nichts ergeben. Wir müssen dringend etwas zu möglichen Hintermännern herausfinden."

„Wie geht es bei Euch weiter?", wollte Andrea wissen.

„Viktor und ich haben gleich ein Gespräch mit dem Oberstaatsanwalt, der den Scholter heute nochmals in Bezug auf die Geldwäsche-Vergehen vernommen hat. Wir wollen klären, ob da Verbindungen zu Mönkemeier aufgetaucht sind. Wir erhoffen uns aber auch, etwas über die italienischen Verbindungen herausfinden zu können. Wenn wir da was entdecken, dann stoßen wir vielleicht auf Mitbeteiligte an unseren Mordfällen", erkläre Lisa.

„Ich werden gleich nach Nocelle fahren, um dort die Bewohner zu befragen, ob ihnen etwas aufgefallen ist. Allerdings ist um die Zeit, in der der Mord geschehen ist, nicht gerade viel los. Aber jeder kleinste Hinweis kann uns weiterbringen."

„Ja, das stimmt. Manchmal ist es gerade der Zufall, der uns weiterhilft!", dabei lag keine Resignation in der Stimme, sondern eine realistische Einschätzung, dass bei allen noch so gründlichen Nachforschungen, der Zufall eine neue Spur auftut.

„Ich muss dann mal, Andrea", beendete Lisa das Gespräch, „der Oberstaatsanwalt wird gleich eintreffen. Ich melde mich später bei Dir."

***

Rudolf Hadweiler, der Oberstaatsanwalt der Zentralen Organisationsstelle für Vermögensabschöpfung, wie die Einrichtung ziemlich umständlich hieß, war Lisa auf Anhieb sympathisch. Lisa hatte den Eindruck einen aufrichtigen Menschen vor sich zu haben, mit einer fast an Besessenheit grenzenden Beharrlichkeit, die Verbrechen aufzuklären, was Lisa beeindruckte und gleichzeitig irritierte.

„Ich danke Ihnen, dass es Ihnen die Mühe wert ist, uns in dem Mordfall Walter Mönkemeier zu unterstützen", eröffnete Viktor das Gespräch, nachdem sich die Drei einander vorgestellt hatten.

„Sie halten es für möglich, dass dieser Peter Scholter in den Mordfall an seinem ehemaligen Geschäftspartner Walter Mönkemeier involviert ist, möglicherweise sogar der Auftraggeber für den Mord?", hakte Rudolf Hadweiler mit einer gewissen Skepsis aber auch einer wachen Neugier nach.

„Nun sagen wir, es ist so eine Spur, der wir nachgehen. Wobei wir bisher tatsächlich kein konkretes Motiv erkennen und auch keine Hinweise auf eine Verbindung zwischen Kristian Bertling, dem vermutlichen Mörder und Mönkemeier gefunden haben. Zugegeben ist die Spurenlage bisher mehr als dürftig!", gestand Lisa ein.

„Sie tappen also noch ziemlich im Dunkeln", stellte Hadweiler eher fest, als dass es eine Frage war und schaute Lisa dabei nachdenklich, aber nicht unfreundlich, an. „Gut, was ich beitragen kann, will ich gern tun.", und dann fuhr er fort, seine bisherigen Ergebnisse mitzuteilen.

„Wir konnten sicherstellen, dass die Geschäfte in Verbindung mit Geldwäsche-Delikten vor circa sechs Jahren begannen. Da war Walter Mönkemeier noch Mitinhaber des Bauunternehmens. Wir haben Daten über Aufträge von italienischen Firmen sicherstellen können, und wir sind uns ziemlich sicher, dass da keine Leistungen erbracht wurden, die Rechnungen jedoch legal beglichen wurden. So häuften sich einige Millionen an, die wiederum von Scholter und Mönkemeier in verschiedene Immobilienkäufe investiert wurden. Die Preise für die Immobilien scheinen uns beträchtlich unter dem handelsüblichen Marktwert zu liegen. Ein italienisches Immobilienkonsortium hat diese Immobilien aufgekauft. Aufträge zur Renovierung dieser Gebäude gingen dann, wie Sie sich denken können, an Mönkekmeier und Scholter."

Eine kurze Pause, die Hadweiler einlegte, nutzte Lisa, um die Beteiligung von Mönkemeier klarzustellen.

„Wenn ich es richtig verstehe, war Mönkemeier noch an diesen Geschäften beteiligt?"

„Ja, so sieht es aus. Zumindest noch eine gewisse Zeit bis zu seinem Ausscheiden", bestätigte Hadweiler.

„Konnten Sie herausfinden mit wem die Geschäfte getätigt wurden?", hakte Lisa nach.

„Es gibt verschiedene Bau- und Immobilienunternehmen, die wir in den Unterlagen gefunden haben. Wir haben eine offizielle Anfrage um Amtshilfe bei den italienischen Kollegen gestellt. Ich erhoffe mir keine schnellen Resultate über diesen Weg, leider ist die Zusammenarbeit trotz entsprechender Abkommen eher stockend und zögerlich. Was man bei Ihrer Zusammenarbeit mit den dortigen Behörden wohl nicht sagen kann." Dabei schaute Hadweiler Lisa freundlich lächelnd an.

Jetzt fehlt nur noch, dass er mir ein Auge zuzwinkert, dachte Lisa und bemerkte gleichzeitig eine leichte Röte in ihrem Gesicht aufsteigen.

Hadweiler las einige Namen, augenscheinlich mehr für sich. Lisa verstand die Absicht, die dahintersteckte und machte sich ihrerseits einige Notizen.

„Scholter behauptet, sich an keine Namen zu erinnern und stößt auch sonst eher auf Erinnerungslücken. Selbst auf Strafmilderung für den Fall, dass er uns Hintermänner benennt, ist er nicht eingegangen. Er meinte, selbst, wenn er was wüsste, was natürlich nicht der Fall wäre, würde er sich hüten, was zu sagen. Lieber ginge er ein paar Jahre in den Knast. Seine Kooperationsbereitschaft, die sowieso schon eher dürftig daherkam, ist dann gänzlich abgebrochen, als sein Anwalt auftauchte. Ein Spezialist für sogenannte geräuschlose Verfahrenserledigung."

„Das bedeutet, es läuft auf einen Deal zur Verfahrens-beendigung hinaus!", platzte es voller Abscheu aus Viktor heraus.

„Die werden so lange suchen und immer wieder Gründe für eine Verfahrensverschleppung einer gerichtlichen Hauptverhandlung finden, wenn es uns von seiten der Staatsanwaltschaft nicht gelingt eine lückenlose Beweisführung zu liefern."

„Geräuschlos", sinnierte Lisa, „da heißt auf jeden Fall jegliche Publicity vermeiden! Geheime Absprache über eine angemessene Geldsumme, ohne, dass es die Medien und somit die Öffentlichkeit mitbekommt und Scholter geht als freier Mann aus der Untersuchungshaft heraus. Werden Sie da mitziehen?"

„Aus tiefstem Herzen sage ich nein. Natürlich werden wir alles versuchen, dass es zu einer gerichtlichen Verhandlung kommt!", beteuerte Hadweiler und Lisa spürte, dass er es ernst meinte, aber die Hürden durch die Komplexität und perfide Gerissenheit der Beteiligten erahnte.

Nach einem kurzen Moment des Schweigens ergriff Lisa wieder das Wort.

„Gibt es irgendwelche Anhaltspunkte, dass Walter Mönkemeier in Italien weiterhin die Geschäfte mit diesen illegalen Transaktionen gelenkt hat", wollte sie wissen.

„Ich muss ganz ehrlich eingestehen, dass wir nicht einmal erkennen können, wer in Italien wirklich hinter den Geschäften steckt. Aber was ist überhaupt mit ihrem mutmaßlichen Mörder? Was wissen Sie von ihm?", interessierte sich Hadweiler für die weiteren Hintergründe der Tat.

„Er war Kampfschwimmer, wird von seinem Vorgesetzten als sehr zuverlässig und fähig beschrieben, wurde aber vor etwa drei Jahren aus der Bundeswehr entlassen, weil er wegen Körperverletzung verurteilt wurde. Der Vorgesetzte meint allerdings zu Unrecht, er musste ihn aber trotzdem entlassen. Das Einzige, was wir dann wissen, ist, dass er ins Ausland gehen wollte, um dort als Tauchlehrer zu arbeiten", fasste Lisa zusammen, was sie über Bertling wusste, „und dann tauchen plötzlich seine Fingerabdrücke in der Wohnung der Mönkemeiers auf."

„Wenn er aus dem Ausland nach Deutschland zurückgekommen ist, muss er doch irgendwo eingereist sein. Haben Sie darüber Informationen?", wollte Hadweiler wissen.

„Nein, haben wir noch nicht", musste Lisa eingestehen.

„Ich weise meine Leute an, ein Auge darauf zu haben, ob ihnen irgendwo der Name unterkommt", und damit signalisierte der Oberstaatsanwalt, dass er das Gespräch als beendet betrachtete.

Lisa und Viktor sahen auch keine weiteren Fragen, bedankten sich und sie versicherten, sich gegenseitig auf dem Laufenden zu halten.

***

Mit dem Motorrad war es nicht nur ein Leichtes gewesen nach Nocelle zu kommen, sondern es war für Andrea auch eine angenehme Abwechslung auf den kurvenreichen engen Straßen und einer grandiosen Landschaft dahinzuschweben. Er hatte das Motorrad am Ortsanfang von Nocelle geparkt, da von hier der Weg nur zu Fuß weiterging. Der Weg führte als erstes zum Platz vor der Kirche, der dicht belagert war von allerlei wanderfreudigen Touristen, die sich hier eine kleine Rast gönnten, bevor sie die über Tausend Stufen hinab nach Positano in Angriff nahmen. Andrea reihte sich in die Schlange vor dem kleinen Stand mit Erfrischungsgetränken ein. Wenn ihm jemand etwas sagen konnte, vermutete er am ehesten hier jemanden zu finden. Natürlich bestellte er auch eine Zitronengranita, die aus frischem Zitronensaft hergestellt war und stellte sich dann als Commissario der Polizia di Stato vor.

„Können Sie sich vielleicht an irgendjemanden erinnern, der gestern Morgen schon sehr früh hier vorbeigekommen ist, um den Sentiero degli Dei zu erwandern?"

„Tut mir leid, Commissario", sagte der angesprochene Mann, „wir öffnen erst um Zehn und gestern war da schon viel los hier. Aber fragen Sie doch Carlo vom Chiosco del Sentiero. Er ist immer schon früh auf den Beinen und im Ort unterwegs, um mit seinen Eseln die Waren vom Ortseingang zum Lokal zu transportieren."

Andrea bedankte sich und stieg die weiteren Stufen empor und erreichte das kleine Lokal, einen gemütlichen Holzverschlag mit lauschigem Balkon hoch über den steil aufragenden Felsformationen, einem Adlerhorst gleich. Er entdeckte Carlos, der damit beschäftigt war, die Esel zu füttern, die für heute ihren Dienst getan hatten.

„Buongiorno, ich bin Commissario Commodori von der Polizia di Stato aus Salerno", stellte sich Andrea vor, „ich habe eine Frage an Sie."

„...und was will der Commissario von mir wissen", knurrte Carlo. Seine Begeisterung für ein Gespräch mit der Polizei schien sich in Grenzen zu halten. Es könnte aber auch ganz einfach seine Art sein, mit Menschen umzugehen, dachte sich Andrea und nahm es erst einmal nicht persönlich.

„Waren Sie gestern Morgen schon früh unterwegs im Ort?"

„Was denken Sie denn, das bin ich jeden Morgen!", erwiderte Carlo missmutig empört.

„Ist Ihnen gegen Sieben oder früher jemand aufgefallen, der in den Wanderweg eingebogen ist?"

„Si, Commissario, siiiii!", war Carlo nun sichtlich stolz in der Annahme, etwas sehr Wichtiges beobachtet zu haben und zog das zweite Si theatralisch in die Länge.

„Und sagen Sie mir bitte, was Sie beobachtet haben?", blieb Andrea bemüht höflich.

„Ich war dabei die Weinkartons in den Laden zu tragen, als ich wieder rauskam, sah ich noch gerade eine Person hinter der Wegbiegung verschwinden und habe noch so gedacht, dass da jemand früh unterwegs ist."

„Können Sie die Person beschreiben", versuchte Andrea ruhig und gelassen zu fragen, obwohl etwas in ihm immer angespannter und unruhiger wurde, sich aber auch freute, endlich auf etwas Konkretes zu stoßen und er wollte auf keinen Fall Carlo verärgern.

„Viel habe ich nicht sehen können, die Person war ja fast dort hinten verschwunden", dabei zeigte er in

Richtung Wanderweg und tatsächlich machte der dort einen Knick und verschwand hinter einem Felsvorsprung. „Sportlich, auf jeden Fall. Schlank. Ungefähr so groß wie Sie, Commissario. Dunkle Hose und Jacke und auf dem Kopf so ein Baseball-Käppi. Ach ja, und einen kleinen Rucksack auf dem Rücken, so einen normalen Wanderrucksack, dunkelgrün oder so."

„Die Farbe der Kappe, können Sie die genauer beschreiben und können Sie sagen, ob es ein Mann oder eine Frau war?", bohrte Andrea nach.

„Da bin ich mir nicht ganz sicher, von den Bewegungen her, könnte es auch eine Frau gewesen sein. Geschmeidig, wie ein Katze", dabei huschte ein Lächeln über Carlos Gesicht. „Aber sicher bin ich mir nicht! Die Kappe war auf jeden Fall dunkel, nicht hell."

Andrea bedankte sich bei Carlo und gönnte sich noch einen Espresso, bevor er sich auf den Rückweg machte.

***

Es war ihm immer noch fremd, Lisa so auf dem Bildschirm seines PCs zu sehen. Irgendwie fühlte es sich auch viel distanzierter an, als wenn er sie am Telefon hörte. Aber er wollte sich nicht beklagen, so mit aller Welt kommunizieren zu können und sich dabei zeitgleich zu sehen, war ohne Zweifel eine großartige Entwicklung. Er sah, dass Lisa im Präsidium an ihrem Schreibtisch saß. Im Hintergrund konnte er durch das Fenster hindurch den verregneten Himmel über Köln erahnen.

„…das könnte tatsächlich unsere gesuchte Person sein, die dieser Carlo vom Il Chiosco aus beobachtet hat. Die Uhrzeit passt und die Beschreibung würde zu Eurer Annahme passen, dass es sich um eine nicht allzu starke Person gehandelt haben könnte. Mann oder Frau, das ist die große Frage!"

„Es ist nicht viel! Aber eines sagt mir meine Erfahrung. So geht auf keinen Fall die Mafia vor. Da würde keiner auf die Idee kommen, jemanden auf den Sentiero degli Dei zu bestellen, um sich dort zu treffen. Möglicherweise sogar ohne die Absicht, ihn zu töten", überlegte Andrea.

„Du erwägst immer mehr eine Beziehungstat", wollte Lisa wissen. „Und was hältst Du von dem, was der Oberstaatsanwalt geschildert hat."

„Es wundert mich nicht, dass der Scholter keine Namen oder Verbindungen preisgibt. Für Verräter gibt es nur eine Antwort und die heißt Vendetta. Rache oder Vergeltung für den Verstoß gegen den Ehrenkodex. Wie nennt Ihr es auf Deutsch? Blutrache? Du musst mit deinem Blut sühnen", führte Andrea aus. „Und glaube mir, Lisa, die Arme der Mafia reichen bis in Eure Gefängnisse."

Lisa wusste nur zu gut, wie recht Andrea damit hatte, und sie musste an Andreas Worte denken – Senza Pieta. Keine Gnade.

Gnadenlos wird aus dem Weg geräumt, was das System Mafia gefährden könnte. Ein System, in dem Mitgefühl ausgehebelt zu sein scheint. Eine Machtdemonstration aufgebaut auf Angst und Unterwerfung.

„Was meinst Du, sollen wir der vagen Annahme nachgehen, dass Walter Mönkemeier hinter den italienischen Firmen stand und deshalb sterben musste?", versuchte Lisa sich aus den Gedanken zu reißen, die sie sonst zermürben würden.

„Ich spreche mit der Guardia di Finanza, ob sie da mitziehen und eine Hausdurchsuchung veranlassen können. Gib mir auch die Namen der Unternehmen, von denen der Oberstaatsanwalt gesprochen hat, dann kann ich den Kollegen noch etwas mehr anbieten."

***

Lisa befand sich gerade im Gespräch mit Viktor als ihr Handy sich meldete.

„Entschuldige, Viktor, das ist Andrea."

„Ciao, Andrea. Das ging aber schnell, dass Du Dich wieder meldest."

„Ciao, Lisa. Die Guardia de Finanza hat angebissen. Sie wollen morgen in aller Frühe, eine Hausdurchsuchung bei den Mönkemeiers durchführen und fragen, ob Du dabei sein könntest."

„Ups, das kommt jetzt ein bisschen überraschend! Ich muss schauen, was ich machen kann. Ich rufe Dich gleich zurück."

„Die Guardia di Finanza will morgen eine Hausdurchsuchung durchführen und fragt an, ob ich dabei sein kann", erklärte Lisa ihrem Vorgesetzten die Situation. „Dein Einverständnis vorausgesetzt, checke ich, ob ich für heute noch einen Flug finde."

„Das hast Du aber nett formuliert!", kommentierte Viktor Lisas Anmerkung mit dem Einverständnis. „Du schätzt mich richtig ein. Sieh zu, dass Du das hinbekommst! Ich werde noch mal alle Fluggesellschaften durchgehen, um herauszufinden, ob in den letzten Monaten ein Passagier mit Namen Kristian Bertling auf ihren Listen stand. Irgendwie muss er doch nach Köln gekommen sein."

Kaum hatte Viktor das ausgesprochen, saß Lisa an ihrem PC, um nach einem Flug nach Neapel zu suchen. Schnell wurde sie fündig und teilte dies sofort Andrea mit.

„Ciao, Andrea! Ich kann gegen 23.00 Uhr in Neapel sein. Schaffst Du es, mich abzuholen?"

„Natürlich kriege ich das hin. Ich freue mich auf Dich!", schob er schnell noch hinterher.

***

Andrea traf zeitig am Flughafen ein und studierte die Tafel mit den Ankündigungen der nächsten Flüge. Die Maschine, in der Lisa saß, kam über Frankfurt und sollte planmäßig landen. Andrea spürte, dass sein Herz bei der Vorstellung, Lisa gleich in den Armen zu halten, vor Freude heftig in seiner Brust hüpfte. Er empfand ein großes Glücksgefühl, Lisa begegnet zu sein, und dass sie sich auf eine nicht gerade einfache Beziehung eingelassen hatten. Obwohl eine große Herausforderung war es aber eine noch größere Freude und Bereicherung. Obwohl sie sich erst ein paar Wochen kannten, fühlte er eine tiefe Verbundenheit und ein großes Vertrauen.

Als er wieder zur Tafel aufblickte, erschrak er beinahe, da das Zeichen für „landed" aufblinkte. Er hastete zügig zum Ausgang, durch den Lisa kommen würde. Da er davon ausging, dass sie mit ganz kleinem Gepäck oder gar keinem unterwegs war, sollte sie schnurstracks rauskommen. Er hatte sich nicht geirrt, da eilte sie auch schon durch die Schiebetür und strahlte ihn an. Beide fielen sich in die Arme und verloren sich in einem intensiven nicht enden wollenden Kuss.

***

In Cetara angekommen, fühlte es sich für Lisa an, als käme sie heim. Alles war ihr lieb und vertraut. Sie fühlte sich wohl an diesem Ort. Sie waren runter gegangen zur kleinen Bucht, die zum Haus gehörte und saßen dort enganeinander geschmiegt auf der gemauerten Bank, ein Glas Wein in der Hand und genossen die wohltuende Ruhe nach den hektischen Ereignissen der letzten Tage. Lisa atmete die frische Meeresluft ein und fühlte selbst um diese Uhrzeit die angenehme Temperatur auf ihrer Haut. Lisa rückte noch dichter an Andrea und schmiegte sich an seine Seite. Er legte seinen Arm um sie und zog sie an sich, küsste sie zärtlich und wusste, dass es richtig war über das zu sprechen, was er vorhin am Flughafen empfunden hatte, als er auf sie wartete.

„Als ich am Flughafen auf Dich gewartet habe, ist mir bewusst geworden, wie glücklich ich bin, dass wir uns begegnet sind. Ich fühle mich Dir so nah und so vertraut. Bei der Vorstellung, Dich gleich zu sehen, hat mein Herz Freudensprünge gemacht, und als Du vor mir standest ist es fast stehengeblieben. Ich habe auch gespürt, dass ich Dich schon nach so kurzer Zeit vermisst habe, und es ist mir schmerzhaft bewusst geworden, dass das immer wieder passieren wird aufgrund der Situation, dass wir an verschiedenen Orten leben und arbeiten. Ich wünsche es mir so sehr, dass wir beide das hinbekommen. Wenn es so etwas gibt, wie füreinander bestimmt zu sein, dann sind wir das." Andrea zog Lisa noch enger an sich, hielt sie fest in seinen Armen, um dann ganz ruhig und ganz schnörkellos seine Liebe einzugestehen.

„Ich liebe Dich, Lisa!"

Lisa fiel es schwer, darauf zu antworten, zu aufgewühlt fühlte sie sich durch Andreas Worte, mit denen er seine Liebe zum Ausdruck gebracht hatte. Nicht, dass sie bisher nicht über ihre Gefühle füreinander gesprochen hätten, das hier war jetzt nochmal etwas ganz anderes. Kein flüchtig, oberflächlich dahin gehauchtes ‚Ich liebe Dich', keine verliebte verklärte Schwärmerei. Das hier war etwas ganz Großes, etwas ganz Tiefes und etwas ganz Verletzliches. Lisa empfand ein großes Vertrauen und es stand außer Frage für sie, sich auf dieses Wagnis einzulassen. Vertrauen in Andreas aufrichtige Liebe und Vertrauen zu sich selbst, sich dem völlig hinzugeben und dem anderen bedingungslos ihre Liebe entgegenzubringen. Lisa wusste, es brauchte jetzt keine Worte, keine Erklärungen. Sie spürte Andreas Atem, seinen Herzschlag und umkehrt, nahm Andrea jedes Gefühl und jede Regung in Lisa wahr. In dem schwachen Licht trafen sich ihre Blicke und sie schauten sich lange und tief in die Augen. Andrea registrierte Tränen des Glücks, die in Lisa aufstiegen. Er fühlte sich verstanden und geborgen, ganz behutsam fanden sich ihre Lippen, tasteten sich vor und verloren sich ineinander. Zeit und Raum lösten sich auf, beide Seelen trafen sich ohne Eile und ohne Hast. Angetrieben durch ein zärtliches und gleichzeitig lustvolles Verlangen verschmolzen ihre Körper hier unten am Meer unter dem weiten Sternenhimmel im blassen Schein des Mondes miteinander und wiegten sich mit den sanften rhythmischen Bewegungen der Wellen, die gleichmäßig gegen das Ufer schlugen. Das Licht des Mondes war gerade so hell, dass sie den Augen ablesen konnten, wie groß ihr Begehren war und je tiefer sie sich anschauten, desto stürmischer und leidenschaftlicher ließen sie sich von den Wellen der Lust hinaustragen.

***

Dank des Adrenalins, das bei den Ermittlungen unweigerlich in größeren Mengen ausgeschüttet wird, machte sich Lisa nach der leidenschaftlich durchliebten Nacht mit wenig Schlaf, früh auf den Weg nach Positano, um dort die Guardia di Finanza als Übersetzerin und Kollegin zu unterstützen und um nicht ganz eigennützig Informationen zu finden, die sie einer Lösung des aktuellen Falles näherbringen würde.

Jasmin Mönkemeier staunte als sie noch ganz verschlafen die Tür öffnete und Lisa sah mit dem Tross der Kollegen und Kolleginnen der Guardia di Finanza im Rücken.

„Guten Morgen Frau Mönkemeier", begrüßte Lisa die Erstaunte. „Die Guardia di Finanza hat einen Durchsuchungsbeschluss, um Dokumente, die die Geschäfte Ihres Mannes betreffen, sicherzustellen."

Jasmin Mönkemeier schaute sich fassungslos das Papier in italienischer Sprache an.

„Ich verstehe gar nichts! Was geht hier vor?", äußerte sie bedrohlich ruhig, doch ein Ausbruch der Gefühle war schon zu erahnen.

Bevor es zu einer Diskussion kommen konnte, schoben sich schon die Beamten der Guardia di Finanza an ihr vorbei und streuten in alle Richtungen des Hauses aus. Mit geschultem Blick suchten sie die infrage kommenden Plätze auf, an denen Dokumente vor der Öffentlichkeit in Sicherheit lagern.

„Frau Brandkopf tun Sie etwas! Sagen Sie mir, was los ist!", wandte sie sich Aufklärung erhoffend an Lisa.

„Frau Mönkemeier", hob Lisa an, „es gibt verschiedene Verdachtsmomente, dass Ihr Mann in den kriminellen Geschäften des Peter Scholter verwickelt ist. Um dies zu untersuchen, darum geht es hier."

„Welche kriminellen Geschäfte? Sie wissen doch, dass mein Mann bereits vor fünf Jahren das Unternehmen verlassen hat und seitdem nichts mehr mit den Geschäften zu tun hat. Er ist da völlig raus. Er erhält nur noch die vereinbarten monatlichen Zahlungen, die ihm laut Vertrag aufgrund seines Ausscheidens zustehen", versuchte Jasmin Mönkemeier die Situation abzubiegen.

„Ich kann im Moment nichts für Sie tun, Frau Mönkemeier. Ich kann Ihnen nur sagen, dass die Aktion nicht gegen Sie gerichtet ist. Es wird Ihnen keine Mitwisserschaft unterstellt", versuchte Lisa Jasmin Mönkemeier zu beruhigen. „Wenn Sie möchten, begleite ich Sie in Ihr Schlafzimmer, wenn Sie sich etwas Anderes anziehen möchten."

Innerhalb kurzer Zeit waren Ordner mit Geschäftspapieren und PCs sichergestellt und in Kisten verpackt, zum Abtransport bereit.

Nachdem die Guardia di Finanza abgezogen war, wollte Lisa Jasmin Mönkemeier nicht allein lassen und wollte gern noch einige Fragen klären.

„Frau Mönkemeier fühlen Sie sich in der Lage, mir noch einige Fragen zu beantworten?"

„Es wird mir sicher nicht viel anderes übrigbleiben und wenn ich nicht jetzt antworte, dann werden Sie bestimmt wiederkommen. Also stellen Sie Ihre Fragen, wenn es wichtig ist."

„Ich habe, sagen wir mal von einem Freund Ihres Mannes erfahren, dass es in Ihrer Ehe in der letzten Zeit Probleme gab. Ihr Mann sogar von einer Krise sprach. Können Sie mir etwas dazu sagen?"

„Was heißt von einem Freund meines Mannes, mein Mann hatte keine Freunde", sagte Jasmin mit einem nicht zu überhörenden abfälligen Ton in der Stimme, „und was reden Sie von Krise."

„Nun, diese Person erzählte mir, dass Sie mit der Entscheidung Ihres Mannes hier in Positano zu leben nicht besonders glücklich sind, und dass es wegen der Lebenssituation in der letzten Zeit öfters zu Streitigkeiten gekommen ist."

„Ja, dass stimmt", begann sie nun mit wiedergewonnener Fassung, „wie ich Ihnen ja selbst schon sagte, fühle ich mich hier fremd und fehl am Platz. Ich kann die Sprache nicht und werde mit den Menschen nicht richtig warm. Bei meinem Mann war das völlig anders. Darüber haben wir hin und wieder Auseinandersetzungen gehabt. Wie Sie wissen, war ich eine Weile auch in Köln. Ich bin aber zurückgekommen, weil ich meinen Mann liebe, und wir haben uns ausgesprochen und alles geklärt."

„Und wie sollte sich das für sie gestalten? Haben Sie über Veränderungen nachgedacht", ließ Lisa nicht locker.

„Was heißt, wie sollte sich das gestalten", entgegnete sie nervös, „ich habe mir Zeit genommen über die Situation nachzudenken und wie gesagt, die Gefühle für meinen Mann waren so groß, dass ich ihn nicht verlieren wollte. Dass Paare mal solch weniger guten Zeiten durchleben, ist doch nicht unnormal. Das kennen Sie sicherlich auch."

Auf so eine Fangfrage wollte sich Lisa auf keinen Fall einlassen und ignorierte sie einfach.

„Ich habe auf dem Schreibtisch Ihres Mannes in Köln ein Foto von Ihnen beiden gesehen, da sahen Sie sehr glücklich aus".

„Sie meinen das Bild aus unserem Urlaub. Ja, das war vor zwei Jahren. Wir haben Urlaub in der Dominikanischen Republik gemacht. Es war einfach traumhaft schön." Sie legte eine Pause ein und ein kurzes Lächeln huschte über ihr Gesicht. Dann wandte sie sich wieder Lisa zu und da war kein Lächeln mehr in ihrem Gesicht, sondern ein tiefes Misstrauen und Ärger. „Was wollen Sie von mir, Frau Brandkopf? Ich verstehe nicht, was das mit dem Tod meines Mannes zu tun hat."

‚Der Tod, der ein Mord ist', dachte Lisa für sich, ‚und den müssen wir aufklären' und dann wurde Lisa klar, dass Jasmin Mönkemeier noch gar nicht wissen konnte, dass sie den mutmaßlichen Mörder ihres Mannes hatten, bedauerlicherweise auch tot. Lisa entschied sich, Jasmin darüber zu informieren, dass Kristian Bertling tot aufgefunden wurde. Es würde eh nicht mehr lange dauern, dann würde über den toten aufgefundenen Wanderer in den Medien berichtet.

„Gestern wurde eine männliche Leiche am Sentiero degli Dei gefunden, dabei handelt es sich um den deutschen Kristian Bertling. Sie erinnern sich, dass wir Sie zu dieser Person befragt haben. Nach der bisherigen Befundlage gehen wir davon aus, dass er der Mörder ihres Mannes ist."

Lisa bemerkte, dass Jasmin Mönkemeier leicht ins Wanken geriet und sich auf einem Stuhl niederließ, der sich in ihrer Nähe befand.

„Dann ist der Fall geklärt", sagte sie, „dann verstehe ich Ihre Fragen noch weniger. Sie haben dann den Mörder meines Mannes."

„Geklärt ist der Fall leider nicht. Wir müssen davon ausgehen, dass Kristian Bertling lediglich im Auftrag irgendwelcher Hintermänner den Mord ausgeführt hat. Wir konnten bisher keine direkte Verbindung zwischen ihm und ihrem Mann herstellen. Vermutlich hat er bereits in Köln versucht, Ihren Mann umzubringen, was aber fehlgeschlagen ist. Deshalb auch die Aktion heute Morgen. Wir ermitteln immer noch in Richtung der Geldwäsche-Geschäfte. Also, wenn Sie etwas wissen, dann helfen Sie uns", appellierte Lisa an Jasmin Mönkemeier.

„Ich kann es nur wiederholen. Ich weiß nichts von schmutzigen Geschäften meines Mannes und ich glaube auch nicht, dass er da in etwas verwickelt ist. Er hat in diesem zugegebenermaßen nicht immer sauberen Geschäft, stets versucht, nicht gegen seine Prinzipien zu handeln. Er war moralisch ein sehr aufrichtiger Mensch und so etwas wie Fairness, Aufrichtigkeit und Ehrlichkeit war ihm wichtig ", diese letzten Worte sprach sie mit einem aufrichtigen Respekt in der Stimme, wobei ihr Gesichtsausdruck etwas Mitleidiges zum Ausdruck brachte.

Diese Ambivalenz irritierte Lisa und ließ sie spontan nachhaken. „Sie sagen das mit einem gewissen Respekt und trotzdem wirkt es auf mich, als hätte es für Sie einen Beigeschmack."

Jasmin reagierte mit einem kurzen lautlosen Lachen, bei dem sie den Kopf hin und her wiegte.

„Ja, er war gut in seinem Job, er war aber auch ein Idealist und Träumer und mehr und mehr lehrte die Realität ihn etwas Anderes. Erfolg, zu haben, bedeutet sich zu oft mit bestimmten Regeln arrangieren zu müssen, mitzuschwimmen in diesem Haifischbecken und aufzupassen, dass du es nicht bist der gefressen wird. Das wollte er nicht länger mitmachen."

Lisa merkte, dass das, was Jasmin Mönkemeier da gerade sagte völlig aufrichtig gemeint war. Es wurde ihr aber auch klar, dass hier keine weiteren Informationen, geschweige denn, Erkenntnisse zu erwarten waren. Außerdem machte sich nun doch eine gewisse, sie lähmende Müdigkeit breit und sie verspürte nur den einen Wunsch, hier weg zu kommen.

***

Aufgrund der Müdigkeit entschloss sich Lisa im Nachbarort Praiano anzuhalten und erst einmal einen Espresso zu sich zu nehmen. Ein guter Plan, doch wie sollte sie in diesem Örtchen einen Parkplatz finden. Sie brauchte nicht länger überlegen, weil vor ihr ein Auto losfuhr und so eine kleine Nische auf der eigentlich viel zu engen Straße frei wurde. Lisa entschied, dass es in Ordnung war, hier zu parken. Der Verkehr positionierte sich sowieso drumherum. In der nächstgelegenen Bar bestellte sie einen doppelten Espresso und gönnte sich ein köstliches Cornetto. Kostenlos dazu gab es Informationen zum Ort vom Besitzer der Bar, der äußerst charmant die Besonderheiten des Ortes beschrieb. Lisa musste ihm zustimmen, auch sie empfand die Atmosphäre hier sehr angenehm. Praiano wirkte auf sie beschaulicher und entspannter als die anderen Küstenorte. Ein Grund war sicherlich, dass es hier weniger Touristen gab als im nur wenige Kilometer entfernten Positano. Lisa schlenderte zur Kirche, deren Dach, die schönsten Majolikamosaiken vorzuweisen hatte, die heute in der Sonne besonders strahlend funkelten. Auf dem Vorplatz betrachtete sie das Bodenmosaik und setzte sich für einen Moment auf die den Platz umspannende Betonbank. Von hier hatte sie einen wundervollen Blick auf die Küste. Ihre Augen verweilten auf Positano. Von hier konnte sie diesen beeindruckenden Ort in seiner Gänze betrachten. Die bunt zusammen gewürfelten Häuser, die in einem Rund in die steile Küste hineingebettet lagen. Sie erkannte aber auch die Bucht, aus der Walter Mönkemeier sein letztes als erfrischend gedachtes Bad in dem smaragdgrünen Meer angetreten war. Zwangsläufig stellte sie sich die letzten Augenblicke seines Lebens vor bis zu diesem Moment, indem sich das Wasser für immer über ihn schloss und wie sein lebloser Körper von der Strömung hinüber zur Inselgruppe Li Galli getrieben wurde.

Warum wurde dir dein Leben genommen, wer oder was steckt dahinter, fragte sich Lisa. Was hast du getan, dass jemand es nicht mehr erdulden konnte, dass du weiterlebst. Lisa spürte den Ärger darüber, dass sie in diesem Punkt noch nicht weiter gekommen waren in ihren Ermittlungen. Realistisch gesehen, konnte sie sich keinen Vorwurf machen, bisher hatten sie gute Arbeit geleistet, schon Einiges erreicht, doch alles schien in einer Sackgasse zu enden.

Sie musste an die Vernehmung von Peter Scholter denken. Sie waren so fest überzeugt, hier das Motiv zu finden und damit hätten sie den Auftraggeber und mögliche Hintermänner für den Mord gefunden und damit auch den Mörder von Kristian Bertling.

Dass Peter Scholter ein ganz anderes Kaliber war als Walter Mönkemeier, das war ziemlich offensichtlich. Scholter war voll auf Profit gepolt und um an Geld zu kommen für seinen aufwendigen Lebensstil, war ihm wenig heilig. Lisa wurde speiübel, als sie daran dachte, wieviel von diesem Luxus mit dem Leid so vieler Menschen angehäuft wurde. Den schutzlosen Frauen und Mädchen, die zur Prostitution gezwungen wurden, deren Körper ausgebeutet, und die um ihre Seele beraubt wurden. Sie dachte aber auch an die unzähligen unglücklichen Drogenabhängigen, die ihr Leben vertan hatten und nicht mehr rauskamen aus diesem Teufelskreis. Wieder hallten Andreas Worte in ihren Gedanken auf, ohne Gnade. Auch hier ging es gnadenlos um Gier und Profit ohne Anstand und Moral. Wut auf diese Missstände half nicht weiter. Auch wenn sie Scholter gern zur Verantwortung ziehen würde, er hatte sicherlich eine Menge Dreck am Stecken, aber wie es sich immer mehr herauszukristallisieren schien, war es schwer eine Verbindung zum Mord an Mönkemeier und Bertling nachzuweisen.

Gedankenverloren schaute sie noch eine Weile auf dieses beeindruckend schöne Küstenpanorama. Vor ihren Augen lag der gesamte westliche Teil der Amalfitana mit dem archaisch sich aufragendem Lattarigebirge als Kulisse, in die sich die Orte und Häuser wie kleine Kästchen einbetteten. Auf der größeren der Galli-Inseln konnte sie die klaren Konturen des Hauptgebäudes erkennen und darüber hinaus reichte der Blick bis zu den Faraglioni-Felsen vor Capri. Wäre sie nicht schon längst verliebt in diesen Landstrich, so wäre dies ein Moment, wo genau es geschehen könnte. Lisa spürte, wie sie sich entspannte, selbst ihr Gedankenchaos löste sich auf. Sie atmete die angenehme Luft ein, die vom Meer heraufströmte und machte sich auf, um noch ein wenig im Ort zu schlendern. Auf ihrem Weg zogen die Auslagen in einem Keramikgeschäft ihre Aufmerksamkeit auf sich. Lisa blieb vor dem Schaufenster stehen und bestaunte die wirklich geschmackvollen Gefäße und Teller in den unterschiedlichsten rechteckigen Formen. Was ihr gefiel, war das Motiv der Fische, das ihr schon in Positano aufgefallen war. Einige hielten sich streng an das Vorbild der Sardinen, die hier an der Küste den Fischern in die Netze gingen. Andere hingegen waren eine Hommage an all die übrigen Bewohner des Meeres. Lisa betrat den Laden, um sich umzuschauen und vielleicht das ein oder andere Stück zu erwerben. Die freundliche junge Frau im Laden ließ Lisa erst einmal ganz in Ruhe die Auslagen betrachten, und lud sie dann zu einer Kostprobe des Limoncellos ein, der in einer kleinen Manufaktur ein paar Häuser weiter hergestellt wurde. Natürlich fehlte nicht der Hinweis, dass es der beste der gesamten Region sei. Lisa wollte nicht unhöflich sein und willigte ein, einen ganz kleinen Schluck zu probieren und nippte ein wenig von dem tatsächlich köstlichen Likör aus dem kleinen Keramikbecherchen. Dazu gab es ebenfalls gratis eine Gesangsdarbietung der jungen Frau zusammen mit ihrem singenden Hund, der fröhlich melodisch zu ‚Volare' und ‚O, sole mio' jaulte. Mit einem Paket in der Hand verließ Lisa wenig später gutgelaunt diesen netten Laden. Sie folgte dem Hinweis zum Sentieri degli Dei und stieg die steile Straße hinauf. Von hier unten konnte sie das Gebäude des Convento Santa Maria a Castro erkennen und etwas darüber die Ruine eines alten Gebäudes. Ganz in der Nähe konnte sie den Platz erahnen, wo der Hubschrauber gelandet war und sie ihre ersten Schritte auf einem der schönsten Wanderwege gemacht hatte, um zum Fundort von Kristian Bertling zu gelangen.

***

Zurück in Salerno saß Lisa allein in Andreas Büro. Andrea und Matteo hatten eine Besprechung mit der gesamten Abteilung in der Präfektur. Sie spürte eine große Unruhe und Anspannung in ihrem Körper, aber auch mental war es ein auf und ab an Gedanken, Ideen, Bruchstücken von Gesprächen, Bildern und Eindrücken. Ein riesiges Puzzle, aber leider immer noch mit zu vielen leeren Teilchen und doch spürte Lisa, dass da irgendwo zwischen alledem sich eine Idee zu bilden schien, die sie aber noch nicht packen konnte. Immer wieder wanderte ihr Blick auf die Skizzen, Notizen und Bilder, die am Whiteboard hefteten. Was, wenn sie etwas, das schon die ganze Zeit so nahe vor ihren Augen lag, übersehen hatten. Was konnte das sein. Bisher hatten sie sich darauf konzentriert, welche Verbindung es zwischen dem Opfer und Kristian Bertling geben konnte oder auch nach einem Motiv gesucht, um eine Verbindung zwischen Bertling und Peter Scholter erkennen zu können. Alle Überlegungen hatten sich bis jetzt nicht bestätigen lassen. Wo hatten sie noch nicht hingeschaut. Lisa trat an das Whiteboard und zog eine Verbindungslinie zwischen zwei Personen, die sie gemeinsam noch nicht im Focus hatten. Was, wenn es eine Verbindung zwischen diesen beiden gab? Es war vage, aber waren das ihre bisherigen Hypothesen nicht auch. Lisa betrachtete die beiden nun durch einen Strich miteinander verbundenen Personen und spürte dabei auf einmal etwas wie Klarheit und eine Sicherheit, wie sie sie zuvor noch nicht gespürt hatte. ‚Du bist auf der richtigen Spur', hörte sie eine innere Stimme sagen, als sie abrupt aus ihren Gedanken herausgerissen wurde, weil sich die Tür öffnete und zwei ganz aufgeregt miteinander diskutierende Kollegen hereinkamen.

„Ciao, Lisa! Schön, dass Du wieder zurück bist", begrüßte sie Andrea und trat auf sie zu, um seine Begrüßung mit einem liebevollen Kuss zu unterstreichen.

Auch Matteo begrüßte Lisa freundschaftlich mit herzlichem Küsschen rechts und links.

„Wir haben einen Treffer!", warf Matteo sofort freudig ein. „Der Bahnhofsvorsteher von Castellamare di Stabia hat sich gemeldet. Er ist sich sicher, dass der Schlüssel zu den Schließfächern dort gehören könnte. Ich mache mich sofort auf den Weg."

Beinahe gleichzeitig hielten die beiden Männer für einen Moment inne und betrachteten aufmerksam, aber auch mit einem großen Fragezeichen auf dem Gesicht, Lisas Werk am Whiteboard und schauten dann erwartungsvoll auf Lisa.

„Ich habe keine konkreten neuen Erkenntnisse, nur so eine Idee", nahm sie den beiden sofort den Wind aus den Segeln. „Wir haben uns bisher noch nicht die Frage gestellt, ob es eine Verbindung zwischen diesen beiden geben könnte. Was, wenn sie sich im Urlaub kennengelernt haben."

„Und vielleicht nicht nur das, sondern dass mehr daraus geworden ist", fügte Andrea hinzu. „Er ist attraktiv, sportlich, bestimmt auch interessant."

„Genau! Das Bild aus dem Urlaub hat mich darauf gebracht. Es könnte der Schlüssel sein. Wenn ich versuche, mich richtig zu erinnern, sieht es so aus, dass Jasmin Mönkemeier einen Taucheranzug trägt. Das bedeutet, dass sie dort einen Tauchkurs oder auf jeden Fall Tauchgänge gemacht hat und da könnte sie Kristian Bertling kennengelernt haben."

„Das hört sich schlüssig an", warf Matteo ein. „Jetzt müssen wir nur noch Beweise für diese tatsächlich interessante Spur finden. Ich mache mich dann mal auf den Weg nach Castellamare. Ich kann es kaum abwarten, was mich dort im Schließfach erwartet.", sagte er und war schon fast beim Verlassen des Büros, als er noch nachschob: „Ich melde mich dann sofort, wenn ich dort bin!"

Auch Lisa und Andrea waren ganz gespannt, denn irgendwie schien ihnen die neue Verbindung sehr plausibel. Zu dritt zu fahren, wäre allerdings übertrieben und so überlegten, Andrea und Lisa was sie in der Zwischenzeit machen könnten.

„Ich bitte Viktor, mir ein Foto von dem Bild zu schicken, dann kann ich ganz sicher gehen, dass es sich tatsächlich um einen Taucheranzug handelt, den Jasmin Mönkemeier trägt. Vielleicht kann Viktor auch etwas herausbekommen, wo die Mönkemeiers Urlaub gemacht haben", war es eher Lisas Hoffnung, als dass sie wirklich daran glauben konnte. Auch Viktor reagierte erst einmal entsprechend verhalten.

„Du weißt, was Du da erwartest. Das Foto kann ich Dir schicken, aber herauszufinden, wo die Mönkemeiers dort ihren Urlaub verbracht haben, das ist eine ziemlich aufwendige Kleinarbeit."

„Besteht unser Beruf nicht gerade aus dieser Kleinarbeit und ist das nicht unsere Kunst, diese hinzubekommen!", hielt Lisa ihm entgegen, mit einem Ton in der Stimme, der irgendwo zwischen bitterem Ernst und leichter Ironie lag.

„Am einfachsten wäre es, Du fragst einfach die Mönkemeier selbst!", schlug Viktor vor.

„Am einfachsten wäre das, da hast Du vollkommen recht. Aber dann schöpft sie sicherlich Verdacht, dass wir auch in ihre Richtung ermitteln. Das könnte jetzt einfach zu früh sein. Leider können wir den Kristian Bertling nicht mehr verhören, um herauszufinden, ob er den Mord zusammen mit Jasmin Mönkemeier geplant hat. Wir müssen mehr Indizien vorlegen, mit denen wir sie überführen können. Bei dem, was wir im Moment haben, kann sie alles abstreiten. Das bedeutet, wir müssen einen anderen Weg finden, um an die Informationen zu kommen. Ich habe da vollkommenes Vertrauen, dass Du was herausfinden wirst!", umgarnte Lisa ihren Vorgesetzten.

„Glaub' man ja nicht, dass ich auf Deine charmanten Tricks reinfalle", reagierte er mit vorgespielter Entrüstung. „Aber mal Spaß beiseite, es hört sich tatsächlich logisch an, die Ermittlungen auf Jasmin Mönkemeier zu erweitern. Die Fingerabdrücke in der Wohnung, vor allem im Schlafzimmer stehen so in einem ganz anderen Licht. Es ist durchaus denkbar, dass sie ein Verhältnis mit diesem Bertling hatte und dass sie gemeinsam geplant haben, den im Wege stehenden Ehemann zu beseitigen. Aber das würde auch bedeuten," an dieser Stelle hielt Viktor einen Moment inne, sodass Lisa den Satz beendete.

„..., dass Jasmin Mönkemeier als Mörderin von Bertling infrage kommt!"

Beide schwiegen einen Moment, um diese ungeheure Vermutung wirken zu lassen.

„Es ist aber auch einfach zu blöd, dass wir nicht mehr über diesen Bertling wissen. Ich spreche noch mal mit seinem ehemaligen Vorgesetzten. Vielleicht ist ihm noch was eingefallen", fügte Viktor hinzu.

„Und wir hoffen darauf, dass uns der Inhalt des Schließfaches weiterbringt!"

Der Klingelton von Andreas Handy erhöhte die sowieso vorhandene Anspannung, weil davon auszugehen war, dass es Matteo war, der sich da meldete. Andrea stellte auf Lautsprecher, damit Lisa mithören konnte.

„Volltreffer!", meldete sich ein völlig aufgeregt wirkender Matteo. „Ich habe die Tasche von Bertling in der Hand. Was für uns wichtig sein könnte, ist der Reisepass, der hier drin ist. Außerdem ist hier noch einiges an Geld und dann sind hier Zeitungsartikel, mit denen ich aber nichts anfangen kann."

„Hast Du den Reisepass schon überprüft und herausgefunden, wo sich Bertling zuletzt aufgehalten hat?", fragte Andrea voller Ungeduld nach.

„Ich bin gerade dabei, die entsprechenden Eintragungen anzuschauen. Also hier ist tatsächlich der Ausreisestempel der Dominikanischen Republik und hier die Einreise in Madrid. Er ist also über Spanien gekommen vor tatsächlich drei Monaten", sagte er fast mit einem Ton in der Stimme, als wolle er sagen, das glaub ich jetzt nicht.

„Kannst Du, bitte, Bilder von den Zeitungsartikeln machen und mir schon mal zuschicken", schaltete Lisa sich in das Gespräch ein.

„Klar, mache ich sofort!", bestätigte Matteo. „Ich komme dann wieder zurück! Das Schließfach blockieren wir erst mal für alle Fälle. Vielleicht wollen wir später noch mal die Spurensicherung hinschicken."

„Das ist eine gute Idee", meinte Andrea. „Ich denke auch, dass wir sie erst mal nicht losschicken müssen. Wir warten ab, was die Untersuchung der Sachen von Bertling ergibt. Und, ob wir Hinweise auf eine Verbindung zwischen den beiden finden. Gibt es Überwachungskameras, die uns weiterhelfen können?", wollte Andrea noch wissen.

„Das schaue ich mir noch an."

Es dauerte nicht lange da trafen auch schon die Fotos ein, die Matteo von den Zeitungsartikeln gemacht hatte. Lisa betrachtete sie aufmerksam und gleichzeitig breiteten sich Falten in ihrem Gesicht aus, hinter denen viele Fragezeichen standen.

Andrea, der sie beobachtete, fragte sich, was gerade in Lisa vorging.

„Du siehst völlig irritiert aus? Was ist los?"

„Jetzt verstehe ich gar nichts mehr", gab Lisa von sich. „Dies hier sind Zeitungsartikel über einen Verkehrsunfall aus dem Jahr 1985. Es geht darum, dass ein Verkehrsteilnehmer einem anderen die Vorfahrt genommen hat. Dabei ist die Fahrerin des Wagens so schwer verletzt worden, dass sie an den Unfallfolgen gestorben ist. Der Unfallverursacher überlebte, aber die Beifahrerin wurde ebenfalls tödlich verletzt."

Andreas Blick war auf Lisa gerichtet, doch schien er gedankenverloren durch sie hindurchzuschauen.

„Wenn er diese Zeitungsabschnitte so lange mit sich herumträgt, müssen sie für ihn von großer Bedeutung sein", ließ Andrea Lisa an seinen Überlegungen teilhaben. „Werden denn irgendwelche Namen genannt in dem Artikel? Hat der Mönkemeier nicht auch seine damalige Freundin bei einem Verkehrsunfall verloren?"

„Ja, das ging mir auch sofort durch den Kopf. Schon interessant. Aber um auf Deine Frage zurückzukommen. Nein, leider finde ich keine Informationen darüber. Ich werde mal im Internet recherchieren, ob ich was dazu finde", erwiderte Lisa auf Andreas Frage.

Lisa startete mehrere Versuche, im Internet Informationen über den Verkehrsunfall zu finden, was jedoch erfolglos blieb.

„Ich denke, ich muss die Kollegen in Köln bitten, etwas herauszufinden. Irgendwo in den Polizeiakten muss der Fall aufgenommen worden sein. Hier weiter zu suchen ist müßig", sah Lisa, eine gewisse Ungeduld unterdrückend, ein.

Nachdem Lisa mit Viktor gesprochen hatte, Matteo irgendwo auf der A3 in einem Stau steckte, machte Andrea den Vorschlag, den Tag zu beenden und nach Hause zu fahren.

„Es war ein langer Tag und es kann dauern bis Matteo hier ist, lass uns den Tag für heute abschließen und nach Hause fahren. Morgen ist auch wieder ein Tag und wir kommen bestimmt wieder ein Stück weiter. Für heute können wir nicht mehr viel tun."

Lisa musste ihm zustimmen und freute sich auf einen entspannten Abend in Andreas gemütlichem Zuhause.

***

Als sie Cetara erreichten war der Himmel über dem Meer schon in ein dunkles Rot gehüllt, ein schmaler blauer Streifen hob sich noch klar und deutlich ab.

„Nel blu dipinto di blu, im Blau, gemalt in Blau, bin ich glücklich, oben zu sein", summte Lisa, ohne darüber nachzudenken, die Zeilen aus dem heute gehörten Lied Volare gedankenverloren vor sich hin, das sich begleitet vom rhythmischen Hundegesang als tiefeingebrannter Ohrwurm schon den ganzen Tag in Lisa immer wieder abspulte.

Herausgerissen wurde sie aus ihren Gedanken, als sie neben sich Andrea in den Gesang einstimmen hörte mit dem entsprechenden Pathos eines Domenico Modugnos, dem dieser Klassiker zu verdanken ist. Aber es war mehr als das, Lisa spürte, dass die folgenden Worte ganz persönlich an sie gerichtet waren.

„Volare, ho ho, cantare ho ho hoho", sang Andrea mit sanfter Stimme. „Im Blau deiner blauen Augen, bin ich glücklich, hier unten zu sein. Und ich fliege weiter, so glücklich, höher als die Sonne und noch höher. Während die Welt langsam, ganz langsam verschwindet in deinen blauen Augen. Deine Stimme ist eine süße Musik, die für mich spielt. Im Blau deiner blauen Augen bin ich glücklich hier unten zu sein. Mit dir..."

Lisa schaute Andrea mit ihren blauen Augen an, die heller strahlten als der blaue Streifen am Himmel und ein glückliches Lachen breitete sich auf ihrem Gesicht aus. Es brauchte keine erklärenden Worte. Sie hatte Andrea verstanden und so schmiegte sie sich an ihn und beide genossen diesen Moment zwischen Erde und Himmel, zwischen Tag und Nacht eingehüllt in das mystische Zwielicht des zuneige gehenden Tages.

Der Wind wehte eine frische sanfte Brise vom Meer hinauf zu ihnen, die sie tief einatmeten, um von einem zu anderen Moment von einem anderen köstlichen

Geruch, der ihnen in die Nasen stieg, erreicht zu werden, und der sie aus ihrer gerade noch so romantischen Stimmung in die Realität zurückholte.

„Ragú napoletano!", entlockte der Duft Andrea einen wahrhaft begeisterten Freudensaufschrei und ließ ihn gleichzeitig das große Loch spüren, das sich in seinem Magen bemerkbar machte.

Auch Lisa sog genüsslich das kräftige Aroma dieses typischen neapolitanischen Fleischgerichtes ein. Traditionell wurde das Ragú am Samstag zubereitet, da die Fleischstücke stundenlang schmoren müssen, nur verfeinert mit Tomaten und Rotwein. Auch Lisas Magen knurrte verdrießlich und forderte quasi etwas so Leckeres ein.

„Da seid Ihr ja!", rief ihnen eine freundliche Frauenstimme zu. „Wie wäre es mit einem kleinen Abendessen bei mir?"

Es war Maria, die auf die beiden zukam. Lisa hatte Maria schon bei ihrem ersten Fall, den sie mit Andrea gelöst hatte, kennengelernt. Beschämt erinnerte sich Lisa, dass sie sogar ein wenig eifersüchtig auf Maria gewesen war. Abwegig kam es Lisa auch heute nicht vor. Maria war eine außergewöhnlich attraktive Frau mit einer kaum zu bändigenden roten Haarpracht. Sie war klug und zudem eine bekannte Keramikkünstlerin in Vietri sul Mare.

„Wir haben schon das köstliche Aroma wahrgenommen und mir läuft ehrlich gesagt, das Wasser im Mund zusammen. Ich kann der Versuchung nicht widerstehen!", gab Andrea, ohne zu zögern zu. „Wie ist es mit Dir, Lisa?"

„Gerne, es riecht wirklich so gut und mein Magen hat sich schon entschieden!"

Herzlich fiel die Begrüßung aus, Lisas Eifersüchtelei war längst verschwunden und hatte einer vorbehaltlosen Zuneigung Platz gemacht. Alle drei genossen das gemeinsame Abendessen, hatten viel zu plaudern und zu lachen, wenn jeder eine Geschichte von sich zum Besten gab. Beim Espresso nahm das Gespräch eine interessante Wende, weil Maria den Besuch von Lisa zum Anlass nahm, den Espresso in ganz besonderen Tassen zu servieren.

„Oh, was sind denn das für hübsche Tassen?", fragte Lisa interessiert und registrierte Marias zufriedenes Lächeln, das zeigte, dass Maria auf eine solche Reaktion gehofft hatte.

„Das sind Originale aus der Fabrikation der I.C.S. in Marina di Vietri. Es sind Erbstücke von meiner Großmutter. Meine Familie hat hier in Vietri schon immer ein Keramikgeschäft gehabt, das mein Bruder nun weiterführt. Die Industria Ceramica Salernitana ist ein Unternehmen, das Ende der 20iger Jahre von dem deutsch-jüdischen Unternehmer Max Melamerson gegründet wurde. Viele deutsche Kunstschaffende, die sich in Raito zu einer Kolonie zusammengeschlossen hatten, hatten für Melamerson gearbeitet und den Stil in der Keramik nachhaltig stark beeinflusst", erklärte Maria und drehte ihre geleerte Tasse um und deutete auf die Zeichnung eines stilisierten Fisches. „Dieser Fisch ist das Markenzeichen des Unternehmens."

Maria erzählte, dass ihr ihre Großmutter immer voller Bewunderung von den Künstlerinnen und Künstlern in Raito erzählt hatte.

„Meine Großmutter war sehr beeindruckt von den Deutschen. Lisel Oppel und Irene Kowaliska-Wegner waren ein Vorbild für meine Großmutter. Sie erzählte mir, dass sie sich von diesen emanzipierten Frauen, die ein selbstbestimmtes Leben führten, auch für sich selbst ihre Rechte als Frau abgeschaut hatte. Nach dem sehr frühen Tod meines Großvaters hat sie das Familienunternehmen allein weitergeführt und hat es zu großem Erfolg gebracht. Ich verdanke ihr, dass sie schon früh mein Talent entdeckt und entsprechend gefördert hat."

Lisa hatte interessiert gelauscht und war wieder einmal erstaunt und beeindruckt, wie viele Künstler und Künstlerinnen es nach dem ersten Weltkrieg nach Italien gezogen hatte, um sich hier vom mediterranen Lebensgefühl inspirieren zu lassen, darunter auch viele mit jüdischen Wurzeln.

„Dieser Landstrich hat wirklich eine große Anziehungskraft auf Kunstschaffende aller Epochen wie mir scheint", stellte Lisa fest. „Sehr bewegt hat mich das Thema bereits in Positano, als ich erfuhr, dass so viele vor der Nazi-Herrschaft geflohen sind und hier Schutz suchten. Ich habe mir die Frage gestellt, wie das gutgehen konnte unter dem faschistischen System von Mussolini."

„Das ist wirklich ein interessantes Kapitel, das Du da ansprichst", entgegnete Andrea darauf. „Mussolini war nicht von Anfang an, an einem Bündnis mit Hitler interessiert. Ganz im Gegenteil, Mussolini äußerte sich anfänglich völlig geringschätzend über Hitler und bezeichnete ihn sogar als einen Clown, einen „buffone", der ihn, Mussolini, kopierte. Es gab sicherlich viele Parallelen zwischen den beiden Diktatoren, aber ideologisch auch viele Unterschiede. Und da ist der fanatische Antisemitismus ein wesentlicher Unterschied. In den ersten sechzehn Jahren der diktatorischen Herrschaft Mussolinis war die Herkunft von Menschen kaum ein Thema, Hauptsache sie standen hinter dem Duce. Unter den Squadristi, den faschistischen

Kampfbünden, auch unter dem Begriff Schwarzhemden bekannt, waren viele jüdische Mitstreiter."

„Und nicht zu vergessen, dass die Frau, die Mussolini am stärksten prägte, eine Jüdin war. Margherita Sarfatti, seine langjährige Geliebte, aus einer wohlhabenden Familie aus Venedig stammend und die ab 1912 als Kunstkritikerin bei „Avanti" arbeitete, wo Mussolini sie kennenlernte, als er auch noch ein überzeugter Linker war!", ergänzte Maria die Ausführungen von Andrea.

„Mussolini ein überzeugter Linker?", wiederholte Lisa erstaunt.

„Oh, ja!", bekräftigte Maria ihre Ausführungen. „Er war tatsächlich ein führendes Mitglied der sozialistischen Partei und Chefredakteur der Zeitschrift „Avanti". Um noch mal auf das Thema Juden in Italien zurückzukommen. Tatsächlich hat Mussolini nach 1933 jüdische Flüchtlinge aus Deutschland noch willkommen geheißen und den italienischen Juden mehrfach garantiert, dass sie sich in Italien sicher sein können. Bis es 1938 dann zur Kehrtwende kam, als das „Manifesto della razza" veröffentlicht wurde. Demnach hatten Wissenschaftler festgestellt, dass das italienische Volk arischen Ursprungs sei und diese althergebrachte Reinheit müsse bewahrt werden. Ein Punkt lautete explizit, „Juden gehören nicht zur italienischen Rasse". Vorausgegangen war das Bündnis zwischen Mussolini und Hitler, das Mussolini eingegangen war, nicht weil er Hitler besonders mochte, sondern aus Angst und Opportunismus. Wohl um Hitler zu imponieren, ließ Mussolini Internierungslager einrichten, in denen Juden untergebracht wurden, eben auch viele ausländische Juden, die hier in Italien lebten und Zuflucht gesucht hatten. Auch Max Melamerson und seine Frau traf dieses Schicksal."

„Was ist mit ihm und seiner Frau geschehen?", wollte Lisa wissen.

„Er hat wie viele andere das Internierungslager in Ferramonti di Tarsi überlebt. Nach drei Jahren in den verschiedensten Lagern in Italien, kam im September 1943 die Befreiung durch die britische Armee. Er verlor seine Villa und all seine Kunstschätze, die er gesammelt hatte. Nach seiner Befreiung kam er nicht hierher zurück, weil er es nicht ertragen konnte, die Zerstörung seines Lebenswerkes zu sehen."

Hier schaltete sich Andrea in das Gespräch ein und fügte mit einem betroffenen Ausdruck auf seinem Gesicht hinzu, dass für die jüdischen Internierten in den Lagern im Norden leider keine Rettung kam. Die meisten Internierten wurden noch kurz vor der Befreiung getötet.

„Nach dem Sturz von Mussolini 1943 marschierten die Deutschen in Norditalien ein und errichteten mit Mussolini an der Spitze einen Marionettenstaat. Bis zum Ende des Zweiten Weltkrieges machten dort deutsche und auch italienische Faschisten Jagd auf die jüdische Bevölkerung. Viele von ihnen wurden in Konzentrationslagern deportiert und starben dort."

Ganz bedächtig leerte Lisa ihre Tasse und ließ das, was sie gerade erfahren hatte nachdenklich sacken, während Andrea und Maria lebhaft weiter diskutierten und erschreckende Parallelen zu heutigen rechtspopulistischen Bewegungen herstellten. Für sie war es bedenklich, dass es immer noch einen lebhaften Kult um die Person Mussolini in der italienischen Gesellschaft gab, und sie wiesen alle Versuche zurück, ihn so darzustellen, als hätte Italien ihm Vieles zu verdanken.

Mehr das drängende Bedürfnis nach Schlaf als die Vernunft machte der Diskussion ein Ende. Andrea und Lisa verabschiedeten sich herzlich von Maria und stiegen die wenigen Treppen hinab, die zu Andreas Haus führten.

***

Lisa hatte gerade die Augen aufgeschlagen, geweckt vom Duft frischen Kaffees in der Nase, als ihr Handy klingelte.

„Guten Morgen, Lisa, habe ich Dich aus dem Bett geschmissen?", hörte sie einen ziemlich wach wirkenden Viktor ins Handy schmettern.

„Morgen, Viktor! Nein, das ist Dir nicht wirklich gelungen, das ist dem herrlichen Duft des Kaffees zuzuschreiben, wenn Du es schon so genau wissen möchtest! So gut gelaunt, wie Du bist, scheinst Du mir etwas Wichtiges mitteilen zu wollen", vermutete Lisa.

„In der Tat habe ich eine sehr erfolgreiche Nacht hinter mir. Ich habe Tauchschulen in der DomRep, wie die Insider es nennen, abtelefoniert und bin schon nach wenigen Versuchen, fündig geworden. Kristian Bertling hat in einer Tauchschule in der Bahia... gearbeitet. Und sie mussten gar nicht lange überlegen, ob eine Jasmin Mönkemeier dort zum Tauchen war. Sie konnten bestätigen, dass sich Bertling und die Mönkemeier kannten und nicht nur dass, sie waren sich auch ziemlich sicher, dass da was zwischen den beiden lief."

Obwohl Lisa fest auf so eine Antwort gehofft hatte, ja sich sicher war, dass das am Ende rauskommen würde, war sie nun doch erst einmal sprachlos und gleichzeitig spürte sie eine aufsteigende Unruhe. Sollten sie der Lösung des Falles tatsächlich näherkommen.

„Hallo," hörte sie Viktor am anderen Ende sagen. „Hat es Dir die Sprache verschlagen?"

„Das hat es tatsächlich! Das bedeutet, dass wir in Richtung Jasmin Mönkemeier weiter ermitteln und davon ausgehen müssen, dass sie irgendwie in die beiden Morde verwickelt ist! Ein Rätsel ist mir immer noch, was diese Zeitungsartikel zu bedeuten haben ", fügte sie ein wenig unsicher hinzu.

„Da sind wir noch dran", erklärte Viktor. Andrea, der Lisa einen Kaffee gereicht hatte, stand nun da und versuchte von Lisas Gesicht zu lesen, was die Neuigkeiten, die Viktor zu berichten hatte, bedeuten könnten.

Lisa beendete zügig das Gespräch und teilte Andrea die Neuigkeiten mit, der ebenso angespannt und aufgerüttelt wirkte wie Lisa.

„Dann nehmen wir uns die Dame noch mal vor und schauen, was sie zu diesen Neuigkeiten zu sagen hat, und wie sie es erklärt, uns nichts von ihrer Beziehung zu diesem Bertling erzählt zu haben. Am besten fahren wir gleich von hier und gar nicht erst in die Questura. Ich gebe Matteo Bescheid."

Während Andrea mit Matteo telefonierte, der bereits auf dem Weg zur Questura war, bereitete sich Lisa auf einen schnellen Aufbruch vor. Kaum waren sie die Treppen hinauf und am Auto angekommen, klingelte bei beiden das Handy. Verblüfft schauten sie sich an.

„Matteo," sagte Andrea kurz.

„Viktor", erklärte Lisa und hielt auch schon das Handy ans Ohr

„Hallo Lisa, ich habe jetzt die Informationen über den Unfall. Wenn Du nicht bereits sitzt, dann würde ich Dir raten, es zu tun. Bei der Frau, die an den Unfallfolgen gestorben ist, handelt es sich um die Mutter von Kristian Bertling, der sich auch im Wagen befand. Damals war er gerade mal zwölf Jahre alt. Du wirst nicht glauben, wer der Unfallverursacher war!"

„Doch kann ich", fiel ihm Lisa atemlos ins Wort, bevor Viktor den Namen aussprechen konnte. „Walter Mönkemeier! Und die andere Tote war seine damalige

Freundin Annette von Holthausen, von der Scholter berichtet hat."

„Genau! Irgendwann wären wir vielleicht mal darauf gestoßen, so sind wir darauf gestoßen worden."

‚Ja, das sind die Zufälle, die wir oftmals brauchen', dachte Lisa und ließ Viktors Aussage unkommentiert.

„Hast Du eine Ahnung, ob Kristian Bertling wissen konnte, dass Walter Mönkemeier, der Unfallverursacher war", hakte Lisa nach.

„Ich gehe davon aus, da es einen Prozess gegeben hat und der Junge zum Unfallgeschehen aussagen musste. Mönkemeier hat aber wohl ziemlich gute Anwälte gehabt und das Verfahren ist so ausgegangen, dass beiden eine Teilschuld gegeben wurde und der Mönkemeier ist mit einem blauen Auge davongekommen."

„Na ja, das kann man sehen, wie man will. Schließlich hat er die Frau verloren, die er laut Scholter so sehr geliebt hat, und wegen der er sich eine sehr lange Zeit auf keine neue Beziehung eingelassen hat. So gesehen hat dieser Unfall sein Leben schon verändert!"

„Da hast Du natürlich vollkommen recht. Und irgendwie scheint ihn diese Geschichte auch wieder eingeholt zu haben und er musste möglicherweise mit seinem Leben bezahlen."

„Ich bin gespannt, was uns Jasmin Mönkemeier dazu zu erzählen hat," mit diesen Worten beendete Lisa das Gespräch und wandte sich Andrea zu, der angestrengt auf das Display seines Handys schaute.

Bevor Lisa ihm von dem Gespräch berichtete, schaute sie ebenfalls gebannt auf das Handy, das eine Zeichnung von der Rückseite einer Person zeigte. Es war eine schlanke Gestalt zu erkennen mit langen Beinen, die in dunklen Jogginghose steckten. Darüber eine Kapuzenjacke oder ein Kapuzenpullover. Die Kapuze war über den Kopf gezogen, die Konturen ließen zierliche Schultern und einen längeren Hals vermuten. Über die Kapuze war eine ebenfalls dunkle Baseballkappe gezogen. Auf dem Rücken angedeutet ein dunkelgrüner kleiner Rucksack.

„Das Bild hat mir Matteo soeben geschickt. Wir hatten einen erkennungstechnischen Zeichner zu diesem Carlo geschickt, der an dem Morgen als Kristian Bertling getötet wurde, schon früh eine Person beobachtet hatte", erklärte Andrea.

„Meinst Du, dass könnte Jasmin Mönkemeier sein?", fragte Lisa zweifelnd.

„Von der Statur her würde es passen, aber als Beweis ist es ziemlich dünn, aber zumindest ein weiterer Grund, Jasmin Mönkemeier als verdächtige Person zu betrachten", meinte Andrea. „Ich kläre mit dem Staatsanwalt ab, ob es für einen weiteren Durchsuchungsbeschluss ausreicht. Vielleicht finden wir das Handy oder die Brieftasche von Bertling bei ihr und nach solch einem Rucksack könnten wir auch suchen."

Nachdem Lisa ihm die Neuigkeiten aus Köln berichtet hatte, ging Andrea sogar noch einen Schritt weiter, einen vorläufigen Untersuchungshaftbefehl nicht auszuschließen. Er telefonierte umgehend mit dem Staatsanwalt, der Andrea grünes Licht für das Vorgehen gab. In einem weiteren Telefonat informierte Andrea die Polizia Nationale in Positano und bat um deren Unterstützung.

Der Verkehr auf der Küstenstraße war an diesem Morgen noch sehr überschaubar, trotzdem wirkte Andrea sehr konzentriert und Lisa hing ihren Gedanken nach. Es kam ihr alles so schlüssig vor, vieles sprach dafür, dass Jasmin Mönkemeier in die Tat involviert war. Wenn sich der Verdacht bestätigen sollte, dass sie tatsächlich ein Verhältnis mit Kristian Bertling hatte, was sollte dann aber der Grund sein, ihn zu töten. Lisa versuchte sich zu erinnern, wie Jasmin Mönkemeier reagiert hatte, als sie sie nach Kristian Bertling befragt hatten. Lisa musste an das kurze Zucken der Augen denken, das sowohl ihr als auch Andrea aufgefallen war, ansonsten hatte sie keine nennenswerten Reaktionen registrieren können. Einen Moment fühlte Lisa ein unangenehmes Gefühl von Scham, als sie daran denken musste, wie dilettantisch sie sich verhalten hatte, als sie Jasmin Mönkemeier von dem getöteten Bertling berichtet hatte und Jasmin dadurch noch mehr die Sicherheit gab, dass die Polizei tatsächlich völlig ahnungslos war und in eine völlig falsche Richtung ermittelte.

„Ich überlege die ganze Zeit, wie Jasmin Mönkemeier reagiert hat, als wir sie zu Bertling befragt haben und ihr quasi den Mörder ihres Mannes präsentiert haben", dachte Lisa nun laut weiter, um Andrea an ihren Gedanken teilhaben zu lassen.

„Das ist es, was mich auch die ganze Zeit schon beschäftigt", merkte Andrea an. „Entweder haben wir ganz schön was übersehen oder sie hat ihre Gefühle so unglaublich unter Kontrolle."

„Ich denke, dass auf jeden Fall das Letztere zutrifft. Sie wirkt auf mich, als wäre sie tatsächlich sehr kontrolliert", fügte Lisa hinzu. „Aber mir ist das Motiv nicht klar, warum sie Bertling umgebracht haben sollte."

„Eine logische Erklärung habe ich auch nicht. Ihr, wie wir vermuten gemeinsamer Plan war nicht schlecht. Bei den üblichen Wind- und Wetterverhältnissen wäre die Leiche von Walter Mönkemeier weit hinaus aufs Meer getrieben. Nur wenige Tage später wären sicherlich keine Spuren mehr zu identifizieren gewesen", meinte Andrea.

„Was wäre, wenn sie nichts davon gewusst hat. Wenn er sie benutzt hat, um sich an Mönkemeier zu rechen." rätselte Lisa weiter.

„Und Du meinst, dass sie deshalb den Bertling umgebracht hat?", hakte Andrea nach.

„Wäre doch denkbar. Sie streiten darüber und in diesem Streit zieht sie ihm eins mit dem Stein über den Kopf, stößt die Leiche den Abgrund hinunter, weil sie davon ausgeht, dass er dort nicht gefunden wird und keine Spuren hinterlässt.

„Aber da war leider die Macchia, die den Körper auffängt!"

„Genau, ganz schönes Pech, würde ich sagen!"

„Schauen wir mal, was Jasmin Mönkemeier uns zu sagen hat, wenn wir sie als Tatverdächtige vernehmen", ergänzte Andrea. „Es kann auch alles noch anders kommen, bis jetzt ist unsere ganze Argumentation lediglich auf Indizien gegründet. Und diese Geschichte mit dem Unfall wirft nun nochmal ein ganz anderes Licht auf den Fall."

An der Straße zum Anwesen der Mönkemeiers sahen sie schon den Wagen der Polizia, die vor dem verschlossenen Tor auf ihr Eintreffen gewartet hatten. Nach der Begrüßung und einem kurzen Austausch der Informationen sprachen sie das weitere Vorgehen ab. Sie vereinbarten, dass Andrea mit den Beamten von der Polizia vorangehen und Jasmin Mönkemeier offiziell mitteilen, dass sie als Tatverdächtige zu einem Verhör mit auf die Dienststelle in Positano genommen wird. Einer der Beamten der Polizia Nationale war in der Lage, den entsprechenden offiziellen Text auf Deutsch zu sprechen, sodass Andrea Lisa bat, sich erst einmal im Hintergrund zu halten.

„Verstehe es bitte richtig, dass ich es für besser halte, wenn Du Dich erst einmal im Hintergrund zur Verfügung hältst und die Kollegen die Arbeit machen. Es ist in unser aller Interesse, keine Verfahrensfehler zu machen."

Lisa fand Andreas vorsichtiges Bemühen, sie nicht zu verärgern, ganz rührend und wusste es zu schätzen.

„Keine Sorge, ich verstehe das vollkommen richtig. Das ist ganz in meinem Sinne und ich hätte genau so entschieden!", gab sie professionell als Antwort zurück und erntete von Andrea einen seiner wunderbaren Blicke, die nicht nur kollegiale Anerkennung zeigten, sondern auch Ausdruck seiner tiefen Zuneigung waren.

Andrea bediente den Klingelknopf und aus dem Lautsprecher meldete sich die Stimme von Jasmin Mönkemeier.

„Ja, bitte, wer ist da?"

Ohne auf Lisas Übersetzung zu warten, meldete sich Andrea.

„Commissario Andrea Commodori, Polizia Nationale."

„Uno momento", tönte es aus der Sprechanlage, wie Lisa schien mit einem gewissen Zittern in der Stimme.

Andrea und Lisa wechselten gespannte Blicke mit den anwesenden Kollegen. Es verging eine ganze Weile, sodass Andrea noch einmal klingelte, woraufhin sich ganz behäbig das Tor öffnete und Andrea sich gefolgt von den uniformierten Kollegen auf den Weg zum Haus begab. Lisa schloss sich ihnen in einem gebührenden Abstand an. Lisa sah, wie die drei die Haustür, die offenstand erreichten und sich alarmiert anschauten, automatisch wanderten ihre Hände an die Stelle, wo ihre Waffen im Holster steckten. Lisa blieb auf der Stelle stehen, um abzuwarten. Kaum waren die drei in der Haustür verschwunden, hörte sie neben sich einen

Motor aufheulen. Lisa erkannte am Steuer des exklusiven Cabrios Jasmin Mönkemeier, die versuchte den Wagen in Richtung aufstehendem Tor zu lenken. Ohne nachzudenken, lief Lisa auf den Wagen zu, riss die Beifahrertür auf und zwängte sich in den bereits langsam Fahrt aufnehmenden Wagen. Bevor sich Lisa über ihre Situation klar werden konnte, raste Jasmin Mönkemeier auch schon mit einer den Straßenverhältnissen völlig unangemessenen Geschwindigkeit auf der mehr als kurvenreichen Straße aus Positano heraus.

„Das war keine gute Idee, Frau Brandkopf!", hörte Lisa eine jetzt völlig irre wirkende Jasmin Mönkemeier sagen.

„Jetzt abzuhauen aber auch nicht!", entgegnete Lisa, die versuchte tief durchzuatmen und einen klaren Kopf zurückzugewinnen.

„Glauben Sie etwa, ich will mich einfach einbuchten lassen. Nein, das glauben Sie doch nicht wirklich. Nach all dem, jetzt wo ich endlich frei bin, und anfangen kann so zu leben, wie ich will."

„Warum denken Sie, dass wir Sie einbuchten wollen?", stellte Lisa mehr atemlos als gut hörbar die Gegenfrage, wartete aber vergeblich auf eine spontane Antwort.

Trotz aller Versuche, tief durchzuatmen und zu entspannen, schoss Lisa immer wieder das Adrenalin ins Blut. Dieser Abschnitt der Amalfitana war so kurvenreich und eng, dass es sich bei angemessener Geschwindigkeit schon abenteuerlich anfühlte, aber jetzt bei dieser Wahnsinnsfahrt, war es schwindelerregend und bedrohlich. Lisa kämpfte damit, aufkommende Übelkeit weg zu atmen. Wenn sie hier mit Andrea, der sicher und souverän seinen Wagen lenkte, entlangfuhr, stockte ihr schon der Atem, doch jetzt war es einfach nur angsteinflößend. Der einzig Tröstende in dieser ansonsten mehr als trostlosen Situation war, dass sie an der Bergseite die Straße entlang rasten. An Ihnen vorbei zogen draußen im Meer die Li Galli Inseln. Die Inselgruppe, wo Walter Mönkemeier gefunden worden war. Lisa überlegte, wie sie ein Gespräch beginnen könnte, doch bei so viel Adrenalin im Blut einen klaren Gedanken zu fassen, war gar nicht einfach. Eigentlich war es Lisa nach Heulen zumute und eine schreckliche Panik hatte sie fest im Griff. Auch schien es ihr viel zu riskant, Jasmin auf den Fundort von Walter Mönkemeier anzusprechen, die Gefahr, dass Jasmin den Wagen zu weit nach rechts ziehen würde, wenn sie ihre Augen auf die Li Galli Inseln richten würde, war Lisa viel zu groß. Aber irgendwas musste sie doch sagen, dachte Lisa verzweifelt. Irgendwas musste ihr einfallen, um diese Wahnsinnsfahrt zu stoppen.

***

Bevor sie im Haus verschwanden, hörten Andrea uns seine Begleiter ein Fahrzeug und sahen noch gerade, wie Lisa in dem Wagen verschwand. Es dauerte nicht lange, bis sie verstanden, was hier gerade passierte.

„Scheiße, Lisa, nicht schon wieder so eine Aktion!", fluchte ein völlig fassungsloser Andrea, den sofort panische Angst bei der Vorstellung, was alles passieren könnte, befiel. Ihm war klar, dass das nichts Gutes zu bedeuten hatte.

„Sollen wir die Kollegen benachrichtigen, dass sie den Wagen verfolgen?", hörte Andrea verschwommen einen seiner Begleiter fragen.

„Verständigen auf jeden Fall, aber wir müssen besonnen vorgehen. Wenn die flüchtende Frau bemerkt, dass wir sie verfolgen, gerät sie unter Druck. Ein Fehler auf der Straße, könnte auch den Tod von Lisa und anderen unbeteiligten Personen riskieren", sagte er nach Fassung ringend. Beim Aussprechen der Worte und der Vorstellung der möglichen Konsequenzen spürte er sein Herz rasen, hämmern, stolpern. Wie genau es sich anfühlte, war er gar nicht in der Lage zu spezifizieren. Alles in ihm war in heller Aufregung.

„Ja, da haben Sie Recht, Commissario. Sie irgendwo unterwegs anzuhalten, wäre zu gefährlich. Wir könnten aber die Kollegen in San Pietro bitten, den Verkehr in Richtung Positano kurzfristig anzuhalten, das würde die Lage schon mal etwas entschärfen", schlug er besorgt dreinschauend vor, da es kein Geheimnis war, dass die Frau, die mit im Wagen saß, nicht irgendeine Frau war, sondern die, die dem Commissario in ganz besonderer Weise am Herzen lag.

„Das ist eine gute Idee. Dort können wir auch versuchen, den Wagen zu stoppen, da sind sie von der Küstenstraße runter und direkt am Ortseingang ist genügend Platz, Sperren aufzustellen. Wir fahren mit genügend Abstand hinterher, um sie dann in San Pietro einzuholen."

Während der Fahrt telefonierte Andrea mit der Carabinieri und bat um Unterstützung in San Pietro, um dort die Wahnsinnsfahrt anzuhalten.

***

Lisa spürte die Anspannung in jedem Muskel, ihr linker Fuß schmerzte, weil sie ihn so fest gegen den Boden des Wagens drückte, als könne sie damit bremsen und Kontrolle über das Fahrzeug bekommen.

„Wessen Idee war es, Ihren Mann zu beseitigen?", brachte Lisa heraus. „War es Ihr gemeinsamer Plan oder war es die Idee von Kristian Bertling?"

„Sie haben doch keine Ahnung, Frau Kommissarin!", brach es hasserfüllt aus Jasmin Mönkemeier heraus.

„Dann erklären Sie es mir. Ich höre Ihnen zu", versuchte Lisa das Gespräch aufrechtzuerhalten. „Es gibt bestimmt eine Lösung."

„Was reden Sie da für ein wirres Zeug, was für eine Lösung soll es geben!"

Wirr erschien Lisa Jasmins Verhalten, nicht ihre Frage. Aber so kam sie nicht weiter, dass spürte sie.

„Aber was macht Ihre Flucht hier für einen Sinn?"

„Sinn?", pickte sich Jasmin Mönkemeier den einen Begriff heraus. „Kommen Sie mir nicht mit Sinn! Ich habe mein ganzes Leben geschuftet, damit es Sinn macht. Nur immer Leistung gebracht, um etwas zu erreichen. Was zählt ist doch Anerkennung, nur die Besten bekommen, was sie wollen. Es zählt nicht, was man verdient. Von ganz unten habe ich mich hochgearbeitet, das lass ich mir doch nicht einfach kaputt machen."

Lisa wollte gerade nachhaken, wer ihr was kaputt machen wollte, da erkannte sie vor sich weiträumige Straßensperren. Die Ortseinfahrt in den kleinen Ort war wie leergefegt. Sie konnte nicht richtig denken, sie registrierte es nur, einen Reim konnte sie sich nicht daraus machen.

Jasmin Mönkemeier schien gar keine Notiz von der Situation zu nehmen und fuhr einfach weiter, um dann auf einmal, lediglich aus einem Reflex heraus, voll in die Bremsen zu gehen. Dabei kam der Wagen ins Schleudern. Lisa nahm nur noch ein Drehen wahr, dann einen Aufprall, der sie heftig hin und her schüttelte. Bevor sie einen Gedanken fassen konnte, kam ein erneutes Schleudern und ein weiterer heftiger Stoß, der ihren Kopf traf und für einen Augenblick war nur noch Dunkelheit um sie herum.

Als sie ihre Augen wieder öffnete, blickte sie in die sorgenvollen vertrauten Augen von Andrea.

„Mensch, Lisa! Was machst Du für Sachen. Ständig muss ich um Dein Leben bangen, das geht so nicht weiter. Ich weiß nicht, wie ich das aushalten soll!", kam die Ansprache von einem erleichterten Andrea.

„Was ist...", mehr brauchte Lisa nicht aussprechen, da Andrea bereits aussprach, was sie wissen wollte.

„Sie lebt! Die Sanitäter schauen gerade nach ihr. Du solltest Dich auch kurz untersuchen lassen. Wie ist noch mal dieses Sprichwort bei Euch, Unkraut vergeht nicht? Das hast Du mal wieder bewiesen", versuchte Andrea die Anspannung der letzten bangen Minuten zu überspielen. „Und hat sie gestanden, mit den Morden was zu tun zu haben?"

„Nein, hat sie nicht. Irgendwas von Leistung und etwas geschafft zu haben und dass sie sich das nicht kaputt machen lassen wolle", konnte Lisa sich im Moment nur schwach erinnern, bevor ihr ganzer Körper anfing zu zittern und ihre Muskulatur für einen Moment die Kontrolle an sich riss.

„Möchten Sie etwas zur Beruhigung?", fragte einer der herbeigeeilten Sanitäter.

„Ja! Einen doppelten Grappa", lachte Lisa erleichtert.

„Den sollst Du bekommen", entgegnete Andrea, „aber lass Dich bitte kurz untersuchen."

Die Sanitäter spulten ihr Programm ab, mit dem sie die ersten notwendigen diagnostischen Schlüsse ziehen konnten. Bis auf eine dicke Beule an Lisas Kopf, für die sie Lisa mit einem kühlenden Pad ausstatteten, konnten sie tatsächlich nichts feststellen, ermahnten sie jedoch, das Ganze nicht auf die leichte Schulter zu nehmen und sobald sie Übelkeit, Schwindel oder sonst etwas bemerken würde, sollte sie sich in medizinische Versorgung begeben. Andrea übernahm es für Lisa, dies zu beherzigen, was Lisa mit einem inneren angenehmen Gefühl registrierte und sich über Andreas Fürsorge freute. Es machte ihr wieder einmal deutlich, wie viel sie Andrea bedeutete und umkehrt, scheute sie sich nicht, ihre Zuneigung für Andrea zuzulassen.

Aus der kleinen Bar wurde tatsächlich ein großer Grappa geliefert. Er lief kratzend ihre Kehle hinab, brannte sofort im Bauch, in dem sich mittlerweile auch ein Gefühl von Hunger breitmachte, aber jeder kleinste Gedanke an Essen, brachte ein Gefühl von Übelkeit hervor. An Essen war im Moment nicht zu denken, dann doch lieber den letzten Schluck brennenden Grappa runterspülen. Warum auch immer, Lisa spürte mit einem Mal eine Entspannung in ihrem Körper, aber nicht in ihrem Geist. Ihre Gedanken arbeiteten weiter fieberhaft, um diesen Fall endlich abzuschließen.

Es war ihnen bis jetzt nicht gelungen, Jasmin Mönkemeier als Täterin und Mittäterin zu überführen. Ihr Versuch, dem polizeilichen Zugriff durch ihre Flucht zu entkommen, konnte nicht als Geständnis gesehen werden. Es konnte alles bedeuten, wenn die Gefühle in extremen Situationen verrücktspielten.

Lisa schaute sich um und sah, dass Jasmin im Rettungswagen weiter von den Sanitätern behandelt wurde. Sie erkannte, dass Andrea sich mit einem der Sanitäter unterhielt und ging davon aus, dass er sich über den Gesundheitszustand informierte. Langsam erhob sich Lisa von dem Stuhl vor der Bar, auf den sie platziert worden war. Ihre Beine fühlten sich immer noch wackelig an, sodass sie an einem anderen Stuhl erst einmal Halt suchte, sich aufrichtete und abwartete, wie ihr Kreislauf reagieren würde. Es brauchte nur einen kleinen Moment und sie spürte wieder ihren festen Halt unter den Füßen. Sie ging auf Andrea zu, der, wie ihr schien, immer noch besorgt jeden ihrer Schritte beobachtete.

„Wie geht es ihr? Können wir mit ihr sprechen?", wollte Lisa von Andrea wissen.

„Sie ist stabil, bestätigen die Sanitäter Wir können mit ihr reden. Die Sanitäter sehen keinen Hindernisgrund", gab Andrea die Information an Lisa weiter und fügte hinzu, „es ist unglaublich, welches Glück ihr gehabt habt!"

„Ihr wart aber auch ganz schön mutig, hier die Barrieren aufzubauen, um sie zum Anhalten zu zwingen. Das hätte auch ins Auge gehen können!" entgegnete Lisa flapsig und zugleich in dem Bewusstsein, dass es tatsächlich hätte schlimmer ausgehen können.

Andrea musste eingestehen, dass Lisa recht hatte und wollte sich erst gar nicht ausmalen, was alles hätte passieren können. Allein die Vorstellung, Lisa wäre etwas Ernsthaftes zugestoßen, rief ein beklemmendes Gefühl hervor.

Als Lisa vor Andrea den Rettungswagen betrat, schaute Jasmin Mönkemeier sie an und stellte eher

fest, als dass es Ausdruck einer empathischen Regung war: „Bei Ihnen scheint alles in Ordnung zu sein!"
„Ja, alles in Ordnung", sagte Lisa betont neutral. „Und wie geht es Ihnen?"
„Ich befürchte, es sieht nicht gut aus für mich!"
Lisa verstand nicht auf Anhieb, was sie meinte und fügte schnell hinzu.
„Die Sanitäter sagen, es ist alles in Ordnung mit Ihnen!"
„Ach so, jaja. Bis auf ein paar Prellungen ist nichts passiert", bestätigte sie und fuhr dann fort. „Ich meinte, dass Sie sich sicherlich fragen, warum ich mich aus dem Staub machen wollte. Das wirft bestimmt kein gutes Licht auf mich. Aber es ist anders als es scheint. Ich war einfach in Panik, weil ich Ihnen nichts davon erzählt habe, dass ich Kristian Bertling kannte. Aber als Sie den Namen nannten als möglichen Mörder meines Mannes, hatte ich Angst, Sie bringen mich mit dem Mord in Verbindung. Ich weiß, dass ich nicht richtig gehandelt habe. Ich habe ganz einfach den Kopf verloren, als ich sah, dass sie mit den anderen Polizeibeamten vor dem Tor standen."

Lisa spürte, wie Wut in ihr aufstieg. Das war unglaublich, was ihr Jasmin Mönkemeier da gerade auftischte. Es fiel ihr schwer, diese Wut zu zügeln, damit es nicht aus ihr herausplatze, denn das wäre nicht gut, wusste sie und wandte sie sich aus diesem Grund Andrea zu, der ihrem Gesicht ihre wütende Erregung ansah. Er ließ sich das, was Jasmin Mönkemeier bisher berichtet hatte, erzählen und versuchte, Lisa zu beruhigen.

„Die verarscht uns doch nach Strich und Faden, „rutschte es Lisa ein wenig zu barsch raus.
„Du hast Recht", bestätigte Andrea, der für Lisas aufgewühlten Zustand volles Verständnis hatte. Trotz-

dem schob er sofort hinterher, weil er an Lisa vorbei auf eine alarmiert auf sie blickende Jasmin Mönkemeier schauen konnte. „Frag sie, wie ihr Verhältnis zu Bertling war, wie sie sich kennengelernt haben, und so."

Lisas Antwort fiel eher nonverbal aus, weil sie lediglich zustimmend, mit einem immer noch verkniffenen Gesichtsausdruck, nachdenklich nickte, um sich dann, um Professionalität bemüht, wieder an Jasmin Mönkemeier zu wenden.

„Entschuldigen Sie bitte, ich habe nur meinen Kollegen kurz von unserem bisherigen Gespräch berichtet", nahm Lisa den Gesprächsfaden wieder auf. „Wie haben Sie Kristian Bertling kennengelernt und wie würden Sie Ihre Beziehung zu ihm beschreiben?"

„Ich habe Kristian Bertling, wie Sie richtig vermuten, beim Tauchen kennengelernt. Es war so ein Zufall, dass ich gar nicht glauben konnte, dass es Zufall ist."

Lisa verstand noch kein Wort, ließ sie einfach weiterreden.

„Natürlich fand ich ihn von Beginn an sympathisch, aber an eine Affäre habe ich keinen Gedanken verschwendet. Und dann stellte sich heraus, dass sich sein Weg schon einmal mit dem Weg meines Mannes gekreuzt hatten. Die Mutter von Kristian ist bei einem Autounfall, den mein Mann verschuldet hatte, ums Leben gekommen ist. Er war gerade zwölf geworden und stand nun ohne Mutter da, die ihn allein erzogen hatte. Seinen Vater kannte er nicht. Er muss schlimme Zeiten durchgemacht haben und erzählte mir, dass er sich damals geschworen hätte, den Tod der Mutter zu rächen. Immer und immer wieder habe er sich vorgestellt, wie sich dieses Gefühl von Erleichterung anfühlt. Erlöst sein von der Schmach, der Verlierer zu sein. Die Schuld gerächt zu haben und mit einem neuen Gefühl, etwas wert zu sein, erhobenen Hauptes durchs Leben zu gehen und es aller Welt zu zeigen, dass man es mit ihm nicht einfach machen kann", hier stoppte Jasmin Mönkemeier und es war ihr anzusehen, dass sie einen Moment in ihre eigene Gefühlswelt eintauchte. Aber wenn Lisa jetzt damit gerechnet hatte, eine reuevolle Jasmin Mönkemeier zu erleben, wurde sie eines anderen belehrt.

Lisa meinte ein ironisches Lachen über ihr Gesicht huschen zu sehen. Bevor Lisa jedoch darauf eingehen konnte, sprach Jasmin mit starrem Blick auf die Decke des Rettungswagens gerichtet weiter.

„Ich kann es mir jetzt nur so erklären, dass er mir einfach leidgetan hat, und ich mich deshalb auf diese Affäre mit ihm eingelassen habe. Es kommt mir jetzt so dumm und so falsch vor. Ich schäme mich dafür. Vielleicht hat er mich auch bewusst benutzt, weil er so an meinen Mann rankommen konnte, um sich endlich rächen zu können."

Lisa traute ihren Ohren nicht. Das war doch eine solche Show, die Jasmin Mönkemeier hier auftischte, spürte sie und hätte platzen können.

„Sie wollen mir jetzt hier ernsthaft verkaufen, dass sich Kristian Bertling an Sie rangemacht hat, um sich an Ihrem Mann zu rächen wegen dieser alten Unfallgeschichte?", hakte Lisa in scharfem Ton nach.

„Ich will Ihnen gar nichts verkaufen!", empörte sich Jasmin Mönkemeier. „Ich sage Ihnen nur, wie es gelaufen ist! Ich sage ja, dass es dumm war, mich auf eine Affäre mit Kristian einzulassen. Natürlich war er auch ein toller attraktiver Mann", schob sie noch hinterher.

„Hat er mit Ihnen über seine Pläne, sich an ihrem Mann zu rächen, gesprochen?"

„Selbstverständlich nicht, sonst hätte ich ihn davon abgehalten!", entgegnete sie voller Empörung in der

Stimme, die auf Lisa übertrieben und aufgesetzt wirkte.

„Haben Sie mit Kristian Bertling über Ihren Mann geredet?", wollte Lisa wissen.

„Ja, was man halt so erzählt. Nichts Genaues halt", begann sie, um sich dann r sofort zu bremsen und argwöhnisch zu fragen," was genau, meinen Sie denn überhaupt?"

„Ich überlege, ob Sie ihm unterschwellig suggeriert haben, dass es doch nicht zu spät sei, sich endlich von den Qualen der Vergangenheit zu befreien, weil es gut in Ihre Pläne passte. So eine Gelegenheit, aus einer Beziehung rauszukommen, in der man sich nicht mehr wohlfühlt, bekommt man nicht oft. Vielleicht haben sie, ganz beiläufig von den Gewohnheiten Ihres Mannes erzählt und wie leicht es doch sei, hier einen Badeunfall zu haben. Kristian Bertling, der sich in sie verliebt hatte, hat verstanden, wie sie das gemeint haben."

„Interessante Geschichte", sagte Jasmin Mönkemeier mit einer gelassenen Überheblichkeit, die Lisa noch wütender werden ließ. „Aber alles frei erfunden. Auch wenn Sie es gerne wollen, Sie können mir nichts anhängen, rein gar nicht!"

„Und deshalb musste Bertling sterben, damit er Sie nicht belasten konnte", insistierte Lisa weiter.

„Als ich Kristian das letzte Mal gesehen habe, war er noch am Leben!"

„Sie geben also zu, dass Sie sich mit ihm auf dem Sentieri degli Dei getroffen haben", ergriff Lisa sofort die nächste Chance.

„Ja, ich habe mich mit ihm getroffen. Aber wie ich bereits gesagt habe, als wir auseinander gegangen sind, lebte er noch!" bekräftigte Jasmin Mönkemeier ihre zuvor getätigte Aussage, um dann mit großer

Selbstsicherheit fortzufahren. „Und damit betrachte ich unser Gespräch für beendet, Frau Brandkopf. Ich lasse mir von Ihnen keinen Mord anhängen, auch wenn Sie vielleicht vor Ihren italienischen Kollegen damit punkten möchten! Aus, basta, haben Sie gehört!", sagte sie mit aggressiver drohender Stimme.

Andrea, der sich bis dahin im Hintergrund gehalten hatte, wandte sich an Lisa, die beinahe dankbar war, so abrupt aus diesem Gesprächsverlauf gerissen zu werden.

Indem sie mit Andrea sprach, spürte sie, dass sie ihre Fassung zurückgewann. Beide überlegten das weitere Vorgehen.

„Ich befürchte, im Moment kommen wir nicht weiter", räumte Andrea seine Bedenken ein. „Wir haben tatsächlich keine handfesten Beweise, mit denen wir sie überführen können. Das scheint sie genau zu spüren. Sie ist auf eine perfide Weise sehr brillant und scharfsinnig."

Lisa stieß ein leises scharfes Lachen aus.

„Kalt und berechnend würde ich sagen!"

„Lass es uns nennen, wie wir wollen. Wir kommen so nicht an sie ran", erwiderte Andrea und hatte damit völlig recht.

„Wir können sie aber doch nicht laufen lassen!", regte Lisa sich empört auf.

„Was können wir ihr nachweisen? Behinderung der laufenden Ermittlungen, Verschleierung, eventuell noch Falschaussage."

„Und was ist mit den Indizien, die uns so klar und deutlich erschienen?"

„Dem steht ihre Darstellung entgegen! Die Indizien, die Du meinst, sind, wenn wir mal ehrlich sind, Vermutungen. Konkrete Indizien haben wir nicht."

„Dann lass sie uns weiter in die Mangel nehmen. Auch sie wird irgendwann einen Fehler machen und dann haben wir sie," versuchte Lisa nicht aufzugeben.

„Lisa, auf welcher Basis sollen wir sie jetzt, nach dieser Aktion hier, als Verdächtige in Untersuchungshaft nehmen. Wir brauchen stichfeste Beweise!"

Lisa wusste, dass Andrea recht hatte. Es fühlte sich aber nicht richtig an und brachte Lisa an die äußerste Grenze ihrer Fähigkeit, die Situation einfach so auszuhalten.

Andrea nahm Lisa es ab, die unmöglichen Worte auszusprechen und wandte sich direkt an Jasmin Mönkemeier und sagte ihr, dass sie gehen könne, sich aber bitte weiterhin zur Verfügung halten müsse. Die Angelegenheit hätte auf jeden Fall noch ein Nachspiel für sie.

Nachdem Lisa tief durchgeatmet hatte, übersetzte sie lediglich, was Andrea sagte.

***

Lisa und Andrea saßen auf der Terrasse und betrachteten das bunte Treiben auf dem Meer unter ihnen. Es war Wochenende und wer konnte, verbrachte die freie Zeit auf dem Meer. Soweit das Auge reichte, konnte man weitgestreut, die unterschiedlichsten Boote wie weiße Punkte auf einem blauen Meeresteppich vor Anker liegen sehen. Bereits am frühen Morgen hatte ein lebhafter Bootsverkehr eingesetzt, wie an einer Perlenkette aufgeschnürt kamen die Boote aus den Häfen und wühlten mit ihren mehr oder weniger PS-starken Motoren das Meer künstlich auf. Jetzt war Ruhe eingekehrt, die Menschen genossen ein erfrischendes Bad im wunderbaren kristallklaren Wasser und ließen es sich einfach gutgehen. Diese friedliche Stimmung konnte sich nicht auf Lisa übertragen. Zu sehr war sie immer noch mit dem Fall beschäftigt. Sie war sich sicher, dass Jasmin Mönkemeier ganz tief mit drinsteckte. Lisa hatte keinen Zweifel daran, dass sie den Mord an Walter Mönkemeier zusammen mit Kristian Bertling geplant hatte und Lisa hatte auch keinen Zweifel daran, dass Jasmin Mönkemeier Kristian Bertling umgebracht hatte. Andrea hatte Recht, gegen die Darstellung von Jasmin Mönkemeier konnten die Indizien nicht gegenhalten. Sie brauchten noch irgendeinen handfesten Beweis.

„Ich kann mich einfach nicht damit abfinden, dass wir Jasmin Mönkemeier nicht zur Verantwortung ziehen können", eröffnete Lisa das Gespräch. „Die einzige Chance, die wir noch haben, ist, diesen Stein zu finden, mit dem Kristian Bertling erschlagen wurde."

„Das ist wie eine Nadel im Heuhaufen finden", reagierte Andrea mit einem leichten Ton von Resignation in der Stimme. „Die Spurensicherung hat das Gelände bereits großflächig abgesucht."

„Dann müssen wir noch weiter in den unzugänglicheren Teilen suchen!", gab Lisa trotzig zur Antwort. „Ich mache mich auf den Weg und wenn ich jeden Millimeter an diesem blöden Berg absuchen muss!"

Andrea blieb ruhig, betrachtete Lisa, die spürte, wie Andreas Augen ganz langsam an ihr hochwanderten.

Lisa musste lachen.

„Ja, ist schon gut. Ich weiß, wo meine Grenzen sind. Bergsteigen ist nicht mein tägliches Brot!"

Andrea lachte ebenfalls, beugte sich zu ihr, legte den Arm um sie, zog sie dabei ein wenig zu sich, um sie dann herzlich zu küssen und hauchte ihr zärtlich ins Ohr.

„Ich liebe Dich, Lisa! Du bist einfach wunderbar, vor allem wenn Du wütend bist!"

Andrea löste die Umarmung und schaute Lisa jetzt wieder ernst an.

„Ich habe da so eine Idee. Ich denke an die Bergwacht, die uns helfen könnte. Sie hat erfahrene Bergsteiger und die entsprechende Ausrüstung. Sie könnten noch tiefer ins Gelände absteigen und sich auch durch die Macchia durchkämpfen. Das ist tatsächlich unsere letzte Möglichkeit, Spuren zu sichern, mit denen wir diese Jasmin überführen können. Sie wird den Stein sicherlich nicht in ihrem kleinen Rucksack mitgenommen haben."

Kaum hatte Andrea diese Gedanken ausgesprochen, hing er auch schon an seinem Handy und telefonierte mit einigen Leuten.

„Sie machen sich sofort auf den Weg und beginnen mit der Suche", berichtete er freudestrahlend.

Lisa sprang auf und umarmte Andrea stürmisch.

„Das ist großartig, lass uns auf den Weg machen, damit wir dabei sind!"

„Lisa, ich denke, das macht wenig Sinn. Die können ihren Job auch ohne uns. Wir können da oben nichts ausrichten. Wir können nur abwarten", erwiderte Andrea in seiner besonnenen und meistens sehr klaren Art.

Lisa musste sich eingestehen, dass Andrea damit völlig Recht hatte. Sie konnten tatsächlich nichts tun, als die Experten ihre Arbeit machen zu lassen und abzuwarten.

„Ich habe eine andere Idee, um Dich ein wenig abzulenken. Was hältst Du davon, wenn wir nach Raito fahren und dort das Keramikmuseum besuchen, von dem Maria erzählt hat?"

Wenig später fuhren sie durch ein eindrucksvolles Tor, dass zur Villa Guariglia führte und standen dann vor dem Belvedere Turret, in dem sie das Keramikmuseum fanden. Lisa staunte über die lange Tradition der Keramikproduktion in der Region und über die vielfältige Bedeutung der Keramiken. Interessiert betrachtete sie die Keramiken aus dem siebzehnten und achtzehnten Jahrhundert, die mit religiösen Motiven verziert waren und die als Votivgaben gedient hatten, die Menschen aus Dankbarkeit oder als Hoffnung auf Schutz der Kirche gestiftet hatten. Auch die Gegenstände für den alltäglichen Gebrauch zogen Lisas Interesse auf sich. Ausgestellt waren hier Keramikartel aus dem neunzehnten Jahrhundert aus Vietri, wo vor allem Tafelkeramik hergestellt wurde. Beeindruckend fand sie die für Vietri typischen flachen Schüsseln mit einem Durchmesser von etwa vierzig Zentimeter, die Caponciellí, die dazu gedacht waren, darin Tomaten oder andere Produkte zu Trocknen und so für den Winter zu konservieren. Und dann lernte sie, dass die flachen Schüsseln mit dem etwas größeren Durchmesser, die Realcapone, für die ländliche Bevölkerung hergestellt wurden, die die Gewohnheit hatten, dass alle am Tisch aus einer großen Schüssel die Speisen zu sich nahmen. Interessant fand sie auch die Ogliaruli, Gefäße, in denen Öl aufbewahrt wurde. Viele von ihnen zierten magische Augen, die Unglück abwenden sollten, da Öl verschütten, Unglück bringen sollte. An den unterschiedlichsten Beispielen für Wandfliesen vorbei, gelangten Lisa und Andrea schließlich in die Etage, die der sogenannten „Deutschen Phase" gewidmet waren, die in den Jahren zwischen 1920 und 1947 wesentlich zur Erneuerung der Keramikproduktion beigetragen hatten. Hervorgehoben wurde Richard Dülker, der Gründer der Kunstschaffendekolonie in Raito. Fotographien der Kunstschaffendeinnen bei der Arbeit in den Töpferwerkstätten zeugten von ihrem Leben hier an der Amalfiküste. Tatsächlich erkannten Lisa und Andrea den Wechseln in den Motiven. Waren es in früheren Zeiten eher florale Muster und Landschaften so waren es jetzt Motive aus dem Alltagsleben. Fischer, Frauen am Brunnen, Boote, das Meer, Fische, Mond und Sonne waren jetzt die Themen, aber auch mittelalterliche und antike Muster und dann zog sich durch alle Werke die unverwechselbare Abbildung des Esels. Auf einigen Exponaten entdeckten Lisa und Andrea das Zeichen des Fisches als Markenzeichen der ICS von Max Melamerson.

Nach dem Besuch des Keramikmuseum schlenderten Lisa und Andrea durch Raito und genossen den großartigen Blick auf Vietri sul Mare das fast übergangslos in Salerno überging. Unter ihnen lagen die Strände von Vietri mit ihren gleichmäßig angeordneten Sonnenschirmen und sie erkannten die Menschen, klein wie Ameisen von hier oben, die noch die letzten Stunden des Tages am Meer genossen. Die Welt um sie herum war eingetaucht in das warme gelblich rosa

Licht der hochstehenden Sonne und verlieh dem Szenarium beinahe etwas Weltabgewandtes.

So ergreifend schön der Moment auch war, in Lisas Gefühlen zog schon jetzt die Vorstellung der Dunkelheit auf. Sie konnte nicht aufhören, an den Fall zu denken. Bald würde der Tag zuneige gehen und sie hatten noch nichts von den Leuten der Bergwacht gehört. Lisa erhoffte sich so sehr, dass diese etwas finden würden, das Jasmin Mönkemeier belasten könnte. Hier und da meldete sich auch Lisas Gewissen, das sich fragte, ob sie sich zu sehr auf Jasmin Mönkemeier als Täterin konzentrierte. Wollte sie Jasmin als die Täterin sehen? Tat sie ihr damit Unrecht?

„Konzentrieren wir uns zu sehr auf Jasmin Mönekemier? Haben wir sie in unseren Überlegungen bereits voreilig vorverurteilt?", wandte sich Lisa an Andrea.

„Ich denke nicht, dass wir jemanden zu Unrecht vorverurteilen. Wir verfolgen konsequent eine Spur. Die wenigen Spuren, die logischen Schlüsse, die wir daraus ziehen, sind nicht von der Hand zu weisen. Es spricht Vieles dafür, dass diese Jasmin, die Person ist, die wir suchen und ich hoffe genau wie Du, dass wir genügend Beweise finden oder zumindest einen hieb- und Stichfesten, um sie zu überführen", versuchte Andrea Lisas Zweifel auszuräumen. „Ich rufe mal bei dem Leiter der Bergwacht an, um zu hören, wie sie vorankommen."

Lisa verfolgte angespannt das Gespräch, das Andrea anschließend mit dem Leiter der Bergwacht führte und konnte kaum abwarten, was Andrea zu berichten hatte.

„Es ist eine Einheit von sechs Leuten, die sich systematisch durch den Hang runterarbeitet. Bis jetzt haben sie noch kein auffälliges Objekt gefunden. Die Sicht ist noch gut, sodass sie noch eine Weile weitersuchen wollen. Ansonsten geht es morgen weiter. Sie meinen bei der Größe des Steines, des Geländes und der Vermutung, dass er nicht so weit geworfen werden konnte, besteht eine Möglichkeit ihn zu finden."

„Gut, dann besteht noch ein wenig Hoffnung. Warten wir ab."

„Glaube mir, auch ich hätte es gern anders, aber es bleibt uns im Moment wirklich nichts Anderes als abzuwarten und noch einmal alles darauf zu setzen", antwortete Andrea einfühlsam, weil er die Resignation in Lisas Stimme durchaus wahrgenommen hatte.

Schweigend standen sie dort in diesem ruhigen Ort Raito, in dem die Zeit stillzustehen schien, verfolgten das Spiel des Lichtes, das der Umgebung in jedem Augenblick einen neuen Farbfilter auflegte.

„Komm", sagte Andrea. „Ich habe eine geniale Idee. Wir gehen jetzt etwas in Vietri sul Mare essen, es ist die richtige Zeit."

Lisa musste zugeben, dass es tatsächlich eine gute Idee war, sie verspürte schon eine ganze Weile ein flaues Gefühl in der Magengegend, was eben nicht nur mit dem Fall zu tun hatte, sondern mit einem ganz profanen menschlichen Bedürfnis.

Nachdem sie auch noch einen der gerade freigewordenen Parkplätze erwischt hatten, schlenderten sie zuerst einmal durch den kleinen Ortskern, in dem gefühlt mindestens jeder zweite Laden, Keramiken zum Kauf anbot. Das Angebot reichte von Gegenständen für den alltäglichen Gebrauch, über Fliesen bis hin zu originellen Kunstobjekten. Schließlich wählten sie ein Restaurant mitten im Ort, dessen Tische und Stühle sich auf der Straße befanden und die Gäste so mitten im Geschehen der flanierenden Menschen eine

Insel der Ruhe und Beschaulichkeit boten. Die freundliche Chefin organisierte den beiden einen ruhigen Platz, von wo aus sie das wieder erwachte Treiben am Ende eines heißen Sommertages, den die meisten am und im Wasser verbracht hatten, beobachten konnten.

Durch die Häuserfluchten hindurch warf Lisa immer wieder einen Blick zum Himmel, über den sich zusehends die abendliche Dunkelheit ausbreitete. Lisa seufzte tief, weil es ihr klar war, dass die Bergwacht ihre Arbeit wohl bald ohne ein so sehr ersehntes Ergebnis einstellen musste. Enttäuscht, stellte sich Lisa vor, dass dies einen weiteren Tag mit bangem Warten bedeutete, als sie der Ton von Andreas Handy aus ihren Gedanken riss.

„Pronto", meldete sich Andrea und Lisa sah einen Anflug von Erleichterung über sein Gesicht huschen.

„Sie haben ein Objekt sichergestellt!", informierte Andrea Lisa umgehend. „Sie packen alles zusammen und bringen den Felsbrocken, den sie mit auffallenden Spuren entdeckt haben nach Salerno."

Lisa, die fast aufspringen wollte, fasste er sanft an den Arm und sprach ganz ruhig weiter.

„Wir haben noch Zeit aufzuessen. Es dauert noch bis wir sie in Salerno treffen können."

Lisa sank wieder auf ihren Stuhl zurück und musste zugeben, dass Andrea das richtig einschätzte.

„Du hast Recht! Es wäre auch viel zu schade, dieses köstliche Essen einfach stehen zu lassen", lachte sie, ohne dabei ihre Anspannung und ihr aufgewühltes Innere verbergen zu können.

***

Andrea hatte die Spurensicherung benachrichtigt, und ein Kollege hatte sich sofort ins Labor aufgemacht, um umgehend beim Eintreffen, den Felsbrocken zu untersuchen.

„Paolo von der Spurensicherung macht sich sofort daran, den Felsbrocken zu untersuchen, selbst wenn er eine Nachtschicht einlegen muss", berichtete Andrea.

Nach dem Essen fuhren Lisa und Andrea ins benachbarte Salerno, um dort in der Questura auf die ersten Ergebnisse der kriminaltechnischen Untersuchung zu warten. Sie begaben sich direkt in das Labor, in dem sie Paolo begrüßten und ihm dankten, dass er sich so schnell kümmerte. In dem für sie nicht zugänglichen Bereich, um nichts zu kontaminieren, indem Paolo mit der entsprechenden Schutzkleidung arbeitete, sahen sie den Gesteinsbrocken liegen, mit dem Kristian Bertling getötet worden war, wie ihnen Paolo schon ein erstes Ergebnis vorweisen konnte.

„Dass es sich um das Mordwerkzeug handelt, davon können wir mit absoluter Sicherheit ausgehen!", bestätigte Paolo und führte weiter aus, „Die dunklen Flecken, die dort deutlich zu erkennen sind, und die eindeutig von Blut herstammen, habe ich auf ihre DNA hin untersucht und mit der des ermordeten Kristian Bertling abgeglichen. Beide stimmen überein! Das ist schon eine enorme Leistung der Bergwacht, dass sie dort oben diesen Felsbrocken gefunden haben."

„Das kann Du wohl laut sagen. Ich bin froh, dass sie bereit waren, uns zu unterstützen", unterstrich auch Andrea und brachte damit anerkennend seinen Respekt zum Ausdruck.

Lisa, die das natürlich genauso sah, war aber immer noch ungeduldig, weil die wichtige Frage, ob auch

Spuren von der mutmaßlichen Täterin darauf zu finden sind, noch unbeantwortet war.

„Kannst Du schon sagen, ob es noch sonstige Spuren gibt, die hoffentlich Aufschluss über einen Täter oder eine Täterin geben", stellte Lisa Paolo die sie im Moment am meisten beschäftigende Frage.

„Da muss ich Dich im Moment noch enttäuschen, Lisa. Für diese Analyse brauche ich mehr Zeit. Ich würde sagen, frühestens morgen, haben wir eine Gewissheit. Aber ich bin da sehr zuversichtlich. Jeder Mensch verliert laufend winzige Hautschuppen, pro Minute geht man von 80 – 100 aus und in jeder dieser Hautschuppen steckt genügend Erbgut, sodass wir die DNA feststellen können. Ich brauche allerdings eine Vergleichsprobe der verdächtigten Person."

„Und es ist möglich, diese Hautschuppen auf der steinigen Oberfläche zu finden?", wollte Lisa wissen.

„Ja, auch auf der Oberfläche von Steinen können wir Spuren finden. Und an dem Exemplar bin ich mir ziemlich sicher etwas zu finden. Der ist sehr großporig. Da wird sich Material festgesetzt haben. Es gibt schon einige Fälle, wo dies Täter überführt hat", versicherte Paolo mit dem uneingeschränkten Vertrauen in die wissenschaftlichen Methoden.

Andrea hatte auffällig ruhig und konzentriert am Rand gestanden und das Gespräch der beiden verfolgt. Es war ihm aber auch anzusehen, dass er dabei war einen Plan für das weitere Vorgehen zu entwerfen.

„Paolo, kannst Du uns bitte ein Foto von dem Felsbrocken machen und uns mitgeben.

„Ja, klar! Kein Problem", erwiderte der ohne Umschweife.

Lisa hielt sich zurück und wartete ab, was Andrea sagen würde, wofür er das Bild haben wollte, und was er damit vorhatte. Tatsächlich brauchte sie nicht lange darauf zu warten, weil er zügig fortfuhr.

„Ich veranlasse jetzt sofort, dass die Kollegen aus Positano Jasmin Mönkemeier nach Salerno bringen, damit wir sie hier einer offiziellen Vernehmung unterziehen und eine Speichelprobe nehmen können."

„Bist Du Dir sicher, dass sie mitkommen wird?", gab Lisa zu bedenken.

„Da bin ich mir ziemlich sicher, dass die Kollegen dies hinbekommen werden und im Gegensatz zu uns, müssen die nicht viel erklären."

„Ich habe den Eindruck, dass Du eine ganz bestimmte Strategie verfolgen möchtest," hakte Lisa ungeduldig nach.

„Genau, ich habe da so einen Plan. Ich würde Jasmin Mönkemeier gern mit dem Bild von dem gefundenen Gesteinsbrocken konfrontieren und ihr mitteilen, dass es sich eindeutig um den Steinblock handelt, mit dem Kristian Bertling der tödliche Schlag verabreicht wurde, was wir anhand der Blutspuren nachweisen konnten, und dass es nur noch eine Frage der Zeit ist, dass die Kriminaltechnik weitere fremde DNA-Spuren identifizieren wird. Und dann schauen wir, wie sie reagiert, auch darauf, wenn wir eine Speichelprobe von ihr abnehmen", stellte Andrea seinen Plan vor.

Lisa war den Ausführungen aufmerksam gefolgt und stimmte zu, dass es auch ihr ein guter Plan zu sein schien.

***

Nur eine gute Stunde später saß eine völlig zerknirschte, aufgebrachte Jasmin Mönkemeier den beiden Ermittlern in der Questura von Salerno gegenüber. Die Polizeibeamten aus Positano hatten alles gegeben, um den Auftrag schnellstens zu erledigen. Die Espressi dubio, die Lisa und Andrea zum Aufputschen zu sich genommen hatten, wären gar nicht nötig gewesen, weil sie auch so in dieser vielleicht letzten Phase der Ermittlung voll unter Adrenalin standen.

„Ich protestiere mit aller Entschiedenheit gegen Ihr Vorgehen. Sie behandeln mich wie eine Schwerverbrecherin, das wird für Sie Folgen haben", bluffte sie, womit sie Lisa und Andrea nicht beeindrucken konnte. „Ich verlange einen Rechtsanwalt, soviel ich weiß, steht mir das auch in Italien zu."

Lisa eröffnete betont gelassen und ruhig das Gespräch. Eins hatte Lisa gelernt, Jasmin Mönkemeier gegenüber mehr als wachsam zu sein und sich nicht von ihr beirren zu lassen. Zu oft war sie und Andrea auf ihre manipulativen Tricks reingefallen und ihr auf den Leim gegangen, daraus hatte Lisa gelernt.

„Liebe Frau Mönkemeier, um es klarzustellen, wir haben sie hierherbringen lassen, weil es an der Zeit ist, sie hier in der Questura offiziell im Mordfall Walter Mönkemeier und Kristian Bertling zu vernehmen. Sie müssen zugeben, dass unsere bisherigen Gespräche, eher rein informeller Natur waren, jetzt müssen wir alles ordentlich zu Protokoll nehmen. Auch wenn Sie den Eindruck gehabt haben sollten, die Kollegen aus Positano haben Sie nicht festgenommen. Oder sind sie in Handschellen hierhergebracht worden?"

„Nein, das bin ich nicht, aber...", hier stockte sie einen Moment, „für mich hat es sich schlimm angefühlt."

„Wenn wir das geklärt haben, sind sie doch sicherlich bereit, unsere Fragen zu beantworten und sie sind sicherlich auch bereit, uns eine Speichelprobe zu geben, die wir zum Abgleich für die Spurensicherung noch benötigen", fuhr Lisa zügig fort, weil sie wusste, dass sie Jasmin Mönkemeier nur für einen kurzen Moment beschwichtigt hatte und Lisas Strategie ging tatsächlich auf. Jasmin Mönkemeier stimmte ohne große erneute Diskussion dem Speicheltest zu, nicht ahnend, was es für sie für weitreichende Konsequenzen haben würde. Lisa nahm das Probenpäckchen, entnahm ihm ein Röhrchen, aus dem sie ein Wattestäbchen zog, das sie in Jasmins bereitwillig geöffneten Mund führte und damit einen Abstrich auf der Mundschleimhaut machte. Das so präparierte Wattestäbchen führte sie wieder in das Röhrchen ein, beschriftete es und ließ es umgehend ins Labor der Kriminaltechnik bringen.

Andrea übernahm jetzt und richtete seine Fragen direkt an Jasmin Mönkemeier, Lisa übersetzte sie.

„Frau Mönkemeier, dies ist der Stein oder sagen wir Gesteinsbrocken mit dem Kristian Bertling getötet wurde. Er konnte heute in der Nähe des Fundortes von Kristin Bertling sichergestellt werden."

Andrea hielt Jasmin das Bild von dem Gesteinsbrocken hin, damit sie es eingehend betrachten konnte. Sichtlich erschrocken wich sie ein Stück zurück, starrte auf das Bild und sah dann Andrea und Lisa an. In ihrem Blick lag etwas Entsetztes und gleichzeitig blitzte da so etwas wie Panik auf. Beides versuchte sie so schnell wie es aufgetaucht war, wieder zu unterdrücken. Eine deutliche Anspannung und erhöhte Wachsamkeit blieben.

„Und warum zeigen Sie mir das? Und wie können Sie sich so sicher sein, dass mit diesem Stein Kristian getötet wurde?", war ihre Reaktion darauf.

„Wir sind uns so sicher, weil das Blut an dem Stein eindeutig von Kristian Bertling stammt", fuhr Andrea fort.

„Ich verstehe nicht, was sie von mir wollen und was ich dazu sagen soll", versuchte Jasmin Mönkemeier sich weiter aus der Sache zu ziehen.

„Vielleicht, ob Sie diesen Gegenstand schon mal gesehen haben?", zog Andrea die Schlinge immer enger.

„Sie halten mich immer noch für die Mörderin von Kristian Bertling", versuchte sie weiterhin ihr subtiles Spiel durchzuziehen, bemüht nicht die Kontrolle zu verlieren.

„Schauen Sie Frau Mönkemeier", setzte Andrea erneut an, „es ist nur eine Frage der Zeit, dann werden wir die Nachricht aus der Kriminaltechnik bekommen, dass es genau ihre DNA ist, die darauf gefunden wurde. Also denken sie darüber nach, ob es nicht an der Zeit ist, uns zu schildern, was genau oben auf dem Wanderweg passiert ist. Alles, was Sie jetzt gestehen, kann sich möglicherweise positiv auf das Strafmaß auswirken."

„Sie glauben doch nicht ernsthaft, dass ich auf Ihre Geschichte reinfalle. Wie soll meine DNA auf so einen Stein, Felsbrocken oder wie auch immer sie das Ding bezeichnen wollen, daraufkommen", entgegnete Jasmin in einem überzeugten Ton.

An dieser Stelle wiederholte Lisa das, was Sie zuvor von Paolo gelernt hatte.

„Jeder Mensch hinterlässt mehr oder weniger Spuren an einem Tatort oder an einem Tatwerkzeug. Das sind nicht nur Fingerabdrücke. Jeder Mensch verliert laufend winzige Hautschuppen. Pro Minute sollen es zwischen 80 und 100 Stück sein und in jeder Zelle dieser Hautschuppen steckt das Erbgut eines Menschen, die DNA. Konkret heißt das, auf der Oberfläche dieses

Gesteinsbrockens wurden im Labor Hautschuppen gefunden. Commissario Commodori hat Ihnen kein Märchen aufgetischt. Das sind die knallharten Fakten! Es liegt an Ihnen, was sie jetzt daraus machen."

„Ich habe bereits zugegeben, dass ich Kristian Bertling auf dem Götterpfad getroffen habe. Wir haben uns unterhalten und dann bin ich wieder zurück. Als ich gegangen bin, lebte er noch!" setzte Jasmin Mönkemeier noch einmal mit einer aufkeimenden Vehemenz an. „Ich kann Ihnen nichts darüber sagen, wem Kristian danach noch begegnet ist!"

„Dann erklären Sie uns, warum Sie sich ausgerechnet dort oben völlig abgeschieden auf dem Götterpfad getroffen haben. Ganz schön aufwendig für ein harmloses Treffen," ließen Lisa und Andrea nicht nach.

„Ich wollte nicht mit Kristian gesehen werden, da Sie herausgefunden hatten, dass er der Mörder meines Mannes ist. Ich war entsetzt als ich von seiner Tat gehört habe. Das habe ich nicht gewollt. Ich habe mich mit ihm getroffen, weil ich die Beziehung beenden wollte und ihn auch gewarnt habe, dass die Polizei auf seiner Spur ist, damit er verschwinden kann."

Andrea verkniff sich an dieser Stelle, sie darauf hinzuweisen, dass sie sich damit mitschuldig gemacht hat. Er verkniff es sich, weil er es als irrelevant ansah, da er sich ganz sicher war, dass sie viel tiefer verwickelt war und dass sie ihre ganze Energie dahinein setzen wollten, sie des Mordes an ihrem Geliebten Kristian Bertling und der Anstiftung zum Mord an ihrem Ehemann zu überführen.

„Und Sie haben keinen Moment daran gedacht, ihn der Polizei zu melden?", stellte Lisa eher fest, als dass es wie eine Frage klang.

„Liebe macht wohl wirklich blind! Da scheint was dran zu sein! Ich weiß, dass es töricht war von mir.", versuchte sich Jasmin rauszureden.

„Es ist nicht nur töricht, sie haben sich auch schuldig gemacht", gab Lisa in einem brüsken Ton zurück, der darauf abzielen sollte, Jasmin Mönkemeier einknicken zu lassen, um dann, nach einem kurzen Austausch mit Andrea, zu einem weiteren Schlag auszuholen. Ohne große Worte hatten sie sich darüber verständigt, Jasmin Mönkemeier nochmals mit ihrer Theorie, dass sie Kristian Bertling getötet hat, zu konfrontieren.

„Es hört sich glaubhaft an, dass Sie sich mit Kristian Bertling in der Absicht getroffen haben, sich über die Ereignisse und unsere Ermittlungsergebnisse auszutauschen. Vielleicht hatten Sie tatsächlich vor, die Beziehung zu beenden. Dafür gibt es sicherlich verschiedene Gründe", fasste es Lisa zusammen. „Wir sind überzeugt, dass es dann zu einem Streit zwischen Ihnen kam, und da haben sie die Gelegenheit genutzt, Kristin Bertling, aus dem Weg zu räumen. Überlegen Sie es sich jetzt gut! Ein Geständnis und die Tatsache, dass es sich um eine Tötung im Affekt handelt, könnte das spätere Strafmaß positiv beeinflussen."

Es trat ein langer Moment des Schweigens ein, den Jasmin Mönkemeier schließlich mit nur wenigen Worten durchbrach.

„Ich sage gar nichts mehr. Ich möchte einen Anwalt!"

Wieder setzte ein Schweigen ein. Andrea und Lisa warteten eine angemessene Zeit, um dann zu fragen, ob sie jemanden bestimmten anrufen möchte.

„Ich kenne hier in Italien keinen Anwalt. Ich werde einen befreundeten Anwalt in Köln anrufen, damit er alles weitere in die Wege leitet und mir einen hiesigen Anwalt vermittelt."

„Bitte, Sie dürfen selbstverständlich Ihr Handy benutzen und Ihren Anwalt anrufen", bestätigte Lisa.

„Nach dem Anruf werden wir Sie hierbehalten müssen. Es liegen ausreichend anfängliche Beweise vor, die uns dazu berechtigen, sie vorläufig in Haft zu nehmen. Das können Sie selbstverständlich mit Ihrem Anwalt besprechen. Die Beamtin bringt sie dann in eine Zelle. Sobald Ihr Rechtsbeistand hier ist, werden wir die Vernehmung fortführen", erklärte ihr Andrea die weitere Verfahrensweise.

Nachdem Andrea der anwesenden Polizeibeamtin Anweisungen gegeben hatte, verließen er und Lisa den Raum.

***

Die Anspannung der letzten Stunden fiel von den Beiden ab und sie fühlten sich auf einmal ausgelaugt und leer. Andererseits wühlte eine innere Unruhe sie auf, Antworten auf ihre Fragen bekommen und den Fall abschließen zu wollen. Erst jetzt realisierten sie, dass mittlerweile tiefe Nacht hereingebrochen war.

„Und jetzt?", stellte Andrea die Frage in den Raum, worauf Lisa nicht viel erwidern konnte, zu sehr war sie selbst noch voller Fragen und Ungewissheiten.

„Was hältst Du von der Sache. Liegen wir richtig mit unseren Annahmen?", wollte Lisa wissen.

Andrea nahm sich einen Augenblick Zeit, bevor er antwortete.

„Ich bin mir sicher, dass sie es war, die diesen Bertling umgebracht hat. Und ich bin mir auch sicher, dass es nicht ihre Absicht war, ihn bei diesem Treffen umzubringen. Es war für sie aber die perfekte Gelegenheit, ihn loszuwerden. Ihren eigenen Kopf aus der Schlinge zu ziehen, war ihr wichtiger als eine Beziehung mit dem Bertling. So wie ich sie einschätze, liebt sie in erster Linie sich selbst. Beide Männer waren Mittel zum Zweck, solange es für sie gut lief.

Hoffen wir, dass das Ergebnis aus der KTU uns recht gibt!"

„Meinst Du, Paolo hat schon was für uns?", sagte Lisa, wohlwissend, dass Paolo sich dann bereits gemeldet hätte.

„Ich schlage vor, wir gehen noch mal runter in die KTU und schauen, wieweit Paolo ist!", konnte Andrea mit seiner Ungeduld und Anspannung auch nicht anders umgehen.

Lisa nahm diesen Vorschlag von Andrea gern an, denn diese letzte Ungewissheit war kaum auszuhalten für sie.

Die Questura strahlte eine gespenstische Ruhe aus. Wo sonst hektischen Treiben herrschte, lag jetzt Dunkelheit in den Gängen und den dahinterliegenden Räumen. Lediglich aus dem Bereitschaftsraum drang ein diffuses Licht und hin und wieder einige Geräusche, die an die Anwesenheit einiger Wachhabender erinnerte.

Einen kurzen Moment musste Lisa an Jasmin Mönkemeier denken, die in einer der Gewahrsamszellen sicherlich ebenso unruhig auf das wartete, was in den nächsten Stunden passieren würde. Würde sie dieses Gebäude als freier Mensch verlassen oder abgeführt aufgrund eines Haftbefehls wegen des hinreichenden Tatverdachtes in das Gefängnis von Salerno. Sie dachte auch an Peter Scholter, der in Deutschland in Untersuchungshaft saß, weil ihm Geldwäsche und Steuerhinterziehung nachgewiesen werden konnte, sich aber kein Zusammenhang finden ließ zum Mord an Walter Mönkemeier und Kristian Bertling. Die Unterlagen aus dem Haus der Mönkemeiers in Positano hatte die Guardi di Finanza noch nicht ausgewertet. Lisa fragte sich, ob es dabei doch noch zu neuen Erkenntnissen kommen könnte. Als sie so über die Hausdurchsuchung nachdachte, fiel ihr ein, ob es Sinn machen würde, eine weitere Untersuchung durchzuführen, um Kleidungsstücke und möglicherweise einen grünen Rucksack sicherzustellen.

„Andrea, mir gehen gerade so einige Gedanken durch den Kopf, unter anderem auch, ob es was bringen würde, das Haus der Mönkemeiers nochmal nach den Kleidungsstücken und dem Rucksack zu durchsuchen und diese ebenfalls als Beweismaterial sicherzustellen", wandte sie sich an den ebenfalls sehr schweigsamen Andrea.

„Du hast Recht, das sollten wir auf jeden Fall auch noch veranlassen. Ich kümmere gleich morgen früh darum."

Im Gegensatz zum übrigen Gebäude drang aus den Räumen der Kriminaltechnik laute schmalzige gefühlstriefende Schlagermusik. Lisa schaute Andrea verwundert an und schmunzelte bei der Vorstellung, dass das tatsächlich Paolos Musik war.

„Das glaube ich jetzt nicht, dass kann doch nicht Paolos Musikrichtung sein!", rutschte es Lisa ungläubig heraus.

„Oh, doch!", bekräftigte Andrea mit Nachdruck. „Paolo ist der Romantiker und Herzensbrecher par excellence. Du müsstest in mal auf einem unserer Polizeibälle in Aktion sehen, da müsstet Du Dich vor ihm ganz schön in Acht nehmen!"

„Wieso ich?", erwiderte Lisa ganz keck. „Eher Du, würde ich sagen. Wenn ich es mir so richtig überlege, ist er doch ein ganz attraktives männliches Exemplar!"

„Gut, dass Du mich warnst!", lachte Andrea und zog Lisa an sich, um ihr noch schnell einen Kuss zu geben.

Im Labor fanden sie einen gutgelaunten mit der Musik mitschwingenden Paolo vor. Keine Spur von Müdigkeit oder übler Laune war ihm anzusehen. Als er Lisa und Andrea hereinkommen sah, strahlte er sie an und hieß sie überschwänglich willkommen. Lisa zog daraus die vage Hoffnung, dass er ihnen gleich positive Nachrichten mitteilen konnte.

„Das trifft sich gut! Da seid Ihr beiden ja schon. Ich wollte Euch just in diesem Moment anrufen. Die Analysen sind durch", stellte er mit einer wissenschaftlichen Geschäftsmäßigkeit fest, um ihre Aufmerksamkeit gleichzeitig auf die Darstellungen auf dem Bildschirm zu lenken

Auf dem Bildschirm zeigte sich ein DNA-Strichcode als Ergebnis der Hautpartikel, sowie ein weiterer aus der Speichelprobe von Jasmin Mönkemeier. Gebannt starrten Andrea und Lisa abwechselnd auf den Bildschirm und auf Paolo in Erwartung, dass das rätselhafte Bild für sie entschlüsselt würde.

Paolo spannte die beiden Kommissare noch ein wenig auf die Folter, und sonnte sich einen Moment in dem Wissen, ein überaus wichtiges Ergebnis beitragen zu können, um ein Verbrechen aufzuklären. Im Gegensatz dazu fiel seine nächste Feststellung eher nüchtern aus.

„Die beiden DNA-Codes stimmen überein, Ihr könnt also davon ausgehen, dass Eure Verdächtige den Gesteinsbrocken berührt hat, den Schluss daraus zu ziehen, ob sie auch zugeschlagen hat, ist Eure Aufgabe."

Keine Euphorie, keine Häme, einfach die Gewissheit, dass sie mit ihren Ermittlungen und Vermutungen richtig lagen und die Täterin mittels dieser letzten Spur überführen konnten.

Bevor der entsprechende anwaltliche Beistand für Jasmin Mönkemeier nicht eingetroffen war, konnten sie nichts ausrichten, was bedeutete, dass sie für ein paar Stunden nach Cetara fahren konnten, um für den nächsten entscheidenden Tag Kräfte aufzutanken.

***

Einer der wachhabenden Beamten hatte Andrea über die Ankunft des Anwalts für Jasmin Mönkemeier informiert, und dass er mit seiner Mandantin, die in den Verhörraum geführt worden war, zurzeit redete.

Zumindest frisch geduscht, aber nicht wirklich ausgeschlafen, machten sich die beiden auf den kurzen Weg nach Salerno. Im Osten tauchte gerade die Sonne in einem bedächtigen Tempo hinter den Bergen auf und erinnerte an die frühe Morgenstunde.

Als sie den Verhörraum betraten, riss das Gespräch zwischen Jasmin Mönkemeier und ihrem Anwalt abrupt ab. Es entstand für einen Moment eine beklemmende Atmosphäre, da sich alle bewusst waren, hier ging es um mehr als um eine kleines Kaffeepläuschchen.

Andrea und Lisa stellten sich zuerst einmal vor. Dann tat es ihnen der Anwalt von Jasmin Mönkemeier gleich.

„Buongiorno! Ich bin Avvocato Davide Frosinona. Ich werde Frau Mönkemeier in diesem Fall vertreten. Wenn Sie mir bitte mitteilen würden, welche Vorwürfe Sie meiner Mandantin zur Last legen", wandte er sich auf Italienisch an Andrea und Lisa, um dann Jasmin Mönkemeier in Deutsch zu unterrichten, was er gefragt hatte.

„Meine Mandantin hat mich informiert, dass Sie, Frau Brandkopf, bisher übersetzt haben.", wandte sich Avvocato Frosinona an Lisa. „Ich werde das nun für meine Mandantin übernehmen. Ich würde aber gern wissen, in welcher Funktion Sie hier sind", fuhr er fort.

Lisa und Andrea tauschten einen Blick aus, aus dem sie entnahmen, dass ihnen beiden klar war, worum es dem Anwalt ging. Beide wussten, dass er ihnen keinen Verfahrensfehler unterstellen konnte. Obwohl ein wenig angespannt, antwortete Lisa souverän und wählte bewusst Italienisch, damit Andrea ihre Antwort verfolgen konnte.

„Wie ich Ihnen schon sagte, bin ich Kommissarin bei der deutschen Polizei in Köln. Ich habe einen offiziellen Auftrag die Ermittlungen zu unterstützen, da es sich bei den Mordopfern um deutsche Staatsbürger handelt. Sie können das gern mit Vice Questore Trovesi abklären."

Mehr wollte Lisa dazu nicht erklären, weil sie meinte, alles Wichtige damit gesagt zu haben. Was letztendlich Avvocato Frosinona überzeugte, war nicht ersichtlich, aber er gab sich damit zufrieden und so übernahm nun Andrea den weiteren Gesprächsablauf.

„Signora Mönkemeier wir erheben hiermit den Vorwurf, dass Sie Kristian Bertling getötet haben, und des Weiteren beschuldigen wir Sie der Anstiftung zum Mord an Ihrem Ehemann Walter Mönkemeier. Über Ihre Rechte haben wir Sie bereits gestern aufgeklärt und Sie hatten bereits die Möglichkeit sich mit Ihrem Rechtsbeistand Dottore Davide Frosinona auszutauschen."

Nach diesen einführenden Worten öffnete Andrea die Mappe, die vor ihm lag, entnahm ihr verschiedene Bilder und Dokumente, die er auf dem Tisch so ausbreitete, dass Jasmin Mönkemeier und ihr Anwalt sie sehen konnten.

„Dieses Foto kennen Sie bereits, es zeigt den Felsbrocken, mit dem Kristian Bertling getötet wurde. Dies können wir mit Sicherheit sagen, da sich die Blutspuren, die sich darauf befinden, eindeutig Kristian Bertling zuordnen lassen. Des Weiteren konnten an diesem Objekt Hautpartikel sicher-gestellt werden, die nicht nur vom Opfer, sondern auch von einer zweiten Person stammen. Diese zweite Person konnte durch eine DNA-Typisierung ebenfalls identifiziert werden. Es handelt sich eindeutig um Ihre DNA, Frau Mönkemeier!", hier legte Andrea eine kurze Pause ein. „Alle Beweise sprechen dafür, dass Sie Kristian Bertling getötet haben!"

Eine bleischwere lähmende Stille legte sich über den Raum, die nur hin und wieder von einem schweren Atmen von Jasmin Mönkemeier unterbrochen wurde. Ihr Blick senkte sich nach unten auf die Tischkante, die sie mit ihren Augen entlangfuhr, als wollte sie dort eine Antwort ablesen.

„Signora Mönkemeier", durchbrach Andrea das Schweigen, „schildern Sie uns, was ist an dem Tag, als sie sich mit Kristian Bertling getroffen haben, passiert. Wann haben Sie Ihr Haus verlassen, welchen Weg haben Sie genommen?"

Andrea hoffte, mit diesen Fragen Jasmin Mönkemeier zum Reden zu bringen, dabei fußte seine Hoffnung zum einen auf seiner Erfahrung, dass Menschen ein besonderes Bedürfnis haben, sich zu verteidigen oder besser gesagt, sich zu rechtfertigen und zum anderen darauf, welche Vorgehensweise ihr Avvocato Frosinona vorgeschlagen hatte, damit es sich im weiteren Verlauf des Verfahrens positiv auswirken würde. In der Tat begann Jasmin Mönkemeier nach einem weiteren Moment des Schweigens und einem Blick auf ihren Anwalt leise darüber zu berichten, was sich an diesem besagten Tag zugetragen hatte.

„Wie ich bereits erklärt habe, bin ich sehr früh zu Fuß aufgebrochen und habe mich auf den Weg zum Sentiero degli Dei gemacht. Dort hatte ich mich mit Kristian Bertling verabredet. Ich wollte ihn darüber informieren, dass die Polizei hinter ihm her ist, und ich wollte ihm auch mitteilen, dass ich die Beziehung zu ihm abreche, weil ich nicht mit jemanden zusammen sein kann, der meinen Ehemann ermordet hat", hier unterbrach sie ihre Schilderungen.

„Und was ist dann geschehen?", forderte sie Andrea auf, fortzufahren.

„Es kam zu einem Streit", setze Jasmin Mönkemeier erneut an, „und das hat mich so wütend gemacht, dass ich den Felsbrocken genommen und zugeschlagen habe. Ich habe in dem Moment gar nicht über die Konsequenzen nachgedacht."

Andrea wartete einen Moment, ob noch weitere Ausführungen kommen würden. Als dies nicht der Fall war, lies er mit seinen nächsten Fragen nicht locker.

„Worüber haben Sie gestritten?", hakte Andrea nach, „und darüber, warum Kristian Bertling ihren Mann umgebracht hat, haben Sie nicht gesprochen?"

Andrea ging davon aus, dass sie auf die letzte Frage schlecht mit Nein antworten konnte, da eine Behauptung nicht darüber geredet zu haben, völlig unglaubwürdig wäre und es wäre sehr ersichtlich, dass sie dann gelogen hätte.

„Natürlich haben wir darüber gesprochen und dass war ein Grund für den Streit", fiel ihre Antwort darauf kurz aus.

„Erklären Sie uns, bitte, warum Kristian Bertling ihren Mann umgebracht hat, damit wir seine Motive verstehen."

Hierauf begann Jasmin Mönkemeier noch einmal die Geschichte zusammen zu fassen, die sie Lisa bereits im Krankenwagen erzählt hatte.

„Die Mutter von Kristian ist bei einem Autounfall, den mein Ehemann verschuldet hatte, ums Leben gekommen als er zwölf Jahre alt war. Da ihn seine Mutter allein aufgezogen hatte, stand er ganz allein da. Er hat mir erzählt, dass er eine schlimme Zeit durchgemacht hat, und dass er sich damals geschworen habe, den

Tod der Mutter zu rächen. Immer und immer wieder habe er sich vorgestellt, wie sich dieses Gefühl von Erleichterung anfühlt. Erlöst sein von der Schmach, der Verlierer zu sein. Die Schuld gerächt zu haben und mit einem neuen Gefühl, etwas wert zu sein, erhobenen Hauptes durchs Leben zu gehen und es aller Welt zu zeigen, dass man es mit ihm nicht einfach machen kann.

Hier unterbrauch sie kurz ihre Ausführungen. Etwas Nachdenkliches auf ihr Gesicht projizierend, fuhr sie fort.

„Mittlerweile bin ich überzeugt, dass er mich bewusst benutzt hat, um so an meinen Mann ranzukommen, damit er endlich seinen Racheplan ausführen konnte."

„Sie geben damit zu, Kristian Bertling getötet zu haben!", begann Andrea erneut auf sie einzuwirken.

„Jetzt erzähle ich Ihnen mal, was wir glauben, wie es sich zugetragen hat. Sie haben Kristian Bertling im Urlaub kennengelernt und sind eine Beziehung zu ihm eingegangen. Dass Ihnen der Zufall diesen Mann mit seiner Leidensgeschichte zugespielt hat, war für Sie wie ein Hauptgewinn in der Lotterie. Das haben Sie sich zunutze gemacht. Sie haben Ihren Liebhaber darin bestärkt, Ihren Mann zu töten, weil Sie ihn so loswerden konnten. Und so wie sie ihn kaltblütig zu dem Mord an Ihrem Ehemann angestiftet haben, genauso kaltblütig haben Sie sich Ihres Liebhabers entledigt, damit es keinen Mitwisser gibt und jegliche Spur, die zu Ihnen führt, gelöscht ist. Ihr Plan ist aber an mehreren Stellen nicht aufgegangen."

Andrea legte eine kleine Pause ein, ohne zuzulassen, dass er an dieser Stelle unterbrochen wurde.

„Die Strömung an diesem Tag hat Ihren Ehemann zu weit zu den Lí Galli-Inseln getrieben, sodass dummerweise die Leiche gefunden wurde, die sie gern für immer verschollen gesehen hätten. Damit hätte kein Mord nachgewiesen werden können. Dann taucht eine deutsche Ermittlerin auf und die italienische Polizei nimmt den Fall sehr ernst. Auch damit haben Sie nicht gerechnet. Der Strick wurde immer enger und so haben sie genau geplant, wo Sie irgendwo dort oben auf dem Sentieri degli Dei Kristian Bertling umbringen konnten."

Ein schon länger ungeduldig wirkender Avvocato Frosinona unterbrach Andrea und ließ keine weiteren Ausführungen zu.

„Dottore Commodori, ich weise Sie ganz deutlich darauf hin, dass das alles vage Spekulationen sind, die Sie äußern und muss Sie dringendst bitten, damit aufzuhören. Wie meine Mandantin geschildert hat, fand das Treffen mit diesem Kristian Bertling ohne jegliche Tötungsabsicht statt und geschah aus der Situation heraus. Außerdem können Sie meiner Mandantin keine Mitwisserschaft am Mord an ihrem Ehemann unterstellen!", unterstrich Avvocato Frosinona und um klarzustellen, dass er das Ganze als beendet betrachtete, fügte er hinzu, „Meine Mandantin hat dem Allem nichts mehr hinzufügen!"

Andrea schaute Lisa an, wohlwissend, dass sie nichts Anderes mehr herausbekommen würden. Avvocato Frosinona hatte gute Arbeit geleistet, indem er Jasmin Mönkemeier klare Anweisungen gegeben hatte, wie sie die Tat zu schildern hatte, damit er auf jeden Fall auf eine Tötung aus dem Affekt heraus, plädieren konnte, um das geringste Strafmaß zu erzielen. Andrea gab der anwesenden Beamtin ein Zeichen, dass sie Jasmin Mönkemeier abführen könnte. Er und Lisa waren bereits im Aufstehen begriffen, als Jasmin Mönkemeier mit erkennbar unsicherer Stimme anhob und die Frage stellte, wie es mit ihr nun weitergehen würde.

Im Stehen erklärte Andrea ihr betont sachlich die möglichen Schritte. Er hatte darauf verzichtet, lediglich darauf hinzuweisen, dass sie das mit ihrem Anwalt klären könne.

„Wir nehmen Sie in Untersuchungshaft und Sie werden ins Gefängnis von Salerno überführt. Sie können mit Ihrem Anwalt das weitere Vorgehen besprechen und Sie haben auch das Recht, Ihre Botschaft hinzuziehen. Nach dem Territorialitätsprinzip kann der italienische Staat Ihnen den Prozess machen, da der Mord hier auf italienischem Boden stattgefunden hat. Sie können aber über einen Europäischen Haftbefehl die Überstellung nach Deutschland beantragen, da es auf der anderen Seite auch ein Personalitätsprinzip gibt, nach dem die Bindung eines Bürgers an seinen heimischen Staat berücksichtigt wird und dieser hat eine sogenannte Personalhoheit über seinen Bürger. Der Prozess wird Ihnen dort nach deutschem Recht gemacht, und Sie können die Haftstrafe in Deutschland absitzen."

Damit war nun aber auch für Andrea und Lisa alles gesagt, und sie wollten einfach nur noch raus aus dieser bedrückenden und zugleich unbefriedigenden Situation.

***

In Andreas Büro trafen sie auf Matteo, der die Vernehmung über die Videoaufzeichnung verfolgt hatte, sich mit seinen Kommentaren zurückhielt, da er spürte, wie aufgeladen Lisa und Andrea wirkten. Es platzte dann auch die geballte Ladung Frustration aus Lisa heraus. Im Vernehmungsraum hatte sie sich zusammengerissen, um keine Eskalation aufkommen zu lassen.

„Das kann doch wohl nicht wahr sein, weil wir ihr nicht nachweisen können, dass sie viel tiefer darin steckt, als sie zugibt, wird ihr Anwalt auf Totschlag plädieren und nicht auf vorsätzlichen Mord, und sie wird mit höchstens fünf Jahren davonkommen."

Bevor Andrea Lisa tröstend in den Arm nehmen konnte, klopfte es an der Tür und Vice Questore Trovesi trat ein.

„Ich wollte Ihnen zu Ihrem Ermittlungserfolg gratulieren. Ich bin sehr froh, dass Sie die beiden Morde so zügig aufklären konnten. Sehr gute Arbeit, meine Dame und meine Herren!", sagte er und seine Körperhaltung konnte nicht verheimlichen, dass er sichtlich stolz auf sein Team war.

Andrea und Lisa schauten ihn sprachlos und mit ungläubigem Ausdruck auf ihren Gesichtern an, woraufhin er beide irritiert anschaute und erschrocken fragte, ob irgendetwas nicht stimmen würde.

Lisa hatte als erste ihre Fassung wiedererlangt, um auf seine Frage einzugehen.

„Vielen Dank Vice Questore! Allerdings hatte ich kurz bevor Sie eintraten, meine Enttäuschung darüber zum Ausdruck gebracht, dass wir zwar beide Morde aufgeklärt haben, aber wir konnten Jasmin Mönkemeier nicht die Beteiligung am Mord an ihrem Ehemann nachweisen und auch nicht den Vorsatz beim Mord an

Kristian Bertling. Das hinterlässt einfach einen fahlen Nachgeschmack."

„Ich verstehe Sie sehr gut", erwiderte der Vice Questore und es war nicht zu übersehen, dass er das, was er sagte auch wirklich mitfühlte, „sie denken der Gerechtigkeit etwas schuldig geblieben zu sein. Bis es zu einer Anklage kommt, dauert es noch und wer weiß, was bis dahin noch passiert. Jetzt betrachten Sie es erst einmal als Erfolg, schmälern Sie ihn nicht!"

Er hatte es kaum ausgesprochen, da klopfte es wieder an der Tür und ein Kollege aus Positano betrat das Büro, einen großen Karton vor der Brust tragend.

„Buongiorno, Dottori! Hier sind die Gegenstände, die wir in der Villa in Positano sichergestellt haben", erklärte der Beamte ein wenig atemlos und stellte den Karton auf Andreas Schreibtisch.

„Danke, Agente Rossi", entgegnete Andrea freundlich zugewandt, „ist Ihnen etwas bei der Durchsuchung aufgefallen?"

Bevor der Agente antworten konnte, nutze der Vice Questore den Moment, um sich zu verabschieden.

„Ich will Sie dann nicht länger aufhalten. Wie bereits gesagt, Gratulation. Sie haben gute Arbeit geleistet. Auch Ihnen Commissaria Brandkopf gilt mein besonderer Dank für die außerordentlich gute Zusammenarbeit. Richten Sie das auch Ihren Kollegen in Köln aus", sagte er und eilte geschäftsmäßig davon.

„Nein, nichts Besonderes, Dottori", begann der Agente mit seinen Ausführungen, „die Kleidungsstücke waren in einem Schrank im Schlafzimmer und den Rucksack haben wir zwischen anderen Taschen gefunden, die Kappe hing an einem Garderobenhaken. Dann haben wir im Schlafzimmer noch das Handy gefunden, das in dem Karton liegt. Computer haben wir keine entdecken können."

„Das kann ich mir damit erklären, dass die Guardia di Finanza alle Geräte mitgenommen hat", erklärte Andrea und bedankte sich nochmal beim Agente.

Nachdem der Agente gegangen war, begann Matteo die Gegenstände aus dem Karton zu nehmen. Die Kleidungsstücke entsprachen der Beschreibung des Zeugen, auch der grüne Rucksack passte genau in das Bild. Dies brachte kein weiteres Licht in die Geschehnisse. Aufgrund der drückenden Beweislage hatte Jasmin Mönkemeier keine andere Wahl gehabt, als einzugestehen, Kristian Bertling getötet zu haben. Allerdings zog das Handy die besondere Aufmerksamkeit der drei Kommissare auf sich. Geradezu wie ein kostbares Juwel hielt Andrea das in einem Beutel zur Spurensicherung befindliche Handy in Händen.

„Was meint Ihr", wandte er sich an Lisa und Matteo, „wird es noch das ein oder andere Geheimnis preisgeben?"

„Zumindest besteht noch eine kleine Chance, dass wir etwas darauf entdecken.", äußerte Lisa voller Zuversicht die Hoffnung, dass ihnen der Zufall nochmal etwas zuspielen würde. „Irgendeinen Hinweis hat sie möglicherweise darauf hinterlassen!"

„Dann war es das wohl mit den Tag genießen, wie es der Vice Questore vorgeschlagen hat", fügte Andrea ebenfalls in freudiger Erwartung eines positiven Ergebnisses hinzu.

Wobei zuerst einmal das Passwort geknackt werden musste, und so der erste Schritt in die Kriminaltechnik führte in der Hoffnung, dass diese so schnell wie möglich, den Code knackten, und Lisa mit der Auswertung beginnen konnte.

„Ich bringe das Handy in die KTU und Ihr geht am besten ein bisschen an die frische Luft. Ihr seht ziemlich fertig aus", wandte sich Matteo an Lisa und Andrea, die überlegten, ob sein verschmitztes Lächeln etwas damit zu tun hatte, dass er andeuten wollte, dass ihr Aussehen nicht nur mit dem Fall zu tun hatte.

„Das ist eine gute Idee, ich könnte auch gut eine Kleinigkeit essen", stellte Lisa fest. „Ich denke, im Moment gibt es nichts anderes zu tun."

***

Umberto, der Besitzer des kleinen Restaurants in der Nähe der Questura, servierte Andrea und Lisa eine reichliche Auswahl seiner köstlichen Antipasti, ein kleines Glas Weißwein gönnten sie sich ebenfalls. Umberto lenkte sie ein wenig mit seinen neuesten Geschichten über Salerno von ihren Gedanken an den Fall ab. Bei einer Erzählung wurde Lisa besonders hellhörig und schenkte ihr ihre ganz besondere Aufmerksamkeit, da es sich um ein Thema handelte, mit dem Lisa sich in ihrem ersten Fall an der Amalfiküste konfrontiert gesehen hatte.

„Jetzt wird endlich mal damit begonnen, den seit Jahren vor sich hin stinkenden Müll von der Deponie in Battipaglia zu entsorgen. Eine österreichische Firma hat den Zuschlag für die 7000 Tonnen Müll bekommen, und er soll in den nächsten Tagen per LKW nach Österreich transportiert werden. Einerseits ist es gut, dass endlich was passiert, aber andererseits ist es doch eine Schande, dass wir es immer noch nicht schaffen, ihn selbst zu entsorgen. Die Österreicher erzeugen aus unserem Müll Strom und Fernwärme. Was wir uns da an Arbeitsplätzen entgehen lassen", ereiferte sich Umberto und hatte nicht ganz unrecht, auch in Anbetracht der Tatsache, dass schon etliche Milliarden Euro für den Bau von Müllverbrennungsanlagen zur Verfügung gestellt worden waren und die in irgendwelchen mafiösen Kanälen versickert waren.

„Da kann ich Dir nur zustimmen, Umberto. Es ist wirklich gut, dass diese Deponie abgetragen wird und Du hast Recht, würden hier in Kampanien endlich mal entsprechende Strukturen geschaffen für eine vernünftige Abfallwirtschaft, könnten dadurch viele Arbeitsplätze geschaffen werden. Wenn wir der Statistik glauben, hat die strikte Mülltrennung der letzten Jahre zumindest dazu geführt, dass mittlerweile 58 Prozent des Hausmülls wiederverwertet werden."

Lisa hatte das Gespräch interessiert verfolgt und war froh, dass es hier zumindest um Hausmüll ging und nicht um illegal entsorgten Giftmüll, der hier weiterhin verklappt wird. Lisa verspürte eine große Wut aufsteigen, als sie daran dachte, dass täglich immer noch zig Tonnen Schadstoff belasteter Müll illegal auf irgendwelchen Deponien in Kampanien landen, und dass Statistiken belegen, dass es in dieser Region die höchste Zahl an Krebstoten gibt. Daran wird sich nichts ändern, solange die Mafia weiterhin damit leichtes Geld machen kann, musste sich Lisa ebenfalls eingestehen und spürte, dass ihre Wut umkippte in eine tiefe Fassungslosigkeit.

Nach einem Espresso mit einer großartigen Crema, die das gesamte Aroma des intensiv gerösteten Kaffees hervorbrachte, begaben sich Lisa und Andrea zurück in die Questura und fanden, wie erhofft, das Handy vor, dessen Code schnell geknackt worden war.

***

Eine regelrechte Sisyphusarbeit lag vor Lisa. Festentschlossen, um nicht zu sagen verbissen, hielt sie an ihrer Hoffnung fest, zwischen all den Schrift- und Sprachnachrichten einen wichtigen und entscheidenden Hinweis zu finden, und wenn er auch noch so winzig ausfiel. Zwischen hoch konzentriert und peinlich berührt, sich in die intimsten Dinge zu drängen, die zwei Menschen austauschen, die einander begehren, aber auch bei viel Belanglosem nicht zu ermüden, um wichtige Details nicht zu überhören, arbeitete sich Lisa durch die Flut an Informationen.

Sie hätte nicht sagen können, wie lange sie schon mit ihrer Arbeit beschäftigt gewesen war, als Andrea das Büro betrat. Die Art, wie er sie anlächelte, löste in Lisa ein angenehmes Gefühl von Wärme und Zuneigung aus und rief sofort die Erinnerung an die vergangene Nacht wach, die voller zärtlicher Nähe und leidenschaftlichem Begehren ein explosives Feuerwerk all dessen war, was sie füreinander empfanden. Die gehauchten Worte, die von ihrer Liebe sprachen, aber auch die Magie ihrer Körper, die sich in einem Sinnesrausch einander mit Worten der Lust hingaben, blitzen bei Lisa auf.

„Hallo Lisa! Hörst Du mir zu", holten sie die erstaunten Worte Andreas zurück in die Gegenwart des Büros.

„Entschuldige, ich war gerade abgelenkt von meinen Gedanken. Was hast Du gesagt?", wandte Lisa nun ihre Aufmerksamkeit auf Andrea.

„Bist Du so vertieft in die Konversation zwischen den beiden?", hakte Andrea nach.

Lisa konnte sich ein Lachen nicht verkneifen und erklärte ganz vage.

„Ja und nein! Also, ja. Ich bin ganz vertieft in die Konversation und versuche mir vorzustellen, was die beiden für eine Beziehung geführt haben und bin ganz sicher, dass irgendwo ein Hinweis steckt."

„Und nein?", wollte Andrea nun neugierig geworden wissen.

Worauf Lisa verschwörerisch schmunzelnd und mit einem, Verlegenheit andeutenden, nach unten gerichtetem Blick eingestand, dass sie gerade lebhaft an die vergangene Nacht hatte denken müssen und dabei ein wenig ins Träumen gekommen sei.

Obwohl sie den eisernen Vorsatz hatten, im Dienst nicht vom Weg der Professionalität abzukommen, trat Andrea Lisa so nah, dass er sie in den Arm nehmen konnte und mit einem innigen Kuss antwortete. Sich voneinander zu lösen, fiel ihnen nicht leicht, aber zu entspannen war noch nicht der richtige Zeitpunkt.

„Was hast Du für einen Eindruck von den beiden?", konzentrierte sich Andrea wieder auf den für sie noch nicht ganz gelösten Fall.

„Das ist schwierig. Kristian Bertling spricht davon, dass er Jasmin Mönkemeier liebt, dass er sich ein Leben mit ihr vorstellen könnte, dass er ihr aber nicht das bieten kann, was sie materiell gewohnt ist. Jasmin Mönkemeier hält sich da eher zurück. Keine Schwärmerei, keine Andeutungen einer aufzehrenden Liebe oder starker Sehnsucht. Wenn er drängt, dass er sich eine Entscheidung von ihr wünscht, vertröstet sie ihn, dass es noch nicht der richtige Zeitpunkt ist, und dass sie noch warten müssten", fasste es Lisa zusammen.

„Warten müssten", wiederholte Andrea. „Worauf warten? Hast Du irgendwelche Andeutungen oder Hinweise darauf entdecken können, die darauf hindeuten, dass sie den Mord am Ehemann gemeinsam geplant haben?"

„Nichts wirklich Verwertbares. Ich denke, ich muss meine Strategie ändern. Ich werde mich auf die letzten

Nachrichten konzentrieren. Bisher bin ich eher chronologisch vorgegangen. Das bringt nichts."

„Dann lasse ich Dich besser allein weiterarbeiten. Kann ich Dir irgendetwas bringen. Möchtest Du einen Espresso?"

„Sehr gern, das hört sich gut an," erwiderte Lisa und schob noch nach. „Du bist ein Schatz!"

„Gut, dass Du das erkennst!", lachte Andrea und war auch schon verschwunden und Lisa wieder in das Handy vertieft, ihre Suche bei den neueren Nachrichten startend.

Lisa vermutete, dass Jasmin Mönkemeier und Kristian Bertling in den letzten drei Monaten öfter persönlich Kontakt hatten, da es einen längeren Zeitraum gab, indem sich keine Kontakte auf dem Handy finden ließen. Und dann passierte etwas, was Lisa gehofft hatte, aber kaum glauben konnte. Wieder und wieder hörte sie eine Sprachnachricht ab und war überglücklich, als Andrea mit dem Espresso zurückkam.

„Hör Dir das an", sagte sie völlig überschwänglich und vergaß dabei, dass Andrea wenig mit dem Gespräch in deutscher Sprache anfangen konnte.

„Hallo Kristian! Es gibt ein Problem. Irgendwas ist schiefgelaufen und dann ist da auch noch so eine deutsche Kommissarin aufgetaucht. Wir müssen unbedingt reden", ertönte es ein wenig blechern aus dem Handy.

Dass es sich um etwas Wichtiges handelte, konnte sich Andrea natürlich denken und auch das Wort Kommissarin ließ ihn auf Commissario schließen, aber die Übersetzung hätte er schon gern von Lisa erfahren, die auch ohne Andreas fragenden Blick just in dem Moment daraufkam, dass Andrea wenig damit anfangen konnte.

„Entschuldige bitte! Ich war so euphorisch, dass ich für einen Moment wohl alles vergessen habe", erklärte

Lisa und übersetzte die Nachricht von Jasmin Mönkemeier für Andrea ins Italienische.

Andrea ließ die Worte wirken, bevor er sich dazu äußerte.

„Ich denke auch, dass hört sich eindeutig danach an, dass sie in die Tat eingeweiht war. Damit können wir sie konfrontieren und hoffentlich zu einem weiteren Geständnis bringen."

***

Schon wenig später saßen sie in einem kahlen, nur mit einem Tisch und vier Stühlen ausgestatten Raum im Untersuchungstrakt des Gefängnisses von Salerno einer sichtlich verstörten und aufgelösten Jasmin Mönkemeier gegenüber. Wenig war übriggeblieben von dieser zuvor so überlegenen kontrollierten Frau.

Andrea eröffnete ohne viel Umschweife das Gespräch und konfrontierte sie mit der neuen Beweislage.

„Signora Mönkemeier, meine Kollegin Commissaria Brandkopf spielt Ihnen eine Sprachnachricht vor, die wir auf Ihrem Handy gefunden haben."

„Welches Handy?", fragte sie mit einer Stimme, die eine aufkommende Panik kaum verbergen konnte.

An dieser Stelle übernahm Lisa ohne Umschweife das weitere Gespräch.

„Bei der Sicherstellung von Beweismaterial in Ihrer Villa wurde dieses Handy gefunden und darauf haben wir die folgende Nachricht entdeckt", sagte Lisa und spielte die Nachricht ab, damit Jasmin Mönkemeier sie hören konnte. Als sie ihre Stimme wahrnahm, sackte sie regelrecht in sich zusammen, und während sie gegen aufsteigende Tränen ankämpfte, sodass ihr der Atem stockte und ihr die Stimme versagte. Für einen Moment schien die Zeit stehenzubleiben, in dem Jasmin Mönkemeier förmlich erstarrte.

„Ohne dies einer Sprachanalyse zu unterziehen, ist klar und deutlich zu erkennen, dass Sie es sind, die da sprechen", erkläre Lisa, „und damit ist auch sehr deutlich nachgewiesen, dass Sie von dem Mord an Ihrem Mann gewusst haben und mehr noch, wir gehen davon aus, dass sie ihn auch zusammen mit Kristian Bertling geplant haben!"

Schweigen, das bleischwer den Raum ausfüllte und eine ebensolche Schwere drückte Jasmin Mönkemeier in den Stuhl, während Lisa und Andrea ich in den Stühlen zurücklehnten, geduldig gespannt, was kommen würde. Die Beweislast war so erdrückend. Es war Jasmin Mönkemeier deutlich anzusehen, wie sehr ihr dies bewusst war. Plötzlich öffnete sich eine Schleuse, und sie offenbarte die ganze Geschichte. Lisa und Andrea waren wie Zaungäste, die lediglich die Rolle hatten, zuzuhören.

„Als Kristian mir erzählte, dass er Walter als den Verursacher des Unfalls erkannt hatte, beim dem seine Mutter ums Leben gekommen war, und er mir von seinen über Jahre gehegten Racheplänen berichtete, habe ich versucht, Öl auf dieses Feuer zu gießen. Ich habe ihm gesagt, es sei nie zu spät, einen Plan umzusetzen und jetzt hätte das Schicksal ihm die Möglichkeit doch quasi vor die Füße gelegt. Lange zögerte er, er meinte, er könne diesen Hass, der einmal da gewesen war, gar nicht mehr spüren. Ich begann immer öfter davon zu reden, wie schön es doch wäre, wenn wir zusammenkommen könnten, mehr als nur gelegentliche Treffen. Aber ich wäre ja leider nicht frei. Nach und nach wurde ihm klar, was ich ihm damit sagen wollte, und wir fingen an, konkrete Pläne zu schmieden, wie wir Walter loswerden konnten und malten uns unser gemeinsames Leben aus. Er war so verliebt in mich, dass er alles für mich getan hätte!"

Erneutes Schweigen trat ein, weniger schwer, dafür gefühlt eine Ewigkeit, in der Lisa gedankenverloren darüber sinnierte, dass es verschiedene Seiten an Jasmin Mönkemeier geben musste. Die eine Seite, die sie in ihren Ermittlungen kennengelernt hatten, kalt und berechnend, intelligent und erfolgreich. Und dann musste da eine Seite sein, liebenswert und charmant, die Männer um den Finger winkeln konnte. Wie dem auch sei, hinter all ihren unterschiedlichen Facetten blieb sie hoch manipulativ und eigennützig ihre Ziele verfolgend.

„Was ist passiert, als Sie sich getroffen haben?", drang Andrea darauf, dass sie weitererzählen solle.

„Ich musste ihn gar nicht mehr viel drängen, es entwickelte sich immer stärker der Plan, meinen Mann während des Schwimmens umzubringen und plötzlich war die Idee so klar und deutlich da, dass er es in die Tat umgesetzt hat. Aber was heißt in die Tat umgesetzt, vermasselt hat er alles. Das Leben hat für ihn wohl doch die Rolle des Verlierers vorgesehen", schob sie verächtlich hinterher.

„Warum musste Kristian Bertling sterben?", insistierte Lisa.

„Weil er auf der ganzen Linie ein Versager war!", kam es wie aus der Pistole geschossen. "Nachdem Sie so schnell auf ihn als den Mörder meines Mannes stießen, habe ich mich mit ihm getroffen, um ihm deutlich zu machen, dass er so schnell wie möglich untertauchen sollte. Und was macht er bei diesem Treffen, er erzählt mir, dass er sich der Polizei stellen will. Mit dieser Schuld könne er nicht leben, es sei nicht richtig, und er wolle nicht mehr abtauchen, nicht sein Leben lang weglaufen. Ich spürte solch eine rasende Wut auf ihn. Ich habe ihn angeschrien, wenn er das tun würde, wäre ich genauso dran wie er, und er hat mir beteuert, dass er alles auf sich nehmen würde, er würde mich ganz aus der Sache raushalten. Wie naiv, wie verrückt! Als ob das funktioniert hätte! Die Wut in mir stieg immer stärker auf und dann lag da dieser Stein, ich habe ihn gegriffen und zugeschlagen."

Andrea und Lisa schauten sich an und es war ein wortloses Verstehen zwischen ihnen, dass ihre ersten Beobachtungen sie bereits auf die richtige Spur gelenkt hatten. Das Naheliegende schien ihnen so banal, zu einfach und dann zeigte sich wieder, dass hinter vielen Verbrechen alltägliche allzu menschliche Motive liegen.

***

Jeder Urlaub geht einmal zu Ende, auch solch einer, aus dem ein Arbeitsurlaub wurde, und er dazu gedient hatte, mitzuhelfen ein Verbrechen aufzuklären. Lisas Koffer waren gepackt, in wenigen Stunden würde sie den Flieger besteigen, der sie zurück nach Köln bringen sollte. Vice Questore Trovesi hatte ausdrücklich darum gebeten, Lisa vor ihrer Abreise nochmal in der Questura zu sehen.

Schon den Schmerz des Abschieds spürend, saßen Andrea und Lisa vor Vice Questore Trovesi, der ihnen nochmals zu ihrem Ermittlungserfolg gratulierte. Beim Zuklappen der Akte mit dem Vermerk „Mordfall Walter Mönkemeier und Kristian Bertling" wirkte der Vice Questore sehr nachdenklich und überraschte Lisa und Andrea mit dem, was er anschließend sagte.

„Ich wünsche Ihnen beiden, dass Sie an Ihrer Liebe festhalten, und dass Sie alle Hürden, die Ihnen im Weg liegen, überwinden werden", hier hielt er kurz inne, „Liebe und Vertrauen sind so kostbare Güter. In unserem Beruf begegnen wir so vielen Abgründen. Der Glaube wird mehr und mehr aus der Mitte verdrängt und so verlieren Menschen ihren Halt und ihre Maßstäbe. Gnadenlos geht es um die eigenen Interessen und Ziele."

‚Senza Pietá', dachte Lisa wieder an die Worte, die sie vor wenigen Tagen auch von Andrea gehört hatte. Wie Recht Vice Questore Trovesi doch hatte.

„Meine liebe Commissaria Brandkopf ich soll sie noch besonders freundlich von Tenente Colonello Mancini grüßen", wandte sich der Vice Questore an Lisa, die ihn irritiert und fragend anschaute, sodass er weiter ausführte. „Von der Guardia di Finanza in Neapel. Bei der Hausdurchsuchung bei den Mönkemeiers konnten wichtige Dokumente sichergestellt werden, die Namen und Adressen von italienischen Anwälten und Notaren enthielten, die als Vermittler für die Mafia agieren. Dadurch haben die Kollegen etwas in Händen, um gegen sie vorzugehen."

„Das freut mich, dass wir, sozusagen als Nebenprodukt bei diesem Fall wichtige Informationen zur Geldwäsche beisteuern konnten", sagte Lisa zufrieden.

„Und ich soll Ihnen ausrichten, wenn Sie mal einen Job hier in unserer schönen Region suchen sollten, er würde gern eine so kompetente und erfahrene Mitarbeiterin in seinem Team aufnehmen!"

Hatte Lisa da tatsächlich ein verschwörerisches Augenzwinkern beim Vice Questore entdecken können?

Dank

Dank möchte ich allen Leser*innen des ersten Bandes um das Ermittlerduo, „Furia e Amore", sagen, die mit vielen positiven Rückmeldungen mich motiviert haben, weiterzumachen. Das Ergebnis liegt nun mit „Senza Pietà" vor.

Besonders danken möchte ich meinem Mann Hans-Gerd, der mit Geduld, Ideen und Vertrauen darin, dass ich die Seiten mit einem guten Stoff füllen kann, Motivator, Kritiker und vieles mehr war.

Der erste Fall

Lisa Brandkopf, Kommissarin aus Köln ermittelt zusammen mit ihrem italienischen Kollegen Commissario Andrea Commodori. Ein Liebespaar wird ermordet in der Nähe des idyllischen Ortes Furore an der malerischen Amalfiküste aufgefunden. Hat der charmante Robert Thomée, Geschäftsführer eines Abfallentsorgungsunternehmens damit zu tun oder liegt das Motiv in einer längst vergangenen geheimnisvollen Liebe. Große Bühne für große Gefühle vor einer atemberaubenden Küstenlandschaft.